女性文学素养提升

NÜXING WENXUE SUYANG TISHENG

范瀛立 耿国丽 ◎ 主 编
葛作然 张海英 韩亚南 ◎ 副主编

东北师范大学出版社
NORTHEAST NORMAL UNIVERSITY PRESS
长春

图书在版编目（CIP）数据

女性文学素养提升/范瀛立，耿国丽主编. —长春：东北师范大学出版社，2022.1
ISBN 978-7-5681-8660-5

Ⅰ.①女… Ⅱ.①范… ②耿… Ⅲ.①妇女文学—文学评论—世界—高等学校—教材 Ⅳ.①I106

中国版本图书馆CIP数据核字（2022）第018334号

□责任编辑：高　铭　　□封面设计：迟兴成
□责任校对：石　斌　　□责任印制：许　冰

东北师范大学出版社出版发行
长春净月经济开发区金宝街118号（邮政编码：130117）
电话：0431—84568023
网址：http：//www.nenup.com
东北师范大学音像出版社制版
河北亿源印刷有限公司
石家庄市栾城区霍家屯裕翔街165号
未来科技城3区9号B（电话：0311—85978120）
2022年1月第1版　　2022年1月第1次印刷
幅面尺寸：170mm×240mm　印张：13.25　字数：265千

定价：39.80元

前　言

《女性文学素养提升》以文学素质教育为核心，旨在强化中华优秀传统文化教育，开阔女性读者的文学视野，促使其提高文学修养，加强思维能力，强化实践训练，增强社会责任感。本书在培养高素质技能型人才方面具有不可替代的作用。

本书内容针对女性终身发展的需求进行体系设计，实现了听、说、读、写能力的有机统一。精心选择每一讲的内容，有利于读者从现实生活和未来从业的实际需要出发进行训练，为培养其职业岗位技能和社会交际能力奠定基础。特别是在设定的语境中进行听说读写多种形式的实践活动，加强了人文素养提升与社会生活的密切联系，促进了素养课程向多学科多领域的渗透，使读者形成运用文学素养参与社会实践的能力，在贴近时代和社会生活中学语用文。

以下对编写的内容及体例加以说明。

内容具体分为六部分："总论""文学作品中的女性""女性作家作品赏析""写作技能提升""语言表达能力提升"及"当代著名女性文学素养案例解析"。

一、"总论"着力讨论女性提升文学素养的重要性及意义，指明本课程在提高女性的综合素质方面具有其他课程无法取代的功能，对于培养现代女性意识具有积极作用。

二、"文学作品中的女性"部分精选古代及近现代作品中具有典型女性形象的作品，这些身份不一、个性不同的女性形象是文学长河中的重要部分，她们熠熠的光辉能让我们对不同时代女性的美有新的认识与界定。

三、"女性作家作品赏析"部分入选中国女性创作的文学经典作品，从古到今多方面生动呈现女性创作的实绩。为便于读者对女性创作的历史脉络和基本风貌有所了解，书中配以作者简介以及简明扼要的导读，为读者的赏析提供参考。文学赏析适当借鉴性别理论，注重文学品质与审美鉴赏相结合。文学赏析主旨在于揭示文学作品潜在的、丰富的内涵，领略其淳美的艺术魅力，传达出女性在性别生存方面的体验、感受及思考，引导读者从性别视角观照文学，从而观照自己的生存价值及意义。引领读者追问生存的意义和存在的真相，使其读懂"人"与"文"，建立使命感，为女性提供"精神成人"的诗意空间，让她们积极开创属于自己的艺术人生！

四、应用文写作能力已经成为高素质人才的核心竞争力之一。"写作技能提升"内容紧密结合工作岗位实际需要，从培养实际写作能力的角度出发，精选了经常使用的应用文文种介绍、与日常生活密切联系的文体写作的内容,所有内容力求突出其针对性和实用性。对于每个文种,教师均进行案例导引、知识讲解,并且对所学知识进行实训的提升,循序渐进,有利于提高学习效果。

五、"语言表达能力提升"包括日常交际语言表达技巧、社会交往语言表达技巧及演讲、辩论、诵读技巧,从日常生活的运用到参与社会的各项活动,从形式到内容再到实践,进行了一轮基础性的练习提升。

六、"当代著名女性文学素养案例解析"介绍不凡的女性乘风破浪、展现自己的生命力量的故事,号召和影响读者竭力用女性的素养、勇气、担当、智慧做出自己的贡献,在社会发展过程中写下自己独特的篇章。

本书由范瀛立确定全书编写体例设计,耿国丽完成篇目选定和最后统稿工作。全书各部分负责人如下(依内容的编排顺序排列)。"总论""女性作家作品赏析"中"古代女性作家作品"及"文学初兴期的现代女性作家作品"部分:耿国丽。"文学作品中的女性"及"女性作家作品赏析"中"20世纪30年代至70年代的女性作家作品""20世纪80年代以来的女性作家作品"部分:张海英。"写作技能提升"部分:葛作然。"语言表达能力提升"部分中"语言表达概述"以及"常见语言表达艺术技巧"部分:耿国丽。"语言表达能力提升"中"日常交际语言表达技巧""社会交往语言表达技巧"部分:张海英。"当代著名女性文学素养案例解析"部分:韩亚南。

此次出版的《女性文学素养提升》既可作为高校教材使用,又可为社会上的广大读者提升文学素养提供便利,同时对关注性别问题的研究者亦有参考价值。

在本书编写过程中,编者得到了学院多位老师的鼓励和指教,并多有借鉴相关著述、教材,还引用了一些互联网上的信息资料,在此一并表示衷心的感谢!由于编者水平有限,编写时间仓促,书中内容难免有疏漏之处,敬请各位专家、教育界的同行、使用本教材的师生批评指正,以便进一步补充、改进。

编 者

2021 年 8 月

内容提要

本书是河北省女子职业技术学院女性特色教育系列丛书研究立项项目的配套教材。

本书的内容设计以学院女性特色为基础，突出听、说、读、写汉语能力的有机统一。教材中每一部分内容均以提升学生核心能力为出发点，从案例导引、知识点击、例文赏析、实训提升等方面进行编写，目的是增强学生的实践能力，提升学生职业素养。

使用者可登录"智慧职教·MOOC学院"平台学习"女大学生人文素养提升"在线课程的相关学习资源，将其作为本教材的补充内容。

目　录

总论 ·· 001

第一编　文学作品中的女性

第一章　古代文学作品中的女性 ······································· 004
　　第一节　汉乐府《木兰诗》之木兰 ··································· 004
　　第二节　《西厢记》之崔莺莺 ··· 006
　　第三节　《儒林外史》之沈琼枝 ······································ 011
第二章　现代文学作品中的女性 ······································· 018
　　第一节　《伤逝》之子君 ·· 018
　　第二节　《金粉世家》之冷清秋 ······································ 024
　　第三节　《我的母亲》之母亲 ··· 028

第二编　女性作家作品赏析

第三章　古代女性作家作品 ··· 034
　　第一节　诗词创作 ·· 034
　　第二节　散文创作 ·· 036
第四章　近现代女性作家作品 ·· 039
　　第一节　文学初兴期的现代女性作家作品 ························· 039
　　第二节　20世纪30年代至70年代的女性作家作品 ············ 046
　　第三节　20世纪80年代以来的女性作家作品 ··················· 052

第三编　写作技能提升

第五章　写作概述 ··· 059
第六章　应用文写作 ·· 063
　　第一节　应用文写作概述 ··· 063
　　第二节　行政公文写作 ·· 068
　　第三节　事务类文书写作 ··· 083
　　第四节　活动类文书写作 ··· 103

第七章　文学写作 …… 120
- 第一节　文学写作概述 …… 120
- 第二节　散文写作 …… 125
- 第三节　诗歌写作 …… 129
- 第四节　小说写作 …… 134
- 第五节　戏剧写作 …… 139

第四编　语言表达能力提升

第八章　语言表达概述 …… 146
- 第一节　语言表达的特征 …… 146
- 第二节　语言表达的基本原则 …… 147
- 第三节　社交场合的语言表达禁忌 …… 149

第九章　日常交际语言表达技巧 …… 151
- 第一节　称呼的语言技巧 …… 151
- 第二节　与人寒暄的语言技巧 …… 153
- 第三节　介绍的语言技巧 …… 156

第十章　社会交往语言表达技巧 …… 160
- 第一节　拜访与接待 …… 160
- 第二节　说服与拒绝 …… 165
- 第三节　赞美与批评 …… 169

第十一章　常见语言表达艺术技巧 …… 173
- 第一节　演讲 …… 173
- 第二节　辩论 …… 177
- 第三节　诵读 …… 182

第五编　当代著名女性文学素养案例解析

第十二章　女性作家 …… 187
- 第一节　铁凝 …… 187
- 第二节　迟子建 …… 190

第十三章　感动中国年度人物 …… 194
- 第一节　叶嘉莹 …… 194
- 第二节　张桂梅 …… 198

参考文献 …… 201
后　记 …… 204

总　论

一、女性提升文学素养的重要性及意义

(一) 人文素养及文学素养

人文素养包含人格的塑造、知识系统的健全和合理的思考，它关乎一个人的世界观和人生观的形成，是精神家园的宿主，对人的心理机制、情感世界、意志能力、价值取向、审美体验、意识形态和理想模式都具有直接影响。人文素养是通过对生命的感悟，提炼出对生活和人生的看法，从而浓缩成为人处世之道。人文素养区别于科学主义、拜金主义等，是关注人生观、价值观的人文主义，是一种和工具理性的实用主义截然不同的价值向度，其着重点在于人的精神追求和浪漫主义追求。无论在哪一个阶段、何种历史时期下，重视人文素养的培养都有其必要性。

而人文素养教育就是将人类优秀的文化成果、人文科学通过知识传授、环境熏陶，使之内化为人格、气质、修养，成为人的相对稳定的内在品格。在开阔人文社会知识视野的同时，在接受人文教育的过程中，注重将知识内化为素质，在学习、反思和多次的实践过程中，不断孕育和升华人文精神。

人文科学，包括政治学、经济学、历史、哲学、文学、法学等。"素养"是由"能力要素"和"精神要素"组合而成的。文学素养则是从文学的层面培养"能力要素"，逐步提升其"精神境界"，提升人们在文学创作、交流、传播等行为及语言、思想上的水平。

(二) 重视文学素养的重要性

有社会学家认为，一个对社会危害性最大的人，不是没有知识、没有高尚情操的人，而是有知识却没有高尚品行的人，因此广泛开展文学素养的培养有其必要性。

当今社会，物质生活条件飞速提升，很多人的整体思想素质和人文素质却没得到提升。更有甚者过于追捧西方文化思想，反而令自身的价值观产生扭曲，拜金主义、享乐主义和奢靡之风在个别群体中盛行。很多教师会教导学生怎么做事、怎么把事情做好，但没有重视人文素养的教育，对学生的思想价值观评价也没有统一的标准。

现代女性以文学书写的方式表达自我，改变了千百年来男权话语对女性形象的塑造与传播，促进了两性平等的话语环境与文化思想的建构。文学素养提升不但能使女性在学习时受到影响，提高其自立意识，而且能在一定程度上强化女性自身的性别意识，使女性在当今现实的社会关系中重新叩问性别的意义，用女性的眼光来重新认识、审视自己，在个人的爱情、事业的选择中发挥女性的人格力量。同时，文学独有的审美特性又可以使女性浸润在智慧、博大以及充满美感和哲思的知识海洋里。

女性文学素养提升课程在提高女性的综合素质方面具有其他课程无法取代的功能。当代女性正处于一个思想多元化时代，帮助她们树立正确的价值观、培养现代女性意识是当前教育教学工作中的重点。

（三）女性文学素养提升课程的建设和研究意义

人文教育有两层含义，教会学生学科知识，是最基本的层面，进行民族文化的教育，才是人文素养课程开设之内涵。接受本民族的价值观、世界观，以本民族继承和传扬多年的行为模式规范自身行为，提升对文化的认同感，是大势所趋。

中国先哲孟子曾说过："仁义礼智根于心，其生色也睟然。"仁义"见于面，盎于背，施于四体"，要求我们每个人加强对个人言行的规范，以提升人文素养。至今这一思想都有很强的实践价值，足以见得在中华上下五千年的文明濡染之下，人才的整体素质要有大幅度的提升，不仅有才干，而且有品行，这样培养出来的人才才是真正对社会有用之人才。而要想提升人才培养的层次，就不能离开人文素养教育。

社会加强职业素养教育的同时，要特别加强人文素养教育，通过对文化知识的学习、文化环境的营造、文化活动的开展，开阔人们的文化视野，激发其爱国情感，增强其创新意识，助力其更好更快地成才。因此，发挥人文学科的独特育人优势，培养高素质人才队伍，是增强国家竞争力、实现社会可持续发展的必然要求。

缺失人文素养的人才是会被淘汰的，如果社会、学校培养的只是有一技之长却无人文情怀的"人才"，这样的人是不健全的人，这样的人越多，合作就越困难，工作冲突也就越多，也就很难谈协作精神。

二、女性文学素养培养途径

文学素养的培养是一个循序渐进的过程，相对来讲是比较漫长而又艰苦的，是需要花费时间和精力的。女性文学素养提升课程可以进一步丰富和充实女性文学理论和女性特色教育理论，将女性文学置于文学发展的大系统中，考察其审美特征，提升人们对中国语言文学的热爱之情，陶冶其情操，提高其文化素养，启发其寻找精神家园。另外，对于文化而言，实践活动也非常重要，要让参与者积极参与传统文化欣赏和学习，了解传统文化在生活中的应用，在实践中提升对文学素养学习的自信心。

（一）文学素养课程的引入

女性文学素养课程应精心选择中国历代文史哲经典作品为教学内容，分析其思想情感、审美价值和文化意义。文学能从更高的层次上提升人的文化修养，充实人的内心世界，焕发人的精神风貌，给人以真、善、美的享受。

1. 女性文学课程的开发

通过对该课程的学习，学生能集中了解近现代、当代中西方文学历史上一些重要的女作家及其作品。该课程突出女性特色，介绍女作家如何对其作品的语言、形象、题材、情节、象征等方面产生影响，并借助这种认识探讨女性意识，更新僵化的传统性别形象，在认识性别差异（包括生理、心理和社会层面的）的基础上提倡两性平等，帮助女性形成良好的性别意识，鼓励女性自我成长。学生从这些心思细腻的女性作家中能学习到很多关于自我成长的经验，体会女性写作的独特性，唤醒学生对于女性身份的认同，还能够从文学赏析方面拓展思路，提升自主鉴赏能力。从女性视角深入分析作品，强化女性意识，引发学生从文本到现实的思考，帮助学生树立正确的世界观、人生观、价值观，特别是树立自尊、自爱、自立、自强意识。

2. 将性别范畴引入教学

应将性别范畴引入教学，通过阅读分析文学作品来培养女性自觉思考意识，在鲜明的女性人文精神立场上，精选具有现代女性意识的女作家及其作品，帮助女性纠正传统文学史书写和文学批评中的性别偏见，挖掘和认识女性文学的传统，重新评价女性创作的文学意义和文化价值。强化女性的性别意识，发掘女性的性别优势，使女性了解女性文学的内涵，并将它内化为一种人文精神，从而真正提高女性的综合素质。

（二）组织文学实践活动，激发兴趣，满足情感需求

在传统文化教学中，一定要面对现实问题，冲破传统的课堂教学方式，积极地了解和把握学生的心理需求，给学生表达个人情感的机会，尽可能地让学生大胆表达想法，教师时刻给予一些建议，及时纠正学生不恰当的理解。

文学艺术的活动在日常生活中屡见不鲜，例如学生书画展览、诗文研讨大会等，要开展高质量、有意义的文学艺术活动，以此来丰富学生的生活，提升学生的文学素养。

可将考核以竞赛的形式展开，比如组织竞赛、开展辩论赛或者进行诗歌朗诵比赛等，让学生从能够背诵人文知识到能够讲解知识，并通过参加竞赛的形式将自己对人文知识的理解展示出来，在学习过程中发挥自己的主观能动性。

第一编 文学作品中的女性

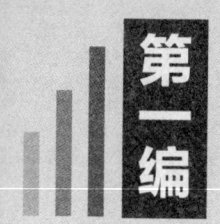

第一章 古代文学作品中的女性

第一节 汉乐府《木兰诗》之木兰

> **诗集简介**

汉乐府是汉代专门管理乐舞演唱教习的机构。汉乐府掌管的诗歌一部分是供执政者祭祀祖先神明使用的郊庙歌辞，其性质与《诗经》中的"颂"相同；另一部分则是采集民间流传的无主名的俗乐，世称乐府民歌。据《汉书·艺文志》载："有代、赵之讴，秦、楚之风，皆感于哀乐，缘事而发，亦可以观风俗，知薄厚云。"可见这部分作品乃汉乐府之精华。宋人郭茂倩所编《乐府诗集》100卷，分12类（郊庙歌辞、燕射歌辞、鼓吹曲辞、横吹曲辞、相和歌辞、清商曲辞、舞曲歌辞、琴曲歌辞、杂曲歌辞、近代曲辞、杂歌谣辞、新乐府辞）著录，是收罗汉迄五代乐府最为完备的一部诗集。《乐府诗集》现存汉乐府民歌40余篇，多为东汉时期作品，反映当时的社会现实与人民生活，用犀利的言辞表现爱恨情感，较为倾向现实主义风格。

《孔雀东南飞》与《木兰诗》合称"乐府双璧"。汉代的《孔雀东南飞》、北朝的《木兰诗》和唐代韦庄的《秦妇吟》并称"乐府三绝"。汉乐府民歌中女性题材作品占重要位置，用通俗的语言构造贴近生活的作品，由杂言渐趋向五言，采用叙事写法，刻画人物细致入微，创造人物性格鲜明，故事情节较为完整，而且能突出思想内涵，着重描绘典型细节，开拓叙事诗发展成熟的新阶段，是中国诗史五言诗体发展的重要成果。

> **作品原文**

唧唧复唧唧，木兰当户织。不闻机杼声，唯闻女叹息。问女何所思，问女何所忆。女亦无所思，女亦无所忆。昨夜见军帖，可汗大点兵，军书十二卷，卷卷有爷名。阿爷无大儿，木兰无长兄，愿为市鞍马，从此替爷征。

东市买骏马，西市买鞍鞯，南市买辔头，北市买长鞭。旦辞爷娘去，暮宿黄河边。不闻爷娘唤女声，但闻黄河流水鸣溅溅。旦辞黄河去，暮至黑山头。不闻爷娘唤女声,但闻燕山胡骑鸣啾啾。

万里赴戎机,关山度若飞。朔气传金柝,寒光照铁衣。将军百战死,壮士十年归。

归来见天子,天子坐明堂。策勋十二转,赏赐百千强。可汗问所欲,木兰不用尚书郎,愿驰千里足,送儿还故乡。

爷娘闻女来,出郭相扶将;阿姊闻妹来,当户理红妆;小弟闻姊来,磨刀霍霍向猪羊。开我东阁门,坐我西阁床。脱我战时袍,著我旧时裳。当窗理云鬓,对镜帖花黄。出门看火伴,火伴皆惊忙:同行十二年,不知木兰是女郎。

雄兔脚扑朔,雌兔眼迷离;双兔傍地走,安能辨我是雄雌?

作品赏析

《木兰诗》是一首北朝民歌,这首长篇叙事诗讲述木兰女扮男装,替父从军,在战场上建立功勋,回朝后不愿做官,只求回家团聚的故事,热情地赞扬了这位女子勇敢善良的品质、保家卫国的热情和英勇无畏的精神。全诗以"木兰是女郎"来构思木兰的传奇故事,富有浪漫色彩;详略安排极具匠心,虽然写的是战争题材,但着墨较多的是生活场景和儿女情态,富有生活气息;以人物问答及铺陈、排比、对偶、互文等手法描述人物情态,刻画人物心理,生动细致,神气跃然,使作品具有强烈的艺术感染力。

第一段,写木兰决定代父从军。诗以"唧唧复唧唧"的织机声开篇,展现"木兰当户织"的情景。然后写木兰停机叹息,无心织布,不禁令人奇怪,引出一问一答,道出木兰的心事。木兰之所以叹息,不是因为儿女的心事,而是因为天子征兵,父亲在被征之列,父亲既已年老,家中又无长男,于是木兰决定代父从军。

第二段,写木兰准备出征和奔赴战场。"东市买骏马……北市买长鞭"四句排比,写木兰紧张地购买战马和乘马用具,表示对此事的极度重视,愿为父亲分担压力。"旦辞爷娘去……"八句以重复的句式,写木兰踏上征途,马不停蹄,日行夜宿,离家越远,思亲越切。这里写木兰从家中出发,经黄河到达战地,表现了木兰行进的神速、军情的紧迫、心情的急切,使人感到紧张的战争氛围。其中写"黄河流水鸣溅溅""燕山胡骑鸣啾啾"之声,还衬托了木兰的思亲之情。

第三段,概写木兰十年的征战生活。"万里赴戎机,关山度若飞",概括上文"旦辞……鸣啾啾"八句的内容,夸张地描写了木兰身跨战马,万里迢迢,奔赴战场,飞越一道道关口、一座座高山。"朔气传金柝,寒光照铁衣",描写木兰在边塞军营的艰苦战斗生活:在夜晚,凛冽的朔风传送着刁斗的打更声,寒光映照着身上冰冷的铠甲。"将军百战死,壮士十年归",概述战争旷日持久,战斗激烈悲壮。将士们十年征战,历经一次次残酷的战斗,有的战死,有的归来。而英勇善战的木兰,则是有幸生存、胜利归来的将士中的一个。

第四段，写木兰还朝辞官。先写木兰朝见天子，然后写木兰功劳之大，天子赏赐之多，再说到木兰辞官不就，只愿回到自己的故乡。"木兰不用尚书郎"而愿"还故乡"，固然是她对家园生活的眷念，但也自有秘密在，即她是女儿身。天子不知底里，木兰不便明言，颇有戏剧意味。

第五段，写木兰还乡与亲人团聚。先以父母姊弟各自符合身份、性别、年龄的举动，描写家中的欢乐气氛，展现浓郁的亲情；再以木兰一连串的行动，写她对故居的亲切感受和对女儿妆的喜爱，一副天然的女儿情态，表现她归来后情不自禁的喜悦；最后作为故事的结局和全诗的高潮，是恢复女儿装束的木兰与伙伴相见的喜庆场面。

第六段，用比喻作结。以双兔在一起奔跑难辨雌雄的隐喻，对木兰女扮男装、代父从军多年未被发现的奥秘加以巧妙的解答，妙趣横生而又令人回味。

这首诗叙述了木兰女扮男装代父从军，荣立赫赫战功后重返故乡的故事，既富有传奇色彩，又真切动人。她既是巾帼英雄，又是平民少女；既是矫健的勇士，又是娇美的女儿。诗歌颂了她深明大义、勇于献身的崇高精神和不慕名利的崇高品德。她勤劳善良又坚毅勇敢，淳厚质朴又机敏活泼，热爱亲人又报效国家，不慕厚禄而热爱和平生活。本诗充满了浓烈的浪漫主义气息，中心突出，繁简得当，语言刚健质朴，风格粗犷豪放，既是北朝乐府民歌的杰出代表，又是中国文学史上极为罕见的作品之一。直到今天，舞台上或银幕上的木兰形象仍然激励着人们的爱国情操。

第二节　《西厢记》之崔莺莺

作者简介

王实甫（约1260—1336），名德信，大都（今北京）人，祖籍河北保定的定兴县。著有杂剧十四种，现存《西厢记》《丽春堂》等。另有《贩茶船》《芙蓉亭》二种，各传有曲文一折。

作品原文

长亭送别（节选）

（夫人、长老上，夫人云）今日送张生赴京，十里长亭，安排下筵席。我和长老先行，不见张生、小姐来到。（旦、末、红同上，旦云）今日送张生上朝取应，早是离人伤感，况值那暮秋天气，好烦恼人也呵！"悲欢聚散一杯酒，南北东西万里程。"（旦唱）

【正宫】【端正好】碧云天，黄花地，西风紧，北雁南飞。晓来谁染霜林醉？

总是离人泪。

【滚绣球】恨相见得迟，怨归去得疾。柳丝长玉骢难系，恨不倩疏林挂住斜晖。马儿迍迍的行，车儿快快的随，却告了相思回避，破题儿又早别离。听得道一声"去也"，松了金钏；遥望见十里长亭，减了玉肌。此恨谁知？

（红云）姐姐今日怎么不打扮？（旦云）你那知我的心里呵！（旦唱）

【叨叨令】见安排着车儿、马儿，不由人熬熬煎煎的气；有甚么心情花儿、靥儿，打扮得娇娇滴滴的媚；准备着被儿、枕儿，只索昏昏沉沉的睡；从今后衫儿、袖儿，都揾做重重叠叠的泪。兀的不闷杀人也么哥？兀的不闷杀人也么哥？久已后书儿、信儿，索与我凄凄惶惶的寄。

（做到）（见夫人科）（夫人云）张生和长老坐，小姐这壁坐，红娘将酒来。张生，你向前来，是自家亲眷，不要回避。俺今日将莺莺与你，到京师休辱末了俺孩儿，挣揣一个状元回来者。（末云）小生托夫人余荫，凭着胸中之才，视官如拾芥耳。（洁云）夫人主见不差，张生不是落后的人。（把酒了，坐）（旦长吁科）（旦唱）

【脱布衫】下西风黄叶纷飞，染寒烟衰草萋迷。酒席上斜签着坐的，蹙愁眉死临侵地。

【小梁州】我见他阁泪汪汪不敢垂，恐怕人知；猛然见了把头低，长吁气，推整素罗衣。

【幺篇】虽然久后成佳配，奈时间怎不悲啼。意似痴，心如醉，昨宵今日，清减了小腰围。

（夫人云）小姐把盏者！（红递酒，旦把盏长吁科云）请吃酒！（旦唱）

【上小楼】合欢未已，离愁相继。想着俺前暮私情，昨夜成亲，今日别离。我谂知这几日相思滋味，却原来比别离情更增十倍。

【幺篇】年少呵轻远别，情薄呵易弃掷。全不想腿儿相挨，脸儿相偎，手儿相携。你与俺崔相国做女婿，妻荣夫贵，但得一个并头莲，煞强如状元及第。

（夫人云）红娘把盏者！（红把酒科）（旦唱）

【满庭芳】供食太急，须臾对面，顷刻别离。若不是酒席间子母们当回避，有心待与他举案齐眉。虽然是斯守得一时半刻，也合着俺夫妻每共桌而食。眼底空留意，寻思起就里，险化做望夫石。

（红云）姐姐不曾吃早饭，饮一口儿汤水。（旦云）红娘，甚么汤水咽得下！（旦唱）

【快活三】将来的酒共食，尝着似土和泥。假若便是土和泥，也有些土气息泥滋味。

【朝天子】暖溶溶玉醅，白泠泠似水，多半是相思泪。眼面前茶饭怕不待要吃，恨塞满愁肠胃。"蜗角虚名，蝇头微利"，拆鸳鸯在两下里。一个这壁，一个那壁，一递一声长吁气。

（夫人云）辆起车儿，俺先回去，小姐随后和红娘来。（下）（末辞洁科）（洁云）此一行别无话儿，贫僧准备买登科录看，做亲的茶饭少不得贫僧的。先生在意，鞍马上保重者！"从今经忏无心礼，专听春雷第一声。"（下）（旦唱）

【四边静】霎时间杯盘狼藉，车儿投东，马儿向西，两意徘徊，落日山横翠。知他今宵宿在那里？有梦也难寻觅。

（旦云）张生，此一行得官不得官，疾早便回来。（末云）小生这一去白夺一个状元，正是"青霄有路终须到，金榜无名誓不归"。（旦云）君行别无所赠，口占一绝，为君送行："弃掷今何在，当时且自亲。还将旧来意，怜取眼前人。"（末云）小姐之意差矣，张珙更敢怜谁？谨赓一绝，以剖寸心："人生长远别，孰与最关亲？不遇知音者，谁怜长叹人？"（旦唱）

【耍孩儿】淋漓襟袖啼红泪，比司马青衫更湿。伯劳东去燕西飞，未登程先问归期。虽然眼底人千里，且尽生前酒一杯。未饮心先醉，眼中流血，心内成灰。

【五煞】到京师服水土，趁程途节饮食，顺时自保揣身体。荒村雨露宜眠早，野店风霜要起迟！鞍马秋风里，最难调护，最要扶持。

【四煞】这忧愁诉与谁？相思只自知，老天不管人憔悴。泪添九曲黄河溢，恨压三峰华岳低。到晚来闷把西楼倚，见了些夕阳古道，衰柳长堤。

【三煞】笑吟吟一处来，哭啼啼独自归。归家若到罗帏里，昨宵个绣衾香暖留春住，今夜个翠被生寒有梦知。留恋你别无意，见据鞍上马，阁不住泪眼愁眉。

（末云）有甚言语嘱咐小生咱？（旦唱）

【二煞】你休忧文齐福不齐，我只怕你停妻再娶妻。休要一春鱼雁无消息！我这里"青鸾有信频须寄"，你却休"金榜无名誓不归"。此一节君须记，若见了那异乡花草，再休似此处栖迟。

（末云）再谁似小姐？小生又生此念。（旦唱）

【一煞】青山隔送行，疏林不做美，淡烟暮霭相遮蔽。夕阳古道无人语，禾黍秋风听马嘶。我为甚么懒上车儿内，来时甚急，去后何迟？

（红云）夫人去好一会，姐姐，咱家去！（旦唱）

【收尾】四围山色中，一鞭残照里。遍人间烦恼填胸臆，量这些大小车儿如何载得起？

（旦、红下）（末云）仆童赶早行一程儿，早寻个宿处。泪随流水急，愁逐野云飞。（下）

作品赏析

《西厢记》描写书生张生在寺庙中遇见崔相国之女崔莺莺，两人产生爱情，通过婢女红娘的帮助，历经坎坷，终于冲破封建礼教束缚而结合的故事。王实甫的杂剧《西厢记》有鲜明、深刻的反封建的主题。张生和崔莺莺的恋爱故事已经不再停留在"才子佳人"的模式上,也没有把"夫贵妻荣"作为婚姻的理想。他们否定了封建社会传统的联姻方式,始终追求真挚的感情,爱情已被置于功名利禄之上。作品在中国文学史上第一次正面地表达了"愿普天下有情人都成眷属"的美好愿望,表达了反对封建礼教、封建婚姻制度、封建等级制度的进步主张,鼓舞了青年男女为争取爱情自由、婚姻自主而抗争。

《西厢记》一共五本。《长亭送别》是《西厢记》第四本第三折。这一折是塑造崔莺莺形象的重场戏之一,讲述了崔莺莺十里长亭送张生进京赶考的别离场景,而张生和崔莺莺这对冲破世俗相爱的恋人,在短暂的欢愉后即将饱尝长久的别离相思,反映了自由爱情与封建礼教的尖锐矛盾,表达了对封建礼教严重束缚和压制人性人情的控诉,刻画了莺莺离别时的痛苦心情和怨恨情绪。

【端正好】主要是采用因景生情的手法,以凄凉的暮秋景象来引出莺莺的离愁别恨。

【滚绣球】这段曲词是莺莺在赴长亭的路上唱的,主要以途中的景物为线索来抒情写意,从不同的侧面展示主人公复杂的内心世界。"柳丝长玉骢难系,恨不倩疏林挂住斜晖。"莺莺看到长长的柳丝就想到它系不住张生骑的马儿;看到疏朗的树林就想请它们挂住流逝的阳光,让时间走得慢一点。张生骑马在前,莺莺坐车在后,莺莺要马儿慢慢地走,车儿快快地跟上,好让自己同张生更靠近些,也能有更多一点的时间待在一起。"却告了相思回避,破题儿又早别离。"这两句是说,刚逃过了情人之间的相思之苦,才开始在一起又要很快地分离。"听得道一声'去也',松了金钏;遥望见十里长亭,减了玉肌。此恨谁知?""金钏"就是戴在手腕上的金镯子;"长亭"是古代设立在大道旁边为送别饯行而用的亭子,古语有"十里一长亭,五里一短亭"的说法,所以叫"十里长亭"。这三句是说,莺莺刚听见一声"张生要走",手腕上戴的金镯子就松下来了;远远看见送别的十里长亭,人马上就瘦下来了。这种离愁别恨有谁能知道啊?这里作者运用了高度夸张的表现手法,来形容当时莺莺和张生缠绵欲绝的离别之情。

【叨叨令】这段曲词,先是说莺莺看见送行的车马,心中非常难过、闷气;进而又说无心梳妆打扮,今后只能用昏睡和哭泣来熬度时光。紧接着,是无可奈何的悲叹:"兀的不闷杀人也么哥?兀的不闷杀人也么哥?"是说怎么不烦闷死人啊?然而烦闷和悲叹也无法阻止她和张生的离别,所以最后只好叮嘱张生:"久已后书儿、信儿,索与我凄凄惶惶的寄。"这里的"索",是必须、应该的意思。这两句是嘱咐张生分别后赶紧寄书信回来。这段曲词是莺莺在自己的爱人和最知心的丫鬟红娘面前尽情倾诉离别的痛苦心情。

当莺莺、张生、红娘与老夫人会见后,送别的酒宴开始了。当着严厉无情的老夫人,莺莺不能尽情表露自己的感情,她只能感叹、悲伤。酒宴完毕,老夫人先走了。这个时候,莺莺和张生能谈谈知心话了。这里【耍孩儿】"淋漓襟袖啼红泪,比司马青衫更湿"是说莺莺为离别之苦而流的眼泪湿透了衣衫。接下来作者又以比喻的手法进一步抒写莺莺的心绪:"伯劳东去燕西飞,未登程先问归期。""伯劳"是一种鸟。这两句是说,伯劳和燕子就要一个飞东一个飞西了,还没有起飞分开就问今后相会的日子。"虽然眼底人千里,且尽生前酒一杯。"既然马上就要相别千里,姑且在聚合时再饮一杯送行酒吧。这是由极度悲哀转向无可奈何时的一句宽慰话。"未饮心先醉,眼中流血,心内成灰。"是说哪里还要饮什么送行酒啊,还没饮酒,心早已如痴如醉了!眼泪流尽继之以血,这颗心早已被折磨得像死灰一样了。这同上面"虽然眼底人千里,且尽生前酒一杯"相对照,是感情上的一个突变,由一刹那的宽慰,转到痛不欲生的悲哀。实际上,前两句是后三句的映衬对比,可以说这是一种欲放先收、欲高先低的手法。

"但得一个并头莲,煞强如状元及第",这是莺莺对张生赴考所持的态度。历经多少辛酸痛苦才获取的爱情,刚刚得到承认,二人马上又要分开。"却告了相思回避,破题儿又早别离。听得道一声'去也',松了金钏;遥望见十里长亭,减了玉肌。此恨谁知?"莺莺的内心越是痛苦,越是说明封建家长的冷酷无情。莺莺虽然无力反抗老夫人"三辈儿不招白衣女婿"的宗旨,但她斩钉截铁地表明了自己对这个问题的态度,她认为"莲开并蒂"比"状元及第"好得多。"'蜗角虚名、蝇头微利',拆鸳鸯在两下里。一个这壁,一个那壁,一递一声长吁气。"这些话是当着老夫人的面说的,显示了莺莺倔强的反抗性格。

《长亭送别》历来为人们所激赏,其中一个重要原因是它在思想上有新意,它不仅表现了追求爱情和反抗封建家长的勇气,而且对读书追求功名利禄那一套世俗观念做了一定程度的批判。

在老夫人和长老相继离去后,莺莺面对即将赴考的张生,百感交集,肝肠寸断。她首先叮嘱张生的是:"此一行得官不得官,疾早便回来。"又一次表现了她在功名利禄问题上与老夫人截然不同的态度。面对即将远去的爱人,莺莺千叮咛万嘱咐,"顺时自保揣身体""鞍马秋风里,最难调护,最要扶持"。这些体贴入微的话,写出莺莺对张生的缠绵深情,表现了她温柔贤惠的性格。

《长亭送别》的末尾,莺莺终于把藏在心底的话说出。这话来得如此突兀,分量惊人得重。"你休忧文齐福不齐,我只怕你停妻再娶妻。"莺莺明白,她和张生的爱情正处于一个危险地带,张生得中与否都是对他们的爱情的巨大考验。张生得中的话,他将成为高门大族的择婿对象;如果落第,老夫人又不承认这个白衣女婿。巨大的阴影笼罩着莺莺。在这里,我们窥见了封建时代妇女身上所承受的巨大的压力,以及在男女不平等的社会里妇女悲惨屈辱的地位。

第三节 《儒林外史》之沈琼枝

作者简介

吴敬梓（1701—1754），字敏轩，号粒民，清朝最伟大的小说家之一。汉族，安徽省滁州市全椒县人。因家有"文木山房"，所以晚年自称"文木老人"，又因自家乡安徽滁州全椒县移至江苏南京秦淮河畔，故又称"秦淮寓客"。

著有长篇讽刺小说《儒林外史》、《文木山房诗文集》十二卷（今存四卷）、《文木山房诗说》七卷（今存四十三则），其中《儒林外史》是长篇小说，用了十多年时间才完成。成书于乾隆十四年（1749年）或稍前，现以抄本传世，初刻于嘉庆八年（1803年）。

《儒林外史》全书56章，是我国古代讽刺文学的典范，以写实主义描绘各类人士对于功名富贵的不同表现，一方面真实地揭示人性被腐蚀的过程和原因，从而对当时吏治的腐败、科举的弊端、礼教的虚伪等进行了深刻的批判和嘲讽；另一方面热情地歌颂了少数人物以坚持自我的方式所做的对于人性的守护，从而寄寓了作者的理想。小说对白话的运用已趋纯熟自如，人物性格的刻画也颇为深入细腻，尤其是采用高超的讽刺手法，使该书成为中国古典讽刺文学的佳作。

《儒林外史》代表着中国古代讽刺小说的高峰，它开创了以小说直接评价现实生活的范例。鲁迅认为该书思想内容"秉持公心，指摘时弊"，胡适认为其艺术特色堪称"精工提炼"。

作品原文

第四十一回　庄濯江话旧秦淮河　沈琼枝押解江都县（节选）

转眼长夏已过，又是新秋，清风戒寒。那秦淮河另是一番景致。满城的人都叫了船，请了大和尚在船上悬挂佛像，铺设经坛，从西水关起，一路施食到进香河。十里之内，降真香烧的有如烟雾溟蒙。那鼓钹梵呗之声，不绝于耳。到晚，做的极精致的莲花灯，点起来浮在水面上。又有极大的法船，照依佛家中元地狱赦罪之说，超度这些孤魂升天。把一个南京秦淮河，变做西域天竺国。到七月二十九日，清凉山地藏胜会。人都说地藏菩萨一年到头都把眼闭着，只有这一夜才睁开眼。若见满城都摆的香花灯烛，他就只当是一年到头都是如此，就欢喜这些人好善，就肯保佑人。所以这一夜，南京人各家门户，都搭起两张桌子来，两枝通宵风烛，一座香斗，从大中桥到清凉山，一条街有七八里路，点得象一条银龙，一夜的亮，香烟不绝，大风也吹不熄。倾城士女都出来烧香看会。

沈琼枝住在王府塘房子里，也同房主人娘子去烧香回来。沈琼枝自从来到南京，挂了招牌，也有来求诗的，也有来买斗方的，也有来托刺绣的。那些好事的恶少，都一传两，两传三的来物色，非止一日。这一日烧香回来，人见他是下路打扮，跟了他后面走的就有百十人。庄非熊却也顺路跟在后面，看见他走到王府塘那边去了。庄非熊心里有些疑惑。次日，来到杜少卿家，说："这沈琼枝在王府塘，有恶少们去说混话，他就要怒骂起来。此人来路甚奇，少卿兄何不去看看？"杜少卿道："我也听见这话，此时多失意之人，安知其不因避难而来此地？我正要去问他。"当下便留庄非熊在何房看新月。又请了两个客来：一个是迟衡山，一个是武书。庄非熊见了，说些闲话，又讲起王府塘沈琼枝卖诗文的事。杜少卿道："无论他是怎样，果真能做诗文，这也就难得了。"迟衡山道："南京城里是何等地方！四方的名士还数不清，还那个去求妇女们的诗文？这个明明借此勾引人！他能做不能做，不必管他。"武书道："这个却奇。一个少年妇女，独自在外，又无同伴，靠卖诗文过日子，恐怕世上断无此理。只恐其中有甚情由。他既然会做诗，我们便邀了他来做做看。"说着，吃了晚饭。那新月已从河底下斜挂一钩，渐渐的照过桥来。杜少卿道："正字兄，方才所说，今日已迟了，明日在舍间早饭后，同去走走。"武书应诺，同迟衡山、庄非熊，都别去了。

次日，武正字来到杜少卿家。早饭后，同到王府塘来。只见前面一间低矮房屋，门首围着一二十人在那里吵闹。杜少卿同武书上前一看，里边便是一个十八九岁妇人，梳着下路绺鬏，穿着一件宝蓝纱大领披风，在里面支支喳喳的嚷。杜少卿同武书听了一听，才晓得是人来买绣香囊，地方上几个喇子想来拿圆头，却无实迹，倒被他骂了一场。两人听得明白，方才进去。那些人看见两位进去，也就渐渐散了。沈琼枝看见两人气概不同，连忙接着，拜了万福。坐定，彼此谈了几句闲话。武书道："这杜少卿先生是此间诗坛祭酒，昨日因有人说起佳作可观，所以来请教。"沈琼枝道："我在南京半年多，凡到我这里来的，不是把我当作倚门之娼，就是疑我为江湖之盗。两样人皆不足与言。今见二位先生，既无狎玩我的意思，又无疑猜我的心肠。我平日听见家父说：'南京名士甚多，只有杜少卿先生是个豪杰。'这句话不错了。但不知先生是客居在此，还是和夫人也同在南京？"杜少卿道："拙荆也同寄居在河房内。"沈琼枝道："既如此。我就到府拜谒夫人，好将心事细说。"杜少卿应诺，同武书先别了出来。武书对杜少卿说道："我看这个女人实有些奇。若说他是个邪货，他却不带淫气；若是说他是人家遣出来的婢妾，他却又不带贱气。看他虽是个女流，倒有许多豪侠的光景。他那般轻倩的装饰，虽则觉得柔媚，只一双手指却像讲究勾、搬、冲的。论此时的风气，也未必有车中女子同那红线一流人。却怕是负气斗狠，逃了出来的。等他来时，盘问盘问他，看我的眼力如何。"

说着，已回到杜少卿家门首，看见姚奶奶背着花笼儿来卖花。杜少卿道：

第一章 古代文学作品中的女性

"姚奶奶,你来的正好。我家今日有个希奇的客到,你就在这里看看。"让武正字到河房里坐着,同姚奶奶进去,和娘子说了。少刻,沈琼枝坐了轿子,到门首下了进来,杜少卿迎进内室,娘子接着,见过礼,坐下奉茶。沈琼枝上首,杜娘子主位,姚奶奶在下面陪着,杜少卿坐在窗槅前。彼此叙了寒暄。杜娘子问道:"沈姑娘,看你如此青年,独自一个在客边,可有个同伴的?家里可还有尊人在堂?可曾许字过人家?"沈琼枝道:"家父历年在外坐馆,先母已经去世。我自小学了些手工针黹,因来到这南京大邦去处,借此糊口。适承杜先生相顾,相约到府,又承夫人一见如故,真是天涯知己了。"姚奶奶道:"沈姑娘出奇的针黹!昨日我在对门葛来官家,看见他相公娘买了一幅绣的'观音送子',说是买的姑娘的,真个画儿也没有那画的好!"沈琼枝道:"胡乱做做罢了,见笑的紧。"须臾,姚奶奶走出房门外去。沈琼枝在杜娘子面前,双膝跪下。娘子大惊,扶了起来。沈琼枝便把盐商骗他做妾,他拐了东西逃走的话说了一遍:"而今只怕他不能忘情,还要追踪而来。夫人可能救我?"杜少卿道:"盐商富贵奢华,多少士大夫见了就销魂夺魄;你一个弱女子,视如土芥,这就可敬的极了!但他必要追踪,你这祸事不远。却也无甚大害。"

正说着,小厮进来请少卿:"武爷有话要说。"杜少卿走到河房里,只见两个人垂着手,站在槅子门口,像是两个差人。少卿吓了一跳,问道:"你们是那里来的?怎么直到这里边来?"武书接应道:"是我叫进来的。奇怪!如今县里据着江都县缉捕的文书在这里拿人,说他是宋盐商家逃出来的一个妾。我的眼色如何?"少卿道:"此刻却在我家!我家与他拿了去,就像是我家指使的;传到扬州去,又像我家藏留他。他逃走不逃走都不要紧,这个倒有些不妥帖。"武正字道:"小弟先叫差人进来,正为此事。此刻少卿兄莫若先赏差人些微银子,叫他仍旧到王府塘去;等他自己回去,再做道理拿他。"少卿依着武书,赏了差人四钱银子。差人不敢违拗,去了。少卿复身进去,将这一番话向沈琼枝说了。娘子同姚奶奶倒吃了一惊。沈琼枝起身道:"这个不妨。差人在那里?我便同他一路去。"少卿道:"差人我已叫他去了。你且用了便饭。武先生还有一首诗奉赠,等他写完。"当下叫娘子和姚奶奶陪着吃了饭,自己走到河房里检了自己刻的一本诗集,等着武正字写完了诗,又称了四两银子,封做程仪,叫小厮交与娘子,送与沈琼枝收了。

沈琼枝告辞出门,上了轿,一直回到手帕巷。那两个差人已在门口,拦住说道:"还是原轿子抬了走,还是下来同我们走?进去是不必的了!"沈琼枝道:"你们是都堂衙门的?是巡按衙门的?我又不犯法,又不打钦案的官司,那里有个拦门不许进去的理!你们这般大惊小怪,只好吓那乡里人!"说着,下了轿,慢慢的走了进去。两个差人倒有些让他。沈琼枝把诗同银子收在一个首饰匣子里,出来叫:"轿夫,你抬我到县里去。"轿夫正要添钱。差人忙说道:"千差万差,来人不差!我们清早起,就在杜相公家伺候了半日,留你脸面,等你轿子回来，你就是女人，难道是茶也不吃的！"沈琼枝见差人想钱，也只不理；添了二十四个轿钱，一直就抬到县里来。差人没奈何，走到宅门上回禀道："拿的那个沈氏到了。"知县听说，便叫带到三堂回话。带了进来，知县看他容貌不差，问道："既是女流，为甚么不守闺范，私自逃出，又偷窃了宋家的银两，潜踪在本县地方做甚么？"沈琼枝道："宋为富强占良人为妾，我父亲和他涉了讼，他买嘱知县，将我父亲断输了，这是我不共戴天之仇。况且我虽然不才，也颇知文墨；怎么肯把一个张耳之妻去事外黄佣奴？故此逃了出来。这是真的。"知县道："你这些事，自有江都县问你，我也不管。你既会文墨，可能当面做诗一首？"沈琼枝道："请随意命一个题。原可以求教的。"知县指着堂下的槐树，说道："就以此为题。"沈琼枝不慌不忙，吟出一首七言八句来，又快又好。知县看了赏鉴，随叫两个原差到他下处取了行李来，当堂查点。翻到他头面盒子里，一包碎散银子，一个封袋上写着"程仪"，一本书，一个诗卷。知县看了，知道他也和本地名士倡和。签了一张批，备了一角关文，吩咐原差道："你们押送沈琼枝到江都县，一路须要小心，不许多事，领了回批来缴。"那知县与江都县同年相好，就密密的写了一封书子，装入关文内，托他开释此女，断还伊父，另行择婿。此是后事不题。

当下沈琼枝同两个差人出了县门，雇轿子抬到汉西门外，上了仪征的船。差人的行李放在船头上锁伏板下安歇。沈琼枝搭在中舱。正坐下，凉篷小船上又荡了两个堂客来搭船，一同进到官舱。沈琼枝看那两个妇人时，一个二十六七的光景，一个十七八岁，乔素打扮，做张做致的。跟着一个汉子，酒糟的一副面孔，一顶破毡帽，坎齐眉毛，挑过一担行李来，也送到中舱里。两妇人同沈琼枝一块儿坐下，问道："姑娘是到那里去的？"沈琼枝道："我是扬州，和二位想也同路。"中年的妇人道："我们不到扬州，仪征就上岸了。"过了一会，船家来称船钱。两个差人啐了一口，拿出批来道："你看！这是甚么东西！我们办公事的人，不问你要贴钱就够了，还来问我们要钱！"船家不敢言语，向别人称完了，开船到了燕子矶。一夜西南风，清早到了黄泥滩。差人问沈琼枝要钱。沈琼枝道："我昨日听得明白，你们办公事不用船钱的。"差人道："沈姑娘，你也太拿老了！叫我们管山吃山，管水吃水。都像你这一毛不拔，我们喝西北风！"沈琼枝听了，说道："我便不给你钱，你敢怎么样！"走出船舱，跳上岸去，两只小脚就是飞的一般，竟要自己走了去。两个差人，慌忙搬了行李，赶着扯他；被他一个四门斗里打了一个仰八叉。扒起来，同那个差人吵成一片。吵的船家同那戴破毡帽的汉子做好做歹，雇了一乘轿子。两个差人，跟着去了。

作品赏析

《儒林外史》第四十、四十一回塑造了具有妇女个性解放意识的沈琼枝的光辉形象,这个形象虽占的篇幅不多,但其鲜明的个性特征在读者心中留下了深刻的印象,她在叛逆女性的文学长廊里也占有一席之地,更是《儒林外史》中唯一一个有名有姓的女性。无论与男性相比,还是与其他女子相比,她在小说中就像一股清流、一篇传奇,给人留下了深刻而又奇特的印象。有关沈琼枝的情节可概括为出嫁之前—进入宋家—逃出宋家—利涉卖文—求助杜家—押解江都。下面根据情节来分析沈琼枝的性格。

1. 自尊自立

沈先生是一介贡生,意识到宋为富不把女儿做正室之后说:"女儿你也须自己主张。"可以看出沈先生与封建专制家长的不同。虽然也是包办婚姻,沈父却看重女儿的自尊,保证女儿的自主性。沈琼枝开口第一句话便不负父望:"爹爹你请放心!我家又不曾写立文书,得他身价,为甚肯去伏低做小!"入了宋家,坐在大厅张口便说:"我常州姓沈的,不是甚么低三下四的人家!他既要娶我,怎的不张灯结彩,择吉过门?把我悄悄的抬了来,当做娶妾的一般光景。我且不问他要别的,只叫他把我父亲亲笔写的婚书拿出来与我看,我就没的说了!"这句话把她的自尊表现得淋漓尽致。她最终因不肯做他人之妾而逃出宋家,并没有因为宋为富家产万贯而屈身于他,这是她自尊自爱的一面,小说中对此也通过杜少卿之口来侧面表现:"盐商富贵奢华,多少士大夫见了就销魂夺魄;你一个弱女子,视如土芥,这就可敬的极了!"她的自尊还有一个细节可以表现,她说:"况且我虽然不才,也颇知文墨;怎么肯把一个张耳之妻去事外黄佣奴?"这句话说明沈琼枝有着作为知识分子的自傲。

她的自立精神还表现在挂招牌卖诗文这一情节。在要逃出宋家时,她想的是:"我又会做两句诗,何不到南京去卖诗过日子?""招牌"是富有象征意义的一个东西,它代表了一种职业、一种身份。而传统观念看来,女子的职业便是相夫教子,只能依附于父亲、丈夫或儿子生存。沈琼枝挂招牌一节表现了对传统观念和依附身份的挑战与反抗,招牌的背后正是她的自立精神。沈琼枝不仅有自立的精神,更用行动表明她在一定程度上实现了自立。

2. 智勇兼备

沈琼枝一出场便充分展现了她的智慧,在未进入宋家之前,沈琼枝已有计策:"他既如此排场,爹爹若是和他吵闹起来,倒反被外人议论。我而今一乘轿子抬到他家里去,看他怎模样看待我。"她能揣度事情利弊,是个很有谋略和主见的人。在宋为富家过了几天不见消息,早已将事情猜透,打算逃离宋家,可见其察人观物之精准;她临走之际,做好了充足准备,打包金银首饰,乔装打扮,买通丫鬟,作者一连用了"打包""穿了""扮做""买通""走"五个动词,干脆利索,可见其心思之缜密、眼光之长远、行动之果断,从而得以顺利逃走。面对宋为富的追踪,她在遇到豪侠杜少卿之后,不便贸然相访,便问杜少卿是否同夫人在此,以拜谒夫人为名,找到了一条救命的绳索。

沈琼枝的勇敢表现在不畏强横，不惧势力，敢于特立独行，敢于对簿公堂。她明知宋家不安好心，却敢于只身入虎穴，一进宋家就表现出了"不好惹"的样子，狡诈的宋家使她孤立无援，她却勇于做出逃离的决定并付诸实施。为了生计竟然"敢为天下先"，做了自古女子未做之事——挂招牌卖文，这在名士武书看来都是"奇事"。在公堂之上，她义正词严，敢于说真话，作诗也毫无惧色。所谓"差人比官横"，押解途中面对差人蛮横要钱的行为，她敢于直接反抗："我便不给你钱，你敢怎么样！"便一展身手，叫差人吃了苦头。

沈琼枝既有智慧，又有胆量，才能够自由出入宋家，避免了一场官司，以十分潇洒的姿态成功逃脱了一场为他人妾的命运。

3. 刚柔并济

这首先表现在"侠气"与"女气"的统一上。武书和杜少卿满怀好奇地见到卖文的沈琼枝，前者说了这样一段话："我看这个女人实有些奇。若说他是个邪货，他却不带淫气；若是说他是人家遣出来的婢妾，他却又不带贱气。看他虽是个女流，倒有许多豪侠的光景。他那般轻清的装饰，虽则觉得柔媚，只一双手指却像讲究勾、搬、冲的。论此时的风气，也未必有车中女子同那红线一流人。"武书的这段话是对沈琼枝极其恰当且精彩的评价。沈琼枝精于女工，知书达礼，似与闺中女子无异，然而走出闺苑，她俨然变成了行走江湖的女侠，满带一身"豪侠之气"。避祸于杜家，她不想牵连别人，说了句："这个不妨。差人在那里？我便同他一路去。"其果断和潇洒，许多男子都难以做到。被差人拦在门口，她从容不迫，言辞合情合理，自带威严，因而"两个差人倒有些让他"，所谓"子温而厉，威而不猛，恭而安"，能够做到不怒自威，是君子的品德之一。在公堂之上，她痛斥宋为富："他买嘱知县，将我父亲断输了，这是我不共戴天之仇。"将犯父上升到"不共戴天之仇"的层面，也不是闺中女子所言。面对押解她的两个无理的差人，她"走出船舱，跳上岸去，两只小脚就是飞的一般，竟要自己走了去"，两个差人"被他一个四门斗里打了一个仰八叉"，这种精彩的打斗场面，仿佛使我们看到了唐传奇里的侠女影子。

其次，刚柔相济的特质还表现在她待人接物不卑不亢方面。面对宋为富这种豪横欺瞒的盐商，她的态度鲜明果决，进了宋家，她"也不言语，下了轿，一直走到大厅上坐下"，自古以来大厅是女子的禁地，她却不拘小节，"下""走""坐"这几个动词加上"不言语""一直"两个词，准确地表现了沈琼枝性格中直率、果决和霸气的一面。利涉桥卖文，好事的恶少来说混话和讹诈，她皆以怒骂相斥，这种怒骂，也必定不是泼妇骂街似的凶狠蛮横。而见到了武书、杜少卿，她觉两人气概不同，便"连忙接着，拜了万福"，还说"我在南京半年多，凡到我这里来的，不是把我当作倚门之娼，就是疑我为江湖之盗。两样人皆不足与言。今见二位先生，既无狎玩我的意思，又无疑猜我的心肠。"从而确定了杜少卿是个豪侠，故以礼相待。姚奶奶夸她刺绣之工绝佳，她说"胡乱做做罢了，见笑的紧",表现得十分谦虚。

沈琼枝的性格刚柔并济,似侠非侠,恰到好处,而在当时的社会中,这样优秀的一个女性也只能用"奇"来形容,却无法被当时的世人所理解。

4. 沈琼枝的反抗性与未来命运

沈琼枝是个有着自我意识和反抗精神的女性,相比晴雯的刚直任性,她更识大体;相比尤三姐以死正清白的刚烈和倔强,她的行为更理性温和;相比娜拉的毅然出走,她的眼光更加长远;相比繁漪阴鸷隐忍的反抗,她的性格更洒脱果敢……沈琼枝比她们幸运,一则因其父的地位,二则她没有爱情与家庭的重重顾虑,最重要的因素是她的性格和能力,自尊自立,有智有勇,刚柔相济,能文会武,这决定了她在传统语境中能够相对成功地实现自己的反抗之路,她不会安于传统女子的悲惨境地而隐忍一生。

在小说末回,作者借后世万历年间修儒之名表达了自己理想的举才观,列了一张理想中的榜文。沈琼枝位于进士三甲第一名,可见作者对她的认可,不仅是才能方面,还有对其性格的肯定与喜爱,沈琼枝也是作者理想观念的载体。

第二章 现代文学作品中的女性

第一节 《伤逝》之子君

作者简介

鲁迅（1881—1936），曾用名周樟寿，原名周树人，字豫才，浙江绍兴人。著名文学家、思想家、民主战士，新文化运动的重要参与者。五四运动前后，参加《新青年》杂志的工作，站在反帝反封的新文化运动的最前列，成为新文化运动的伟大旗手。毛泽东曾评价："鲁迅的方向，就是中华民族新文化的方向。"

"鲁迅"是他1918年发表《狂人日记》时所用的笔名，也是他影响最为广泛的笔名。

鲁迅的著作以小说、杂文为主，主要作品有小说集《呐喊》（包括《狂人日记》《阿Q正传》《孔乙己》等），《彷徨》（包括《祝福》《伤逝》等），散文集《朝花夕拾》（包括《藤野先生》《范爱农》等），杂文集《坟》《热风》《华盖集》《华盖集续编》《南腔北调集》等。

鲁迅一生在文学创作、文学批评、思想研究、文学史研究、翻译、美术理论引进、基础科学介绍和古籍校勘与研究等多个领域具有重大贡献，他蜚声世界文坛，被誉为"二十世纪东亚文化地图上占最大领土的作家"。

他于1936年10月19日病逝于上海。"寄意寒星荃不察，我以我血荐轩辕""横眉冷对千夫指，俯首甘为孺子牛"，这是他一生的真实写照。

作品原文

伤逝（节选）
——涓生的手记

如果我能够，我要写下我的悔恨和悲哀，为子君，为自己。

……

"我是我自己的，他们谁也没有干涉我的权利！"

第二章　现代文学作品中的女性

这是我们交际了半年,又谈起她在这里的胞叔和在家的父亲时,她默想了一会之后,分明地,坚决地,沉静地说了出来的话。其时是我已经说尽了我的意见,我的身世,我的缺点,很少隐瞒;她也完全了解的了。这几句话很震动了我的灵魂,此后许多天还在耳中发响,而且说不出的狂喜,知道中国女性,并不如厌世家所说那样的无法可施,在不远的将来,便要看见辉煌的曙色的。

送她出门,照例是相离十多步远;照例是那鲇鱼须的老东西的脸又紧帖在脏的窗玻璃上了,连鼻尖都挤成一个小平面;到外院,照例又是明晃晃的玻璃窗里的那小东西的脸,加厚的雪花膏。她目不邪视地骄傲地走了,没有看见;我骄傲地回来。

"我是我自己的,他们谁也没有干涉我的权利!"这彻底的思想就在她的脑里,比我还透澈,坚强得多。半瓶雪花膏和鼻尖的小平面,于她能算什么东西呢?

我已经记不清那时怎样地将我的纯真热烈的爱表示给她。岂但现在,那时的事后便已模胡,夜间回想,早只剩了一些断片了;同居以后一两月,便连这些断片也化作无可追踪的梦影。我只记得那时以前的十几天,曾经很仔细地研究过表示的态度,排列过措辞的先后,以及倘或遭了拒绝以后的情形。可是临时似乎都无用,在慌张中,身不由己地竟用了在电影上见过的方法了。后来一想到,就使我很愧恧,但在记忆上却偏只有这一点永远留遗,至今还如暗室的孤灯一般,照见我含泪握着她的手,一条腿跪了下去……

不但我自己的,便是子君的言语举动,我那时就没有看得分明;仅知道她已经允许我了。但也还仿佛记得她脸色变成青白,后来又渐渐转作绯红,——没有见过,也没有再见的绯红;孩子似的眼里射出悲喜,但是夹着惊疑的光,虽然力避我的视线,张皇地似乎要破窗飞去。然而我知道她已经允许我了,没有知道她怎样说或是没有说。

她却是什么都记得:我的言辞,竟至于读熟了的一般,能够滔滔背诵;我的举动,就如有一张我所看不见的影片挂在眼下,叙述得如生,很细微,自然连那使我不愿再想的浅薄的电影的一闪。夜阑人静,是相对温习的时候了,我常是被质问,被考验,并且被命复述当时的言语,然而常须由她补足,由她纠正,像一个丁等的学生。

这温习后来也渐渐稀疏起来。但我只要看见她两眼注视空中,出神似的凝想着,于是神色越加柔和,笑窝也深下去,便知道她又在自修旧课了,只是我很怕她看到我那可笑的电影的一闪。但我又知道,她一定要看见,而且也非看不可的。

然而她并不觉得可笑。即使我自己以为可笑,甚而至于可鄙的,她也毫不以为可笑。这事我知道得很清楚,因为她爱我,是这样地热烈,这样地纯真。

去年的暮春是最为幸福,也是最为忙碌的时光。我的心平静下去了,但又有别一部分和身体一同忙碌起来。我们这时才在路上同行，也到过几回公园，最多的是寻住所。我觉得在路上时时遇到探索，讥笑，猥亵和轻蔑的眼光，一不小心，便使我的全身有些瑟缩，只得即刻提起我的骄傲和反抗来支持。她却是大无畏的，对于这些全不关心，只是镇静地缓缓前行，坦然如入无人之境。

……

"是的。"她又沉默了一会，说，"但是，……涓生，我觉得你近来很两样了。可是的？你，——你老实告诉我。"

我觉得这似乎给了我当头一击，但也立即定了神，说出我的意见和主张来：新的路的开辟，新的生活的再造，为的是免得一同灭亡。

临末，我用了十分的决心，加上这几句话：

"……况且你已经可以无须顾虑，勇往直前了。你要我老实说；是的，人是不该虚伪的。我老实说罢：因为，因为我已经不爱你了！但这于你倒好得多，因为你更可以毫无挂念地做事……。"

我同时豫期着大的变故的到来，然而只有沉默。她脸色陡然变成灰黄，死了似的；瞬间便又苏生，眼里也发了稚气的闪闪的光泽。这眼光射向四处，正如孩子在饥渴中寻求着慈爱的母亲，但只在空中寻求，恐怖地回避着我的眼。

我不能看下去了，幸而是早晨，我冒着寒风径奔通俗图书馆。

在那里看见《自由之友》，我的小品文都登出了。这使我一惊，仿佛得了一点生气。我想，生活的路还很多，——但是，现在这样也还是不行的。

我开始去访问久已不相闻问的熟人，但这也不过一两次；他们的屋子自然是暖和的，我在骨髓中却觉得寒冽。夜间，便蜷伏在比冰还冷的冷屋中。

冰的针刺着我的灵魂，使我永远苦于麻木的疼痛。生活的路还很多，我也还没有忘却翅子的扇动，我想。——我突然想到她的死，然而立刻自责，忏悔了。

在通俗图书馆里往往瞥见一闪的光明，新的生路横在前面。她勇猛地觉悟了，毅然走出这冰冷的家，而且，——毫无怨恨的神色。我便轻如行云，漂浮空际，上有蔚蓝的天，下是深山大海，广厦高楼，战场，摩托车，洋场，公馆，晴明的闹市，黑暗的夜……。

而且，真的，我豫感得这新生面便要来到了。

我们总算度过了极难忍受的冬天，这北京的冬天；就如蜻蜓落在恶作剧的坏孩子的手里一般，被系着细线，尽情玩弄，虐待，虽然幸而没有送掉性命，结果也还是躺在地上，只争着一个迟早之间。

写给《自由之友》的总编辑已经有三封信，这才得到回信，信封里只有两张书券：两角的和三角的。我却单是催，就用了九分的邮票，一天的饥饿，又都白挨给于己一无所得的空虚了。

然而觉得要来的事，却终于来到了。

这是冬春之交的事，风已没有这么冷，我也更久地在外面徘徊；待到回家，

第二章 现代文学作品中的女性

大概已经昏黑。就在这样一个昏黑的晚上，我照常没精打采地回来，一看见寓所的门，也照常更加丧气，使脚步放得更缓。但终于走进自己的屋子里了，没有灯火；摸火柴点起来时，是异样的寂寞和空虚！

正在错愕中，官太太便到窗外来叫我出去。

"今天子君的父亲来到这里，将她接回去了。"她很简单地说。

这似乎又不是意料中的事，我便如脑后受了一击，无言地站着。

"她去了么？"过了些时，我只问出这样一句话。

"她去了。"

"她，——她可说什么？"

"没说什么。单是托我见你回来时告诉你，说她去了。"

我不信；但是屋子里是异样的寂寞和空虚。我遍看各处，寻觅子君；只见几件破旧而黯淡的家具，都显得极其清疏，在证明着它们毫无隐匿一人一物的能力。我转念寻信或她留下的字迹，也没有；只是盐和干辣椒，面粉，半株白菜，却聚集在一处了，旁边还有几十枚铜元。这是我们两人生活材料的全副，现在她就郑重地将这留给我一个人，在不言中，教我借此去维持较久的生活。

我似乎被周围所排挤，奔到院子中间，有昏黑在我的周围；正屋的纸窗上映出明亮的灯光，他们正在逗着孩子推笑。我的心也沉静下来，觉得在沉重的迫压中，渐渐隐约地现出脱走的路径：深山大泽，洋场，电灯下的盛筵；壕沟，最黑最黑的深夜，利刃的一击，毫无声响的脚步……。

心地有些轻松，舒展了，想到旅费，并且嘘一口气。

躺着，在合着的眼前经过的豫想的前途，不到半夜已经现尽；暗中忽然仿佛看见一堆食物，这之后，便浮出一个子君的灰黄的脸来，睁了孩子气的眼睛，恳托似的看着我。我一定神，什么也没有了。

但我的心却又觉得沉重。我为什么偏不忍耐几天，要这样急急地告诉她真话的呢？现在她知道，她以后所有的只是她父亲——儿女的债主——的烈日一般的严威和旁人的赛过冰霜的冷眼。此外便是虚空。负着虚空的重担，在严威和冷眼中走着所谓人生的路，这是怎么可怕的事呵！而况这路的尽头，又不过是——连墓碑也没有的坟墓。

我不应该将真实说给子君，我们相爱过，我应该永久奉献她我的说谎。如果真实可以宝贵，这在子君就不该是一个沉重的空虚。谎语当然也是一个空虚，然而临末，至多也不过这样地沉重。

我以为将真实说给子君，她便可以毫无顾虑，坚决地毅然前行，一如我们将要同居时那样。但这恐怕是我错误了。她当时的勇敢和无畏是因为爱。

我没有负着虚伪的重担的勇气，却将真实的重担卸给她了。她爱我之后，就要负了这重担，在严威和冷眼中走着所谓人生的路。

我想到她的死……。我看见我是一个卑怯者，应该被摈于强有力的人们，无论是真实者，虚伪者。然而她却自始至终，还希望我维持较久的生活……。

我要离开吉兆胡同，在这里是异样的空虚和寂寞。我想，只要离开这里，子君便如还在我的身边；至少，也如还在城中，有一天，将要出乎意表地访我，像住在会馆时候似的。

然而一切请托和书信，都是一无反响；我不得已，只好访问一个久不问候的世交去了。他是我伯父的幼年的同窗，以正经出名的拔贡，寓京很久，交游也广阔的。

大概因为衣服的破旧罢，一登门便很遭门房的白眼。好容易才相见，也还相识，但是很冷落。我们的往事，他全都知道了。

"自然，你也不能在这里了，"他听了我托他在别处觅事之后，冷冷地说，"但那里去呢？很难。——你那，什么呢，你的朋友罢，子君，你可知道，她死了。"

我惊得没有话。

"真的？"我终于不自觉地问。

"哈哈。自然真的。我家的王升的家，就和她家同村。"

"但是，——不知道是怎么死的？"

"谁知道呢。总之是死了就是了。"

我已经忘却了怎样辞别他，回到自己的寓所。我知道他是不说谎话的；子君总不会再来的了，像去年那样。她虽是想在严威和冷眼中负着虚空的重担来走所谓人生的路，也已经不能。她的命运，已经决定她在我所给与的真实——无爱的人间死灭了！

自然，我不能在这里了；但是，"那里去呢？"

四围是广大的空虚，还有死的寂静。死于无爱的人们的眼前的黑暗，我仿佛一一看见，还听得一切苦闷和绝望的挣扎的声音。

我还期待着新的东西到来，无名的，意外的。但一天一天，无非是死的寂静。

……

然而子君的葬式却又在我的眼前，是独自负着虚空的重担，在灰白的长路上前行，而又即刻消失在周围的严威和冷眼里了。

我愿意真有所谓鬼魂，真有所谓地狱，那么，即使在孽风怒吼之中，我也将寻觅子君，当面说出我的悔恨和悲哀，祈求她的饶恕；否则，地狱的毒焰将围绕我，猛烈地烧尽我的悔恨和悲哀。

我将在孽风和毒焰中拥抱子君，乞她宽容，或者使她快意……。

但是，这却更虚空于新的生路；现在所有的只是初春的夜，竟还是那么长。我活着，我总得向着新的生路跨出去，那第一步，——却不过是写下我的悔恨和悲哀，为子君，为自己。

第二章　现代文学作品中的女性

我仍然只有唱歌一般的哭声，给子君送葬，葬在遗忘中。

我要遗忘；我为自己，并且要不再想到这用了遗忘给子君送葬。

我要向着新的生路跨进第一步去，我要将真实深深地藏在心的创伤中，默默地前行，用遗忘和说谎做我的前导……。

一九二五年十月二十一日毕。

作品赏析

《伤逝》出自鲁迅《彷徨》小说集，是鲁迅1925年创作的一部以爱情为题材反映五四运动时期知识分子命运的短篇小说，也可以说是鲁迅唯一一篇构写男女爱情的小说。作品的主人公涓生和子君都是"五四式"新青年。子君认识涓生后，便拜访他，听他讲新文化、新道德、新观念，深受其影响，并与之相恋。之后，子君又坚决地对涓生表示："我是我自己的，他们谁也没有干涉我的权利！"并不惜和封建旧家庭闹翻，毫不理会讥笑、猥亵和轻蔑的眼光，和涓生自由恋爱并建立起小家庭。

婚后，子君很快就陷入家务之中，他们的爱情也未能"时时更新，生长，创造"。不久，涓生为当局所辞，他们便生活无着，涓生对子君的爱情也随之消减以至最后消失。涓生对子君袒露自己不再爱她的真实想法，她便被其父亲领回了家，并在无爱的人间死了。当涓生得知实际上是自己说出的真实导致了子君的死时，他追悔莫及，于是，长歌当哭，凄婉地唱出了自己的悔恨和悲哀，写下这篇手记，为子君送葬。

子君是一个接受了五四运动时期个性解放思想的新女性。她追求恋爱自由、婚姻自主，反对封建势力对她恋爱、婚姻的干涉、束缚。子君与涓生义无反顾地走在了一起，但子君从走出封建旧家庭到走进新式小家庭，从本质上来说，是冲出一个牢笼又陷进了另一个牢笼，并未获得真正的解放。未来的艰难他们不知，也只能在摸索中前进，二人的爱情逐渐迷失方向，直至爱情破灭。

经济基础永远是第一位的，当涓生没了工作，生活经济困难，子君没有先前那般活泼，逐渐庸俗。子君软弱、妥协和思想的停滞不前，使她建立起小家庭以后又沉浸在凝固的安宁与幸福里，忘记了人生的全盘要义，把精力倾注到家务及恭顺地侍奉丈夫上，表现出旧式妇女贤妻良母式的特点，失去了奋飞的能力和勇气，变得平庸短浅，由一个勇敢无畏的新时代的女性变成庸庸碌碌的家庭奴隶，他们的爱情也在这些琐事中逐渐淡化。

子君性格的转变也可以说是性格缺点的暴露，注定了她最后在社会的压迫下无奈地回到封建旧家庭抑郁而死。作品不但有生活环境不同的比较，而且有两个主人公婚前婚后的性格变化，将这些展现得十分清晰且过渡自然，真正达到了"伤逝"的效果。

作品也写出了子君的淳朴善良,她为了爱情,不计较涓生是个门第卑微的穷青年,当离开涓生的时候,没有留下字条,却默默地把仅有的生活用品留给涓生,这里有关心,有惋惜,有对爱情的最后留恋,表现出子君淳朴和善良的品性。

但子君追求的只是恋爱婚姻自由、奋斗目标的实现,把狭窄的小天地当作整个世界,把小家庭生活当作整个人生意义。这样,人的性格也就必然变得庸俗空虚、胆怯虚弱,爱情也因此褪色。这说明离开了社会改革,妇女追求个人自由幸福,是很难实现的。

第二节 《金粉世家》之冷清秋

作者简介

张恨水(1895—1967),原名心远,安徽潜山人,童年就读于旧式书馆,并沉迷于《西游记》《东周列国志》一类古典小说,尤其喜爱《红楼梦》的写作手法。

1911年,张恨水开始发表作品,作品上承章回小说,下启通俗小说,作品情节曲折复杂,结构布局严谨完整,对旧章回小说进行了革新,促进了新文学与通俗文学的交融,将中国传统的章回体小说与西洋小说的新技法融为一体,雅俗共赏。

他既是章回小说家,又是鸳鸯蝴蝶派代表作家,被尊称为现代文学史上的"章回小说大家"。1914年开始使用取自南唐后主李煜词《相见欢》"自是人生长恨水长东"中"恨水"这一笔名,意思是:人生从来就是令人遗憾的事情太多,就像那东逝的江水,不休不止,永无尽头。

1924年,张恨水凭借长篇小说《春明外史》一举成名,长篇小说《金粉世家》《啼笑因缘》的问世让张恨水的声望达到顶峰。在五十余年的写作生涯中,他创作了一百多部通俗小说,是20世纪的汉语文学史、白话文发展史上有重要影响的作家。

作品原文

第一百七回 决绝一书旧家成隔世 模糊双影盛事忆当年(节选)

俗言道:等人易久。其实燕西等凤举,也不过二十分钟罢了。老远地看见他跑回来,高举着两只手嚷道:"清秋回来了,清秋回来了,我们快回去罢。"燕西听了这话,脸上一怔。梅丽听到,却不由得站起来,连跳了两下道:"好了好了,我们回去罢。"燕西等凤举走近前来,才低声问道:"这是怎样一回事?你在电话

第二章 现代文学作品中的女性

里听清楚了吗？"凤举道："我哪有那么糊涂，连在电话里听这两句话，都听不清楚吗？"燕西道："她是怎样回去的呢？"凤举道："在电话里，何必问得那样清楚呢？我们不是马上要回去吗？等着回去再谈，也是不迟吧？"梅丽连连将脚顿了几下道："走走！我们快回去。"说着话，已是跳到亭子外长廊下栏杆边去。凤举道："看你忙成这个样子，你比燕西还急呢。"于是会了茶帐，匆匆地走出园来。大家坐上汽车，凤举对梅丽道："大约回家之后，首先和清秋谈起来的，就是你。你一定要把我们向茶房探听消息的话，说个有头有尾。其实她跑出来又回家去，怪难为情的，你对她还是少说话罢。"燕西道："为什么少说？这种人给她一点教训也好。"梅丽道："你这人说话，也太心肠硬着一点吧？我们为着寻她的下落，才到城外来的。我们原来的目的，不过是要知道人家的死信，如今不但人没有死，而且还是活跳新鲜地回来着，比我们原来的希望要超过几倍去了。你怎么倒反是不高兴？难道你不乐意她回来吗？"燕西淡淡笑了一声，并不说什么。梅丽道："你不说，我也明白，你当然是不愿意她回来的了。但是据我看来，决不是没有办法回来的，回家之后，你看到人家的态度再说罢。"燕西依然是不作声，又淡淡地一笑。汽车到了家门口，梅丽一进大门，见着门房就问道："七少奶奶是回来了吗？"老门房倒为之愕然，望了梅丽发呆道："没有呀，没有听到说这话呀。"梅丽道："怎样没有？刚才我们在颐和园，家里打电话把我们找回来的呢。"门房道："实在不知道这一件事，若果然有这一件事，除非是我没有看见。"梅丽再要问时，燕西和凤举已经很快的走进大门，直向上房而去。梅丽也是急于要得这个消息，直追着到上房来，早听到凤举大声道："怎么和我们开这样大的玩笑？"梅丽走到金太太屋子里看时，屋子里许多人，凤举手上捧了一张信纸在手上，围了七八个人在那里看。梅丽也向人缝里一钻道："看什么？看什么？"凤举道："别忙，反正信拿在我手上是跑不了的，你等着瞧罢。"梅丽既看不到，又不能伸手来夺，却很是着急。金太太在一边看到，便对凤举道："你就让她看一看罢。这一屋子人，恐怕要算她是最急的一个了。"凤举咳了一声，便将那信摊在茶几上，牵了梅丽的袖子，让她站近前来，笑道："干脆，你一个人念，我们大家听，好不好？"梅丽道："我念就我念罢。"于是她念着道：

燕西先生文鉴：西楼一火，劳燕遂分，别来想无恙也。秋此次不辞而别，他人必均骇然，而先生又必独欣然。秋对于欣然者，固无所用其不怿，而对于骇然者，亦终感未能木然置之。何也？知者谓我逃世，不知者谓我将琵琶别抱也。再四思维，于是不得不有此信之告矣。秋出走之初，原拟携此呱呱之物，直赴西郊，于昆明湖畔，觅一死所。继思此呱呱之物，果何所知？而亦遭此池鱼之殃。况吾家五旬老母，亦唯秋一点骨肉，秋果自尽，彼孑然一身，又何生为？秋一死不足惜，而更连累此一老一少。天地有好生之德，窃所不忍也。为此一念徘徊郊外，久不能决。凡人之求死，只在最初之五分钟，此五分钟犹豫既过，勇气顿失，愈不能死。于是秋遂薄暮返城，托迹女友之家，一面函告家母，约予会见。家母初以秋出走非是，冀覆水之重收。此秋再三陈以利害，谓合则在君势如仇敌，在秋形同牢囚。人生行乐耳，乃为旧道德之故，保持夫妻名义，行尸走肉，断送一生，有何趣味？若令秋入金门，则是宣告我无期徒刑，入死囚之牢也。

梅丽将信念到这里，不由叹了一口气道："就是这信前半段，也就沉痛极了，真也不用得向下念了。"凤举道："这不是讲《古文观止》，要你看一段讲一段，大家还等着听呢。"说着，便要伸手过来，将信拿过去。梅丽按住了信纸道："别忙别忙，我念就是了。"于是念道：

家母见秋之志已决，无可挽回，于是亦毅然从秋之志，愿秋与君离异，以另谋新生命。惟是秋转念择人不慎，中道而去，知者以为君实不德，秋扇见捐，不知者以为秋高自攀附，致遭白眼。则读书十年，所学何事？夫赵孟所贵，赶孟能贱之，本不足怪。然齐大非偶，古有明训，秋幼习是言，而长乃昧于是义，是秋之有今日，秋自取之。而今而后，尚何颜以冷清秋三字，以与社会相见乎？因是秋遂与母约，扬言秋已步三闾大夫后尘，葬身于昆明湖内，从此即隐姓埋名，举家而遁于他方。金冷婚约，不解而解矣。

秋家今已何往？君可不问。至携一子，为金门之骨肉，本不应与同往。然而君且无伉俪之情，更何有父子之义？置儿君侧，君纵听之，而君所获之新爱人，宁能不视此为眼中钉，拔去之而后快耶？与其将来受人非种必锄之举，则不如秋保护之，延其一线之生命也。俟其长大，自当告以弃儿之身世，一日君或欲一睹此赘疣，当尚有机缘也。行矣！燕西。生生世世，吾侪不必再晤。此信请为保留，即作为绝交之书，离婚之约。万一君之新夫人以前妻葛藤未断为嫌，则以此信视之可也。

行矣！燕西。君子绝交，不出恶声，秋虽非君子，既对君钟情于前，亦雅不欲于今日作无味之争论。然而临别赠言，有未能已者，语云：高明之家，鬼瞰其室，虎尾春冰，宜有以防其渐。以先翁位高德茂，继祖业而起来兹，本无可议。若至晚辈，则南朝金粉之香，冠盖京华之盛，未免兼取而并进，是非青年所以自处之道也。愿有则改之，无则加勉焉。

慈姑老大人，一年以来，抚秋如己出，实深感戴。寸恩未报，会当衔结于来生。此外妯娌姊妹，对秋亦多加爱护，而四姊八妹，一则古道热肠，肝胆相照，一则耳鬓厮磨，形影相惜。今虽飘泊风尘，而夜雨青灯，每一回忆，宁不感怀？故秋虽去，而寸心耿耿，犹不免神驰左右。顾人生百年，无不散之筵席，均毋以秋为念可也。蓬窗茅户，几榻生尘。伏案作书，恍如隔世。言为心声，泪随笔下。楮尽墨枯，难述所怀。专此奉达，并祝健康！

冷清秋谨启

作品赏析

《金粉世家》是通俗文学大师张恨水早期新闻生涯积累的生活素材的一次集中展现。这是一部"长途跋涉"的连载作品，1926年在北京《世界日报》上连载，至1932年刊完，近乎6年。作品讲述残酷的封建意识将爱情摧毁，乱世之秋，大家族摧残爱情，同时讴歌了人性中的真善美，也暴露了北洋军阀时期官僚们骄奢淫逸、钩心斗角的丑恶嘴脸。张恨水早期的作品大多归于"鸳鸯蝴蝶派"，一般认为是以消遣、缠绵的情爱纠葛为主旨，但从《金粉世家》开始，他作品中反思、揭批、警世的比例逐渐加重。

北洋军阀统治时期国务总理金铨的儿子金燕西偶遇平民女子冷清秋，不惜一切代价苦苦追求，而学生身份的冷清秋虽内心清高、孤傲，但囿于对金燕西的绝对信任，与他一起走进了婚姻的殿堂。于是她和金燕西演出了一场从恋爱、结婚到婚变、出走的感情悲剧。作品中的人物一个是大家公子，一个是小家碧玉；一个生于富豪，一个长于贫困；一个像炽热的向日葵，招摇炫目，一个如清雅的百合花，温和贤淑；一个习惯歌欢舞悦，一个饱具才情诗意。经过爱情的轰轰烈烈、婚姻的平平淡淡，最终爱如潮水干涸，两个主人公形同陌路。

冷清秋是作者张恨水别具匠心安排的一个核心人物，冷清秋的故事完整地展现了一个贫家女在不知如何有意识控制和计量自己的美貌力量时，被外力所裹挟的人生。她出身寒门，与寡母相依为命，饱读诗书，外柔内刚，是一个精神上的富有者。作者赋予了她足金足量的真才实学，以及真正坚韧自强的品质。她有秋天一般成熟的思考，对周遭事物的细细思量使她谨小慎微，对未来有着规划和远见，渴望用自己的力量撑起一片天空。对她而言，初恋仿佛很独特、很梦幻，但等到现实落地时，只剩下尴尬和难堪。婚后冷清秋的一味迁就反倒让金燕西察觉出讽刺的意义，致使冷清秋稍一约束他便激起反抗的念头，"太高人愈妒，过洁世同嫌"，她最终没有将爱情进行到底，以一个避世者的姿态离开了金府，以一个书画摊子淡薄自足，过上清贫但还能维持尊严的清白生活，不至于彻底沦落。

而金燕西生长于金玉满堂的总理内阁家庭，不仅富贵滔天，而且仪表堂堂，具备让人一见倾心的魅力。但他充满纨绔习气，缺少责任感和远见，与冷清秋思想上的差异甚至让夫妇二人在最后没有共同语言。从本质上来讲，《金粉世家》的真正悲剧是不同的家庭背景铸就了不同的人生观和价值观。他们对爱情如痴如狂地执着追求，但是水火不相容的性格造成了他们的悲剧命运。

《金粉世家》时时告诉我们，女性应该更好地自尊、自立、自强；女性应时时检视自身的力量在何处。只有内在的力量、傍身的技艺，才真正可以支撑自己的人生。

第三节 《我的母亲》之母亲

作者简介

老舍（1899—1966），现代作家。原名舒庆春，字舍予，满族，北京人。1918年北京师范学校毕业后任小学校长和中学教员。1924年赴英国任伦敦大学东方学院汉语讲师，并从事小说创作。1930年回国后任齐鲁大学、山东大学教授。抗日战争爆发后南下赴汉口和重庆。1938年在中华全国文艺界抗敌协会任理事兼总务部主任，主持文协日常工作。在创作上，以抗战救国为主题，写了各种形式的文艺作品。1946年受邀赴美国讲学1年，期满后旅居美国从事创作。中华人民共和国成立后不久应召回国，曾任中国文联副主席、中国作家协会副主席、中国民间文艺研究会副主席等职。曾因创作优秀话剧《龙须沟》而被授予"人民艺术家"称号。

老舍的长篇小说《骆驼祥子》写了在底层生活者的悲惨生活，标志着老舍现实主义风格的形成，达到了他小说创作的最高成就，是我国现代文学史上最优秀的长篇小说之一。老舍于20世纪40年代创作的作品有：长篇小说《火葬》《四世同堂》等，中篇小说《我这一辈子》，短篇小说集《贫血集》《月牙集》等。中华人民共和国成立后的作品，主要有长篇小说《正红旗下》，长篇报告文学《无名高地有了名》，散文杂文集《福星集》，剧本《龙须沟》《茶馆》等。

老舍的文学创作多以城市人民生活为题材。他爱憎分明，有强烈的正义感，能纯熟地驾驭语言，准确地运用北京话表现人物、描写事件，使作品具有浓郁的地方色彩和强烈的生活气息。老舍的作品以讽刺幽默和诙谐轻松的风格，赢得了人民的喜爱。

冰心曾这样赞叹过老舍："我感到他的作品有特殊的魅力，他的传神生动的语言，充分地表现了北京的地方色彩、本地风光；充分地传达了北京劳动人民的悲愤和辛酸、向往与希望。"

作品原文

我的母亲

母亲的娘家是北平德胜门外，土城儿外边，通大钟寺的大路上的一个小村里。村里一共有四五家人家，都姓马。大家都种点不十分肥美的地，但是与我同辈的兄弟们，也有当兵的，作木匠的，作泥水匠的，和当巡察的。他们虽然是农家，却养不起牛马，人手不够的时候，妇女便也须下地作活。

第二章　现代文学作品中的女性

对于姥姥家，我只知道上述的一点。外公外婆是什么样子，我就不知道了，因为他们早已去世。至于更远的族系与家史，就更不晓得了；穷人只能顾眼前的衣食，没有功夫谈论什么过去的光荣；"家谱"这字眼，我在幼年就根本没有听说过。

母亲生在农家，所以勤俭诚实，身体也好。这一点事实却极重要，因为假若我没有这样的一位母亲，我以为我恐怕也就要大大的打个折扣了。

母亲出嫁大概是很早，因为我的大姐现在已是六十多岁的老太婆，而我的大外甥女还长我一岁啊。我有三个哥哥，四个姐姐，但能长大成人的，只有大姐，二姐，三哥与我。我是"老"儿子。生我的时候，母亲已有四十一岁，大姐二姐已都出了阁。

由大姐与二姐所嫁入的家庭来推断，在我生下之前，我的家里，大概还马马虎虎的过得去。那时候定婚讲究门当户对，而大姐丈是作小官的，二姐丈也开过一间酒馆，他们都是相当体面的人。

可是，我，我给家庭带来了不幸：我生下来，母亲晕过去半夜，才睁眼看见她的老儿子——感谢大姐，把我揣在怀里，致未冻死。

一岁半，我的父亲"克"死了。

兄不到十岁，三姐十二、三岁，我才一岁半，全仗母亲独立抚养了。父亲的寡姐跟我们一块儿住，她吸鸦一片，她喜摸纸牌，她的脾气极坏。为我们的衣食，母亲要给人家洗衣服，缝补或裁缝衣裳。在我的记忆中，她的手终年是嫩红微肿的。白天，她洗衣服，洗一两大绿瓦盆。她作事永远丝毫也不敷衍，就是屠户们送来的黑如铁的布袜，她也给洗得雪白。晚间，她与三姐抱着一盏油灯，还要缝补衣服，一直到半夜。她终年没有休息，可是在忙碌中她还把院子屋中收实得清清爽爽。桌椅都是旧的，柜门铜活久已残缺不全，可是她的手老使破桌面上没有尘土，残破的铜活发着光。院中，父亲遗留下的几盆石榴与夹竹桃，永远会得到应有的浇灌与爱护，年年夏天开许多花。

哥哥似乎没有同我玩耍过。有时候，他去读书；有时候，他去学徒；有时候，他也去卖花生或樱桃之类的小东西。母亲含着泪把他送走，不到两天，又含着泪接他回来。我不明白这都是什么事，而只觉得与他很生疏。与母亲相依如命的是我与三姐。因此，他们作事，我老在后面跟着。他们浇花，我也张罗着取水；他们扫地，我就撮土……从这里，我学得了爱花，爱清洁，守秩序。这些习惯至今还被我保存着。

有客人来，无论手中怎么窘，母亲也要设法弄一点东西去款待。舅父与表哥们往往是自己掏钱买酒肉食，这使她脸上羞得飞红，可是殷勤的给他们温酒作面，又给她一些喜悦。遇上亲友家中有喜丧事，母亲必把大褂洗得干干净净，亲自去贺吊——份礼也许只是两吊小钱。到如今为我的好客的习性，还未全改，尽管生活是这么清苦，因为自幼儿看惯了的事情是不易于改掉的。

姑母常闹脾气。她单在鸡蛋里找骨头。她是我家中的阎王。直到我入了中学，她才死去，我可是没有看见母亲反抗过。"没受过婆婆的气，还不受大姑子的吗？命当如此！"母亲在非解释一下不足以平服别人的时候，才这样说。是的，命当如此。母亲活到老，穷到老，辛苦到老，全是命当如此。她最会吃亏。给亲友邻居帮忙，她总跑在前面：她会给婴儿洗三——穷朋友们可以因此少花一笔"请姥姥"钱——她会刮痧，她会给孩子们剃头，她会给少妇们绞脸……凡是她能作的，都有求必应。但是吵嘴打架，永远没有她。她宁吃亏，不逗气。当姑母死去的时候，母亲似乎把一世的委屈都哭了出来，一直哭到坟地。不知道哪里来的一位侄子，声称有继承权，母亲便一声不响，教他搬走那些破桌子烂板凳，而且把姑母养的一只肥母鸡也送给他。

可是，母亲并不软弱。母亲死在庚子闹"拳"的那一年。联军入城，挨家搜索财物鸡鸭，我们被搜过两次。母亲拉着哥哥与三姐坐在墙根，等着"鬼子"进门，街门是开着的。"鬼子"进门，一刺刀先把老黄狗刺死，而后入室搜索。他们走后，母亲把破衣箱搬起，才发现了我。假若箱子不空，我早就被压死了。爸上跑了，丈夫死了，鬼子来了，满城是血光火焰，可是母亲不怕，她要在刺刀下，饥荒中，保护着儿女。北平有多少变乱啊，有时候兵变了，街市整条的烧起，火团落在我们的院中。有时候内战了，城门紧闭，铺店关门，昼夜响着枪炮。这惊恐，这紧张，再加上一家饮食的筹划，儿女安全的顾虑，岂是一个软弱的老寡妇所能受得起的？可是，在这种时候，母亲的心横起来，她不慌不哭，要从无办法中想出办法来。她的泪会往心中落！这点软而硬的个性，也传给了我。我对一切人与事，都取和平的态度，把吃亏看作当然的。但是，在作人上，我有一定的宗旨与基本的法则，什么事都可以将就，而不能超过自己画好的界限。我怕见生人，怕办杂事，怕出头露面；但是到了非我去不可的时候，我便不敢不去，正像我的母亲。从私塾到小学，到中学，我经历过起码有二十位教师吧，其中有给我很大影响的，也有毫无影响的，但是我的真正的教师，把性格传给我的，是我的母亲。母亲并不识字，她给我的是生命的教育。

当我在小学毕了业的时候，亲友一致的愿意我去学手艺，好帮助母亲。我晓得我应当去找饭吃，以减轻母亲的勤劳困苦。可是，我也愿意升学。我偷偷的考入了师范学校——制服，饭食，书籍，宿处，都由学校供给。只有这样，我才敢对母亲说升学的话。入学，要交十圆的保证金。这是一笔巨款！母亲作了半个月的难，把这巨款筹到，而后含泪把我送出门去。她不辞劳苦，只要儿子有出息。当我由师范毕业，而被派为小学校校长，母亲与我都一夜不曾合眼。我只说了一句："以后，您可以歇一歇了！"她的回答只有一串串的眼泪。我入学之后，三姐结了婚。母亲对儿女是都一样疼爱的，但是假若她也有点偏爱的话，她应当偏爱三姐，因为自父亲死后，家中一切的事情都是母亲和三姐共同撑持的。三姐是母亲的右手。但是母亲知道这右手必须割去，她不能为自己的便利而耽误了女儿的青春。当花轿来到我们的破门外的时候，母亲的手就和冰一样的凉，脸上没有血色——那是阴历四月，天气很暖。大家都怕她晕过去。可是，她挣扎着，咬着嘴唇，手扶着门框，看花轿徐徐的走去。不久，姑母死了。三姐已出嫁，哥哥不在家，我又住学校，家中只剩母亲自己。她还须自晓至晚的操作，可是终日没人和她说一句话。新年到了，正赶上政府倡用阳历，不许过旧年。除夕，我请了两小时的假。由拥挤不堪的街市回到清炉冷灶的家中。母亲笑了。及至听说我还须回校，她愣住了。半天，她才叹出一口气来。到我该走的时候，她递给我一些花生，"去吧，小子！"街上是那么热闹，我却什么也没看见，泪遮迷了我的眼。今天，泪又遮住了我的眼，又想起当日孤独的过那凄惨的除夕的慈母。可是慈母不会再候盼着我了，她已入了土！

儿女的生命是不依顺着父母所设下的轨道一掷千金的，所以老人总免不了伤心。我二十三岁，母亲要我结了婚，我不要。我请来三姐给我说情，老母含泪点了头。我爱母亲，但是我给了她最大的打击。时代使我成为逆子。二十七岁，我上了英国。为了自己，我给六十多岁的老母以第二次打击。在她七十大寿的那一天，我还远在异域。那天，据姐姐们后来告诉我，老太太只喝了两口酒，很早的便睡下。她想念她的幼子，而不便说出来。

七七抗战后，我由济南逃出来。北平又像庚子那年似的被鬼子占据了。可是母亲日夜惦念的幼子却跑西南来。母亲怎样想念我，我可以想象得到，可是我不能回去。每逢接到家信，我总不敢马上拆看，我怕，怕，怕，怕有那不祥的消息。人，即使活到八九十岁，有母亲便可以多少还有点孩子气。失了慈母便像花插在瓶子里，虽然还有色有香，却失去了根。有母亲的人，心里是安定的。我怕，怕，怕家信中带来不好的消息，告诉我已是失了根的花草。

去年一年，我在家信中找不到关于母亲的起居情况。我疑虑，害怕。我想象得到，若不是不幸，家中念我流亡孤苦，或不忍相告。母亲的生日是在九月，我在八月半写去祝寿的信，算计着会在寿日之前到达。信中嘱咐千万把寿日的详情写来，使我不再疑虑。十二月二十六日，由文化劳军的大会上回来，我接到家信。我不敢拆读。就寝前，我拆开信，母亲已去世一年了！

生命是母亲给我的。我之能长大成人，是母亲的血汗灌养的。我之能成为一个不十分坏的人，是母亲感化的。我的性格，习惯，是母亲传给的。她一世未曾享过一天福，临死还吃的是粗粮。唉！还说什么呢？心痛！心痛！

作品赏析

　　老舍先生是中国现代文学史上一位具有世界影响力的重要作家。他自幼丧父，由母亲独自带大，和母亲有着无比深厚的感情。老舍的母亲于1942年夏病逝于北平。当时老舍孤身一人在中国抗战大后方从事抗战文艺创作和组织工作。

最初他的家人没敢把母亲病亡的消息立即告诉他，害怕加重他的孤独痛苦，于1942年12月26日才在家信里透露噩耗。

散文《我的母亲》便是老舍为纪念母亲而写的，全文通过对母亲一生经历往事的回忆，塑造了母亲的形象，突出表现了母亲勤劳刻苦、善良宽容、乐于助人、意志坚强等性格与伟大无私的母爱，展现了母亲人格力量对作者思想性格形成的深刻影响。

开篇作者便用叙述的笔法对母亲的思想品德和身体状况做了成功的白描："母亲生在农家，所以勤俭诚实，身体也好。"使我们对母亲的性格及形象特征有个初步印象。正是母亲的"勤俭诚实"才给了我"生命的教育"，也只有母亲"身体也好"才能拉扯我们兄妹长大成人。"为我们的衣食，母亲要给人家洗衣服，缝补或裁缝衣裳。在我的记忆中，她的手终年是鲜红微肿的。"透过有限的文字，我们似乎看到了母亲为解决一家人的衣食温饱，经常替别人缝补浆洗、"作事永远丝毫也不敷衍"的专注神情。还有那大大的"绿瓦盆"、昏暗的"油灯"、清爽的"屋院"、年年开花的"石榴与夹竹桃"，虽着墨不多，内容却非常丰富。诚如高尔基所说："艺术的作品不是叙述，而是用形象、图画来描写现实。"

当年幼的哥哥或去读书，或去当学徒，或去卖花生、樱桃之类的小东西时，母亲总是"含着泪把他送走，不到两天，又含着泪接他回来"。寥寥十几个字，一位酸楚而又无奈的母亲的形象便鲜活逼真地出现在读者面前。每逢"有客人来，无论手中怎样窘，母亲也要设法弄一点东西去款待。舅父与表哥们往往是自己掏钱买酒肉食，这使她脸上羞得飞红，可是殷勤的给他们温酒作面，又给她一些喜悦。遇上亲友家中有喜丧事，母亲必把大褂洗得干干净净，亲自去贺吊——一份礼也许是两吊小钱"。一位自尊而又好客的母亲形象便跃然纸上。

三姐要出嫁了，"当花轿来到我们的破门外的时候，母亲的手就和冰一样的凉，脸上没有血色——那是阴历四月，天气很暖。大家都怕她晕过去。可是，她挣扎着，咬着嘴唇，手扶着门框，看花轿徐徐的走去"。母亲和三姐相依为命，在父亲去世后，共同撑持着这个残破而又处在风雨飘摇中的家。诚如作者所说，"三姐是母亲的右手"，当母亲清楚地意识到"这右手必须割去"时，她的"手就和冰一样的凉，脸上没有血色"，在大家的普遍担心中，"她挣扎着，咬着嘴唇，手扶着门框，看花轿徐徐的走去"。老舍仅仅用母亲冰凉的手、没有血色的脸以及咬着嘴唇的神情便为我们勾勒出了母亲刚强的形象。这里既是一段悠长伤感的场景描写，又是一则凄楚动人的故事。当作者师范毕业被派为小学校长的那一夜，作者说母亲以后可以歇一歇时，"她的回答只有一串串的眼泪"。这一串串的眼泪是辛酸，是欣慰。

老舍的母亲生活在一个极为混乱的年代，连年的战争加上穷困潦倒的家境，其生活的艰难程度可想而知。其实，母亲早已心力交瘁，但对小儿子小学毕业不去谋生，又偷偷考取师范学校，母亲不仅没有责备，反而在"作了半个月的难"后，终于筹齐了十元的"巨款"，而后又"含泪"送小儿子去上学。行文至此，一位不辞辛苦而又爱心融融的母亲的形象便深入人心。

母亲的一言一行对孩子的人格形成都有深刻的影响。老舍的母亲有她独特的性格——软中带硬，并且这种性格在老舍身上打下了深深的烙印。这不仅让读者看到了一位在苦难中保持着传统美德的伟大母亲形象，更让读者理解了中华民族品格的传承与延续。

半个多世纪以来，老舍笔下母亲的形象大音希声、大象无形：她勤劳诚实而且做事认真仔细，她热情好客而且乐于助人、不怕吃亏，她处事有度，软中有硬，她善良坚强，对子女的感情内敛而深厚……她已经深深地鼓舞和激励着我们新一代的女性！

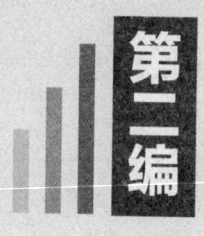

第二编 女性作家作品赏析

第三章 古代女性作家作品

第一节 诗词创作

一、李清照

作者简介

李清照（1084—1155），号易安居士，汉族，齐州章丘（今山东章丘）人。宋代女词人，婉约词派代表，有"千古第一才女"之称。

李清照出身于书香门第，早期生活优裕，其父李格非藏书甚富，她小时候就在良好的家庭环境中打下文学基础。出嫁后与夫赵明诚共同致力于书画金石的搜集整理。金兵入据中原时，流寓南方，明诚病死，境遇孤苦。所作词，前期多写其悠闲生活，后期多悲叹身世，情调感伤，有的也流露出对中原的怀念。形式上善用白描手法，语言清丽。论词强调协律，崇尚典雅，提出词"别是一家"之说，反对以作诗文之法作词。亦能作诗，但留存不多，部分篇章感时咏史，情辞慷慨，与其词风不同。

有《易安居士文集》《易安词》，已散佚。后人有《漱玉词》辑本。今有《李清照集校注》。

作品原文

如梦令

昨夜雨疏风骤，浓睡不消残酒。试问卷帘人，却道海棠依旧。知否，知否？应是绿肥红瘦。

（选自徐培均《李清照集笺注》，上海古籍出版社2002年版）

声声慢

寻寻觅觅，冷冷清清，凄凄惨惨戚戚。乍暖还寒时候，最难将息。三杯两盏淡酒，怎敌他、晚来风急。雁过也，正伤心，却是旧时相识。

满地黄花堆积。憔悴损，如今有谁忺摘。守着窗儿，独自怎生得黑。梧桐更兼细雨，到黄昏、点点滴滴。这次第，怎一个、愁字了得。

（选自唐圭璋《全宋词》，中华书局1999年版）

作品赏析

《如梦令》作于词人南渡之前，此词一问世，便轰动了整个京师，"当时文士莫不击节称赏，未有能道之者"（《尧山堂外纪》卷五十四）。词人天真可爱，由于昨夜饮酒，犹有醉意，但一想到昨夜的风雨，便急于问卷帘人海棠的情况。词人深知海棠不堪一夜骤风疏雨的蹂损，窗外定是落花满地，于是试着向正在卷帘的侍女问个究竟。一个"试"字，将词人关心花事却又害怕听到花落的消息、不忍亲见落花却又想知道究竟的矛盾心理，表达得贴切入微、曲折有致。"知否，知否"，语气婉转又略带责备，引出诗人自己的判断：应是绿肥红瘦。此词虽有伤春之意，却更多表现少女闲适优雅的生活。这首小词只有短短六句三十三言，却写得曲折委婉，极有层次。层层转折，步步深入，将惜花之情表达得摇曳多姿。《蓼园词选》云："短幅中藏无数曲折，自是圣于词者。"

《声声慢》作于诗人南渡之后，从宋室仓皇南渡到丈夫去世，短短两年里，李清照遭受了国破、家亡一系列灭顶之灾，她的生活、思想及精神都发生了急剧的变化。女词人独留建康，抚今追昔，不胜身世之感，因作此词。全词通过残秋景色的衬托，抒发了家破夫亡、自己饱经忧患和漂泊流离生活的愁苦惨痛。在一定程度上反映了宋室南渡以后，许多背井离乡、骨肉离散之人的共同感受，具有一定的现实意义。

全词在写法上善用叠字，以奇取胜。开首14叠字，定下情感基调，统领全篇。接着从天气冷、晚来风急、雁过伤心、黄花遍地、守窗独坐、细雨六个方面反复渲染悲愁伤痛之情。结尾词人直抒胸臆，以一个"愁"字反问收束全词，可谓独辟蹊径。层层铺叙，首尾呼应，将沉痛无比的悲愁发挥得淋漓尽致。

语言质朴，令人回味无穷。全篇纯用口语，朴素自然，毫无斧凿之迹。词意似浅实深，令人回味无穷。"声声慢"属慢曲，拖音袅娜，更增缠绵悲愁之情。通篇又用仄韵体，押人声韵，读来短促幽咽，饮恨吞声，使悲愁之感、哀叹之情更见浓郁。

二、叶纨纨

作者简介

叶纨纨（1610—1632），明苏州府吴江人，字昭齐。叶绍袁和沈宜修长女，常与其妹叶小纨、叶小鸾以诗唱和。三岁能诵《长恨歌》,十三岁能诗,书法遒劲有晋人风。嫁袁氏,郁郁不得志。小鸾将嫁而卒,纨纨哭之过哀,发病死。

有遗稿名《愁言》《名媛集》,其诗俊逸萧永,如新桐初引,青山照人,其词亦复尔尔。

作品原文

春日看花有感

春去几人愁,春来共娱悦。
来去总无关,予怀空忧结。
愁心难问花,阶前自凄咽。
烂漫任东君,东君情太热。
独有看花人,冷念共冰雪。

(选自〔明〕叶绍袁编,冀勤辑校《午梦堂集》,中华书局1998年版)

作品赏析

这首诗是叶纨纨婚后所作。叶纨纨的父亲叶绍袁说:"我女自十七结缡,今二十有三岁而殁,七年之中,愁城为家。"可见,叶纨纨婚后生活多不幸。这不幸的婚姻对敏感多情的才女而言必是无可排遣的愁苦。

春日看花本该愉悦,但在诗人眼中却无不堪愁。这首五言古诗,情感自然真挚,于诗人而言,春去春来皆与她无关,虽春花烂漫,她却"愁心难问花",独自凄咽。她嫌弃"东君情太热",任凭春花如何繁盛,看花之人心肠依然冷如冰雪。

父亲叶绍袁整理女儿遗稿,看到女儿将一百五十来首诗歌自取集名《愁言》,越发悲痛,读到此诗,评道:"即此一诗,一字一泪,大概已见。无限愁思,不必更说矣。"将《愁言》与妹叶小鸾的《返生香》都刻入《午梦堂集》中。

叶纨纨在娘家的居室名芳雪轩,故《愁言》又名《芳雪轩遗集》。

第二节 散文创作

班婕妤

作者简介

班婕妤(公元前48年—公元2年),汉成帝刘骜妃子,西汉女作家、著名才女,中国文学史上以辞赋见长的女作家之一。善诗赋,有美德。初为少使,立为婕妤。《汉书·外戚传》中有她的传记。她也是班固、班超和班昭的祖姑。她现存作品仅三篇,即《自悼赋》《捣素赋》和一首五言诗《怨歌行》(亦称《团扇歌》)。

作品原文

自悼赋

承祖考之遗德兮,何性命之淑灵。登薄躯于宫阙兮,充下陈于后庭。蒙圣皇之渥惠兮,当日月之圣明。扬光烈之翕赫兮,奉隆宠于增成。既过幸于非位兮,窃庶几乎嘉时。每寤寐而累息兮,申佩离以自思。陈女图以镜鉴兮,顾女史而问诗。悲晨妇之作戒兮,哀褒阎之为邮。美皇英之女虞兮,荣任姒之母周。虽愚陋其靡及兮,敢舍心而忘兹。

历年岁而悼惧兮,闵蕃华之不滋。痛阳禄与柘馆兮,仍襁褓而离灾。岂妾人之殃咎兮,将天命之不可求。白日忽已移光兮,遂晻莫而昧幽。犹被覆载之厚德兮,不废捐于罪邮。奉共养于东宫兮,托长信之末流。共洒扫于帷幄兮,永终死以为期。愿归骨于山足兮,依松柏之余休。

重曰:潜玄宫兮幽以清,应门闭兮禁闼扃。华殿尘兮玉阶菭,中庭萋兮绿草生。广室阴兮帏幄暗,房栊虚兮风泠泠。感帷裳兮发红罗,纷綷縩兮纨素声。神眇眇兮密靓处,君不御兮谁为荣?俯视兮丹墀,思君兮履綦。仰视兮云屋,双涕兮横流。顾左右兮和颜,酌羽觞兮销忧。惟人生兮一世,忽一过兮若浮。已独享兮高明,处生民兮极休。勉虞精兮极乐,与福禄兮无期。绿衣兮白华,自古兮有之。

(选自[宋]郑樵《通志》卷十九,《文渊阁四库全书》影印本)

作品赏析

根据《汉书·外戚传》记载,这首《自悼赋》是班婕妤退处东宫,远离是非之地,独居长信宫,在孤独凄清的环境中写下的,借以表达内心的苦闷伤感之情。

这是现存第一篇成熟的女性散文作品,属骚体赋。为作者自感身世之作,表达了被贬黜的心情。此赋先述蒙祖德,自己幸运得以入宫,并得到君王的宠爱。为报答君王,经常想起父母的临别告诫,用古代贤德后妃的行为检查自己,希望对君王有所帮助。然而不幸,自己所生的孩子也未能存活,圣恩衰驰,请奉养长信宫至终老。此赋后半部分叙述自己在东宫中的凄苦之情。但作者想到自己能入后宫已经是最大的幸运,至于嬖妾的谗言,不必计较,在议论中深化了感情。

班婕妤是一位有很高文化修养的女作家，她在作品中使用以景衬情、情景交融的艺术手法，隔行押韵，自由换韵，已具七言诗的风情。但她受封建道德影响也较深，在赋前部分中，作者自责的内容比较多，感情不够坦率鲜明，有含蓄蕴藉的特点。

朱熹评价此赋："其情虽出于幽怨，而能引分以自安，援古以自慰，和平中正，终不过于惨伤；又其德性之美，学问之力有过人者，则论者有不及也。"实在是中肯之言。

第四章　近现代女性作家作品

第一节　文学初兴期的现代女性作家作品

一、秋瑾

作者简介

秋瑾（1875—1907），中国女权和女学思想的倡导者，近代民主革命志士。工诗词，有《秋瑾集》。我国民主革命的重要领导人之一，她也是我国近代史上第一位为民主革命而牺牲的女英雄，为辛亥革命做出了巨大贡献。她提倡女权女学，为妇女解放运动的发展起到了巨大的推动作用。

秋瑾，初名闺瑾，乳名玉姑。1904年东渡日本后改名瑾，字竞雄，自号"鉴湖女侠"。秋家自曾祖起世代为官，秋瑾父秋寿南，官湖南郴州知州。嫡母单氏，为浙江萧山望族之后。秋瑾幼年随兄读书家塾，好文史，能诗词且善饮酒，15岁时跟表兄学会骑马击剑。

1894年，其父秋寿南任湘乡县督销总办时，将秋瑾许配给富商之子王子芳（字廷钧）为妻。1896年，秋与王结婚。秋瑾在婆家双峰荷叶时，常与唐群英、葛健豪往来，"情同手足，亲如姐妹，经常集聚在一起，或饮酒赋诗，或对月抚琴，或下棋谈心，往来十分密切"，后来3个人被誉为"潇湘三女杰"。婚后不睦，1904年自费留学日本。发起共爱会，创办《白话报》，号召推翻清朝封建统治，提倡男女平权。1905年回国，参加光复会。同年再赴日本，加入同盟会，任评议部评议员和浙江省主盟人。1906年因抗议日本取缔中国留学生而回国。在上海组织锐进学社，创办《中国女报》，宣传妇女解放，倡导民主革命。1907年主持绍兴大通学堂，任督办，联络浙省革命志士和会党成员，组织光复军，与徐锡麟策划皖浙同时起义。7月徐在安庆举义失败，清政府探查到皖浙联系，派兵包围大通学堂。秋瑾遂于14日被捕。1907年7月15日凌晨，秋瑾从容就义于绍兴轩亭口。

作品推荐

《敬告中国二万万女同胞》《勉女权歌》

作品赏析

在中国近代史上,秋瑾作为一位资产阶级民主革命先驱,她赢得无数后人的敬仰;作为一位女作家,她的作品载入了近代文学史册。在中国古代女性创作向现代女性文学的蜕变中,她做出了重要的贡献。她的创作轨迹不仅反映着个人的成长道路,而且展示出时代风云对中国知识女性精神素质、心理结构所产生的重要影响。

秋瑾作品中特别引人注目的是强烈的妇女解放意识。《敬告中国二万万女同胞》就是一篇声讨封建制度压迫和摧残妇女的战斗檄文,是为妇女解放发出的震撼人心的呐喊。

这篇演讲开头第一个字是"唉!",这一声深沉而愤慨的叹息,满含血泪,似乎郁积了世世代代妇女的千年仇、万年恨。这个开头实在不同凡响。踏上讲台就发出一声"唉!"足以在瞬间抓住人心。它开宗明义、单刀直入地告诉人们,演讲要控诉封建制度对二万万女同胞的压迫与摧残,要揭露二万万女同胞所遭受的不平等待遇。真的是独树一帜!

接着,秋瑾针对处于封建制度压迫下的广大妇女文化程度很低或没有文化的特点,以生动形象、通俗易懂的白话,把妇女从降生人间到葬身黄泉的各种悲惨遭遇,具体而真切地一一揭示出来。这种极其通俗化、形象化、大众化的演讲,即使是目不识丁的妇女也完全可以听懂,并产生强烈的共鸣。

秋瑾在控诉了封建制度对妇女的各种摧残之后,随即告诉二万万女同胞,"天下事靠人是不行的,总要求己为是"。这句话是通篇演讲的灵魂与核心。妇女要改变痛苦的处境和被压迫的地位,必须自己行动起来,奋起抗争。在这里,秋瑾告诉女同胞,要靠自立自强的精神来改变自身的命运。对于"男尊女卑""女子无才便是德"这样的说教,对于"缠足"之类的虐待,要敢于"反对",敢于"兴师问罪",敢于"和他分辩"。

秋瑾还指出女同胞要把自身的解放同整个社会的解放密切结合起来。她满怀深情地告诫女同胞:"我们自己要不振作,到国亡的时候,那就迟了。"这就使得广大妇女不但了解了自身所受的种种迫害,而且明白了所肩负的重任,从根本上唤醒了广大妇女的斗争意识。语言浅显直白,道理深刻。通篇演讲,秋瑾满怀着对同胞姐妹深深的同情和对封建伦理纲常的无比的愤恨,以自己强烈的感情深深震撼着千千万万妇女的心。对此,徐自华在《鉴湖女侠秋君墓表》一文中有过这样的记载：听秋瑾演讲，"人之闻者，未尝不泣数行下，而襟袖为之渍也"。

秋瑾英勇就义时已是辛亥革命的前夜，创作中所饱含的浓重的社会情怀，她的女性人格意识的觉醒与觉醒了的女性情感，都为妇女文学传统的重建提供了良好的开端。秋瑾的创作就其艺术形式和语言特色而言，与新文学有明显的距离，但在古代女性创作与现代女性文学之间架起了一座无形的桥梁。沿着这条路走下去，便产生了新一代的女性创作。

应该说，真正从旧有传统中挣脱出来，以高亢的刚健昂扬的姿态登上女性创作历史舞台的清末女杰秋瑾，她的生命之花开得虽然短暂，却绽放出绚烂的光彩。

二、庐隐

作者简介

庐隐（1898—1934），原名黄淑仪，又名黄英，福建省闽侯县南屿乡人。笔名庐隐，有"隐去庐山真面目"的意思。五四运动时期著名的作家，与冰心、林徽因齐名并被称为"福州三大才女"。2003年美国哥伦比亚大学出版的《女作家在现代中国》（Writing Women in Modern China）之中，与萧红、苏雪林和石评梅等人并列为18个重要的现代中国女作家之一。

1925年7月，她出版了第一部短篇小说集《海滨故人》。此后创作不断，写了《寄天涯—孤鸿》《秋风秋雨》《灵海潮汐》等短篇和散文。1930年，进入创作的一个高峰期，发表了一部十万字的长篇《象牙戒指》、短篇集《玫瑰的刺》。此后，先后创作了中篇小说《地上的乐园》和《火焰》。

作品推荐

《一个著作家》《男人和女人》《何处是归程》

作品赏析

庐隐有着鲜明的女性主体意识，她的作品也流露出强烈的女性主义色彩。庐隐主张"今后妇女的出路，就是打破藩篱到社会上去，逃出傀儡家庭，去过人类应过的生活。不仅仅做个女人，还要做人"。所以，她在作品中所塑造的女性追求自己的爱情，突破封建的爱情观念，不仅仅满足于追求自由的婚姻爱情，而是积极顽强地叩问人生的意义。

1920年首次以笔名"庐隐"撰写的处女作短篇小说《一个著作家》中的

"沁芬",用自己的生命完成了她作为一个女人对妇女独立人格的维护以及对封建包办婚姻的反抗。在她临死前呐喊:"我不幸生命和爱情被金钱强买去,但是我的形体是没法子卖了!我的灵魂仍旧完完全全交还你。"让读者看到了作品中透露出的鲜明的女性主体价值,她们维护自身独立的人格,甚至不惜以生命的代价反抗封建父母包办婚姻,这与以前的社会里遵从"父母之命,媒妁之言"的女性意识形成鲜明的对比。这些知识女性大胆追求爱情是庐隐作品的主旋律,她们不再甘心做封建礼教的牺牲品。

散文《男人与女人》用略带嘲弄而又无奈的口吻,塑造了一个对丈夫极度能容忍的妻子形象,她甚至可以容忍丈夫出去约会情人,即使有了反抗念头,也会以"娜拉不过是作家的理想而已"来消解自己的想法,在自欺与自我安慰中走向自我救赎的深渊。庐隐在作品中反复表现女性的不同思想,也恰恰展现出她对女性地位的多重思考,真实地表现了"五四"启蒙思潮下第一代觉醒女性的爱情困境与艰难抗争。

她对女性做多角度的诠释,更全面地展示与探索女性命运的出路——在强大的男权传统的掣肘下,女性对真爱的追求虽勇敢无畏,但都踏着哀乐而逝,显示了新旧交替时代光明与黑暗的交织、新旧思想博弈的辩证过程。但这种悲剧意识对当时的女性文学创作而言,无疑是一种丰富与开拓,其意义不可泯灭。

在艺术风格上,庐隐是颇具个性的。庐隐的抒情风格清浅直切,又不失隽丽潇洒,缠绵悱恻与慷慨悲歌兼有,笔锋常带感情;庐隐的小说基调深受中国古典言情小说和婉约派诗词影响,风格感伤,基调悲戚,可与同时期的郁达夫媲美;她的作品带有浓厚的自述色彩,大多数采用日记或书信或讲故事的形式,这在"五四"小说家中可谓首屈一指;她的语言流利、自然、真切,纤细而不失酣畅;她小说的结构趋向散文,在缺少约束的行文中浸透着浓郁的感情,细腻蕴藉,沉哀入骨。

三、冯沅君

作者简介

冯沅君(1900—1974),女,河南省唐河县人,现代著名女作家,中国古典文学史家。原名冯恭兰,改名淑兰,字德馥,笔名淦女士等。自幼学习四书五经、古典文学及诗词,与著名哲学家冯友兰和地质学家冯景兰为同胞兄妹,丈夫是著名学者陆侃如。先后在多所著名大学任教,曾任山东大学副校长。

1923年开始小说创作,以笔名淦女士在《创造季刊》与《创造周报》上发表《旅行》《隔绝》和《隔绝以后》等篇。她的小说充满了大胆的描写和反抗旧礼教的精神,在当时曾震动过许多读者。1926年出版了短篇小说集《卷葹》(北新书局）和《春痕》（北新书局），前者是她的代表作，由鲁迅编入《乌合之众》。1929 年又出版第三个短篇集《劫灰》（北新书局）。作品多是描写为获得婚姻恋爱自由幸福而反抗旧礼教的青年的情绪，也写母爱。冯沅君进行文学创作的时间不长，作品数量也不多，从 1929 年后就放弃了小说的创作，致力于中国古典文学的研究。

冯沅君是继冰心、庐隐之后，文坛又一引人注目的女作家，她小说中那种反对封建礼教、争取自由独立的精神使她足以与和她前后驰名文坛的另外几位作家比肩。她的创作大都集中在自由恋爱和封建包办婚姻冲突这一主题上，即使后期的创作也仍然是爱的主题。这种激烈冲突的描写采用第一人称的书信体，以女主人公为叙述主体，更增加了强烈的反抗意识，这在初期女作家的作品中是少见的。

作品推荐

《隔绝》《隔绝以后》《慈母》

作品赏析

《隔绝》是冯沅君以淦女士为笔名的处女作，收入以"拔心不死"的小草"卷葹"命名的小说集中，这是冯沅君的第一部小说集。《卷葹》收小说 4 篇：《隔绝》《隔绝之后》《旅行》和《慈母》，这 4 篇小说主题基本相同，一方面是女主人公刻骨铭心的自由恋爱，大胆而热烈；另一方面是作为封建婚姻制度维护者的长辈对主人公爱的"隔绝"。于是矛盾冲突到了极其尖锐的地步，前者是刚刚站起来而尚未完全站稳的新生力量，后者则有庞大的旧制度、旧伦理道德的支撑。在被压迫者一面，是义无反顾的精神叛逆，"身命可以牺牲，意志自由不可牺牲，不得自由我宁死""我们的爱情是绝对的、无限的，万一我们不能抵抗外来的阻力时，我们就同去看海去"；而以母亲为代表的在压迫者那一面，视女主人公的自由恋爱是败坏家风，有损家庭荣誉，"是大逆不道的"。

作品取材于冯沅君表姐吴天的恋爱故事。出生于地主家庭的吴天，自小由父母作主与土财主的儿子订了婚。后来她去北京读书，与在北大物理系求学的同乡王某相识并相恋，她母亲发觉后将此看作家门的奇耻大辱，把女儿关禁起来，女儿以绝食表示反抗。在吴天的赴美留学归来的哥哥的调解说服下，她才获得自由，继续去京就学。她的哥哥鄙视穷学生王某，欲将他在美国获博士学位的同学介绍给妹妹，遭到拒绝。王某闻之决意去郑州报考官费留学，落榜后一蹶不振，染肺病而死。冯沅君对表姐的遭遇深表同情，她将表姐这段悲婉的故事作为创作小说的素材，写成了《隔绝》，以及《隔绝以后》和《旅行》。

女主人公纗（zuī）华，取名于汉朝张衡《思玄赋》中"纗幽兰之秋华"之句，以佩幽兰喻人物的品行高洁。男主人公原作中名为青蔼，后结集时为与《隔绝之后》中人名一致，遂改名为"士轸"。纗华是觉醒了的时代新女性，她真诚地认为世界上的爱都是神圣的，希望"无论是男女之爱，母子之爱"都能得到满足。她处在爱的两难之中，"因为母亲的爱，不敢毅然解除和刘家的婚约"；"因为情人的爱，宁愿牺牲社会上的名誉"。纗华冒着危险回家看望六七年没见面的老母，却被无情地幽禁在一间小屋里。母亲指责他们的爱情大逆不道，准备几天后即将她嫁去刘家。被幽禁的第二天，纗华用表妹偷偷送来的纸笔给恋人士轸写信。她以焦灼急迫的口吻叙述目前的处境和心情，回首往事的甜蜜和温馨，吐露"不自由，毋宁死"的爱的誓言，叮嘱恋人速来救其逃走。信中用许多笔墨回忆与恋人相依相伴的岁月，这种种甜美的回忆更增添了眼前的痛楚，更坚定了她"身命可以牺牲，意志自由不可以牺牲，不得自由我宁死"的执着信念。小说所使用的第一人称书信体形式，抒写人物内心的号泣与叹息，在人物眼前的窘迫处境和过去的甜蜜回忆的叙写中，作品更具抒情色彩，感情浓烈真挚，充分展示了"五四"时期追求恋爱自由、个性解放的新女性的大无畏的反封建的勇气和精神。

《隔绝》所塑造的被母亲"隔绝"逼婚中的"五四"新女性的形象，其敢于蔑视封建礼教、努力挣脱封建羁绊的叛逆精神，在今天仍然是富有现实意义的。

四、冰心

作者简介

冰心（1900—1999），原名谢婉莹，福建长乐人，中国民主促进会成员。中国诗人，现代作家，翻译家，儿童文学作家，社会活动家，散文家。笔名冰心取自"一片冰心在玉壶"。

1918年考入协和女子大学理科，立志学医。1919年爆发五四运动，积极投身宣传工作。在1919年8月的《晨报》上，冰心发表了第一篇散文《二十一日听审的感想》和第一篇小说《两个家庭》，由于作品直接涉及社会妇女问题，很快产生影响并引起女权论者的关注。1923年赴美留学前后，开始陆续发表总名为《寄小读者》的通讯散文，成为中国儿童文学的奠基之作。

冰心觉醒的女性意识在五四运动中萌生，并开始了对女性文学发展道路及女性解放道路的探索。冰心书写了一系列"妇女问题小说"，抗战时期，从社会性别视角，创作著名小说集《关于女人》，同时写作悼念女友的文章，都肯定了女性的社会价值。虽未能给予解决问题的真正出路，却向社会揭示了女性生存的不幸。

冰心是五四运动女元勋，可以称其为中国女性主义文学与批评的滥觞，与丁玲并称中国现代女性文学的"双子星座",是20世纪中国最有影响的女性主义作家之一。

作品推荐

《两个家庭》《我的学生》《斯人独憔悴》《"破坏与建设时代"的女学生》

作品赏析

冰心是中国女性文学史上具有独特个性的女性主义作家,她的女性写作表现出鲜明的女性观,并从多角度剖析了妇女问题。冰心的写作推动了中国女性觉醒、解放、平等与进步。

《两个家庭》发表于1919年,是冰心第一篇反映妇女问题的小说。这部女性题材小说以对比手法塑造了她所理想的贤妻良母式的"新女性"角色。

一类女性是陈太太,耽于享乐、矫揉造作、逃避责任、误人误己,陈太太只知郊游宴会而不事家政,使陈先生饱尝家庭凌乱无章、儿女啼哭之苦,最终在现实的失意面前软弱下去,染病而死,一腔才干抱负皆付东流。冰心对此是反感的,她将这类女性视为"她们",常以审视的目光揭示她们的错与伪。

另外一类则是"我"的三嫂亚茜,亚茜精明强干,不但教养子女,治家有方,而且能与丈夫一起翻译书籍,帮助社会事业的建设。亚茜具备传统女性善良、勤劳、质朴的优点,沉默地担负起责任,不浮夸、不怨忧,以踏实的工作支持家、国,冰心认同并赞赏此类家庭幸福、人格完美的女性。《两个家庭》从头到尾都是叙述者"我"对精明能干、治家有方、善教子女、事事有成以至家庭和谐幸福的新女性亚茜的褒奖,肯定了亚茜这样既习得现代知识,为建设社会事业出力;又勤于家政,兼具温柔贤淑美德的"新女性"。

当然,冰心对女性问题的探讨和价值衡量不只着眼于女性自身,而是根植于"家庭与国家的关系""家庭的幸福与苦痛,与男子建设事业的关系"这一复杂的社会整体的架构,从民族国家建设的角度重新肯定女性作为"妻""母"的家庭价值,塑造了一批既具有传统温柔贤淑美德,又能够自尊自立的新女性形象。

冰心在随后发表的其他作品中,在赞扬"亚茜"们的同时,也开始理解在社会与家庭双重劳动下女性生活的不易,并痛心于她们的自我牺牲。

作为登上中国现代舞台的第一代女作家,冰心对女性个性解放、贤妻良母的要求的反思,在女性获得更平等地位的今天,似乎多有可商榷之处,但其女性写作的意义已孕育在她对时代的独立思考之中。诚如戴锦华所言,"冰心作为少年中国的女性成长史的第一代女儿,仍然不失独特,她未曾辜负家庭、文化所给予她的全部恩赐,她把这一副经验全副拿了出来"。冰心的笔触诠释着女性精神的细腻性、情感的敏锐性和审美视角的独特性。从冰心的作品中，我们能够看到中国女性主义文学与批评的渐进历程，冰心用自己锋利的文笔促进了中国女性主义文学与批评的研究与发展。

第二节　20世纪30年代至70年代的女性作家作品

一、丁玲

作者简介

丁玲（1904—1986），原名蒋伟，字冰之。湖南临澧人，原中央文学研究所所长，中国作家协会副主席，现代女作家。早年就读于上海大学、北京大学。1927年起陆续发表《梦珂》《莎菲女士的日记》《暑假中》《阿毛姑娘》等引人注目的小说、诗歌文学作品。1930年加入"左联"，主编《北斗》。1936年到陕北，主编《长城》杂志及《解放日报》文艺副刊。1949年后任中央文学研究所所长、中国作家协会副主席。曾主编《文艺报》《人民文学》《中国》。

代表作是反映土改运动的长篇小说《太阳照在桑干河上》，获斯大林文学奖金。另有《水》《一九三〇年春上海》《我在霞村的时候》《三八节有感》《在严寒的日子里》《杜晚香》《到群众中去落户》等文学作品，创作共约300万字。

作品推荐

《莎菲女士的日记》《我在霞村的时候》

作品赏析

作品《莎菲女士的日记》是一篇日记体裁的小说，小说描写了五四运动后几年北京城里的几个青年的生活。作者用大胆的毫不遮掩的笔触，细腻真实地刻画出女主角莎菲倔强的个性和反叛精神，同时明确地表露出脱离社会的个人主义者的反抗带来的悲剧结果。莎菲这种女性是具有代表意义的，她追求真正的爱情，追求自己，希望人们真正地了解她，她要同旧势力决裂，但新东西又找不到。她的不满是对着当时的社会的。

丁玲在20世纪20年代时就以其大胆的女性意识、敏锐的文学感觉和细腻的叙述风格闻名文坛，其中《莎菲女士的日记》反映了当时知识少女的苦闷与追求，成为文坛不朽之作。

总的来说，莎菲女士其实是一个集善恶于一身，"多样性、矛盾性和一致性"高度统一的女性。具体说来：

1. 善良果断却又刁蛮任性

莎菲善良果断，面对苇弟的求爱，她从不欺骗和玩弄他，不喜欢就是不喜欢，因此她毅然地拒绝了苇弟。在日记中她曾谈道："为什么他懂不了我的意见呢？难道我能直接的说明和阻止他的爱吗？我常常想，假设这不是苇弟而是另外一人，我将会知道怎样处置是最合适的。偏偏又是如此令我忍不下心去的一个好人！"但另一方面，苇弟又常常受到莎菲的"打击"，她总是将苇弟弄哭，自己却很得意。尽管莎菲也知道这一切是罪过，但她还是会不经意地耍小性子，甚至戏弄苇弟。

2. 坚强自立却又苦闷沉沦

莎菲不愿与世俗同流合污，她勇敢地从家庭中走了出来。的确，她有一个温暖的家庭，但她并不以此自豪，而是"决计搭车南下，在无人认识的地方""悄悄的活下来，悄悄的死去"。但另一方面，莎菲又异常苦闷沉沦，她常常意志动摇，甚至借酒浇愁。例如莎菲接到蕴姊从上海来的信后，异常绝望，明知酒对她的肺病有致命的危险，仍痛饮以消除苦闷。

3. 向往爱情却又胆怯退缩

莎菲认识凌吉士后，就主动追求凌吉士，主动追求真实的爱情，如她搬家、补习英文等。同时她还把自己内心的世界展示出来，毫不避讳自己的情欲冲动，她说："假使他这时敢拥抱住我，狂乱的吻我，我一定会倒在他手腕上哭了出来：'我爱你阿！我爱你阿！'"

她对爱情的向往由此可见。但另一方面，莎菲又胆怯退缩，她说："近来为要磨练自己，常常话到口边便咽住，怕又在无意中刺着了别人的隐处，虽说是开玩笑。"尤其是梦见爱上凌吉士后，她不断指责自己"所做的一些不是"。结果，她只能在痛苦中过活。

4. 愤世嫉俗而又彷徨人生

莎菲一听到公寓里住客们那粗大又单调的喊伙计的声音，就感到头痛；看到"那四堵粉垩的墙""那同样的白垩的天花板"，就感到"窒息"。她不满现状，不满平庸，反感传统习俗和社会偏见，尤其是对女性的歧视，她不让自己与世俗同流合污。但另一方面，她又常常不知道自己真正需要什么，她觉得人生"无意义"，甚至认为"一个女人这样放肆，是不会得好结果的"，承认自己的所作所为是不符合世俗眼光的。

二、萧红

作者简介

萧红（1911—1942），原名张乃莹，笔名萧红、悄吟，出生于黑龙江呼兰一个地主家庭，幼年丧母。1930年，为了反对包办婚姻，逃离家庭。她以柔弱多病的身躯面对整个世俗，在民族的灾难中，经历了反叛。

萧红的一生是不向命运低头，在苦难中挣扎、抗争的一生。直接影响其命运并引发她开始文学创作的是萧军。萧军走进了她的生活，从此她便走上写作之路。1934年到上海，与鲁迅相识，同年完成长篇《生死场》，次年在鲁迅帮助下其作为"奴隶丛书"之一出版。萧红由此取得了在现代文学史上的地位。《生死场》是最早反映东北人民在日本帝国主义侵略下生活和斗争的作品之一，引起当时文坛的重视。鲁迅为之作序，给予热情鼓励。抗日战争爆发后，投入抗日救亡运动。后应李公朴之邀到山西临汾，在民族革命大学任教。1940年去香港，写于香港的回忆性长篇小说《呼兰河传》，以及一系列回忆故乡的中短篇如《牛车上》《小城三月》影响也很大。

作品推荐

《生死场》《呼兰河传》

作品赏析

《生死场》采用散文式的结构，共有"麦场""菜圃"等十七个片段，以"十年"为界，前面表现的是农民和地主的矛盾，后面则表现中华民族和日本侵略者之间的矛盾。

中国农民从来就是面朝黄土背朝天，他们忍辱负重，逆来顺受。小说很真实地表现了他们在苦难面前的"对于生的坚强和死的挣扎"。萧红用一个女子的细腻、热忱和坚强望着世间，她的忧郁深情的目光总是落在最扣人心弦的角落，让人警醒。

在《生死场》中有句话："在乡村，人和动物一样忙着生，忙着死。"在生死之间的，又是什么呢？是生存。他们可以为了生存把亲情、爱情抛掉。庄稼是农民的生命，而他们首先想到的是生存，是命。生，是一个永恒的话题，乡村农民的生，如胡风所说"蚊子似的活着，糊糊涂涂地生殖，乱七八糟地死亡。"或许，这就是那个时代的悲哀。一切生死都没有什么可高兴的，也没有什么可悲哀的，因为那都是时代的特性。

《生死场》也着墨于伪满洲国"死"场的沉重。萧红为人们描绘了另一幅画面。"九一八"事变后,宣称"王道"的日本军队的铁蹄踏进了村庄、田野。日本旗代替了中国旗,日寇把东北变成了一座人间地狱,村庄里的亲人被枪杀了,他们的邻人被掳走了,连鸡都抢得不剩一只了,村中的寡妇多起来了。往日静穆的村庄,如今尸骸遍野,一片呻吟,这"死"场的恐惧撕裂着人们的心。于是这些受苦受难的农民,他们白天看着宣称"王道"的破旗,夜里秘密地组织起来。多灾多难的王婆倔强地站起来了,她在窗外给秘密团体站岗放哨。赵三成了义勇军的秘密宣传员,白天黑夜地走门串户。东村的一个寡妇把孩子送回娘家,投奔义勇军去了。就连那个胆小怕事、一辈子守着一只心爱的山羊过日子的跛足二里半,也告别了老山羊,参加了义勇军。人们宣誓的日子,气氛很悲怆,那种抗战到底的决心十分坚决。正是在这一大背景下,萧红以先觉者的悲凉笔触抒写人生苦难命运,诠释生命的悲凉,让我们感到了"死去"的沉重。

那个年代动荡不已,在萧红悠缓的调子下,我们看到的是一种生生死死,生的坚强,死的挣扎,正是这种生死反映出人的最内在、最本质的东西。这种生生死死中,渗透着大悲、大喜、大爱、大恨。

人生来这个世界,不是为了死而来的,"有的人活着,他已经死了。有的人死了,他还活着"。我们应该庆幸生活在如此幸福的时代,有足够大的舞台让我们实现自我价值!

三、苏青

作者简介

苏青(1914—1982),原名冯和议,字允庄。早年发表作品时曾署名冯和仪,后以苏青为笔名。20 世纪 40 年代与张爱玲齐名的海派女作家。代表作有长篇小说《结婚十年》,中篇小说《歧途佳人》,散文集《浣锦集》《饮食男女》等。

作品推荐

《结婚十年》《歧途佳人》《生男与育女》

作品赏析

《结婚十年》是苏青基于自己前半生的经历写就的一本小说。1944 年 7 月出版后,苏青几乎是一夜成名,从一个默默无闻的家庭主妇,一跃成为与张爱玲齐名的"民国双璧"。作品的成功之处不仅在于其文笔的优美,而且在于其内容的深刻。在那个战火纷飞的年代，苏青用小说抒写了一位弱女子是如何从弱到强，从旧礼教中挣扎，傲然屹立于当时国破家亡的环境中，最终打破僵局，成为精神与物质双独立的女性。

作品深入刻画了民俗与世情，她的笔下蕴含着一种女性独有的情感体验，她是用一种独特的女性视角来给我们展现她所看到的世界。

小说一开篇就叙述了新人中西合璧的婚礼，是平凡的生活悲喜。其中坐花轿、捧花绢、行礼献茶等繁文缛节是中式的礼仪，而去西式礼堂又是一种形式上的西方礼仪。作者用了极其生动的语言来描绘这场婚礼，有刻着凤凰图案的花轿、鸳鸯缎面的华丽婚服、铺满水钻的璀璨装饰、上百桌的喜宴宾客。文中的"我"就在这样的婚礼下和丈夫崇贤走入了家庭包办的婚姻。然而这个选择是无奈的，双方并不了解对方的性格、价值观，年纪轻轻就进入了婚姻的围场，所以主人公的婚姻从一开始就不牢固，注定要以悲剧收尾。

小说的内核是对女性社会生存的深入思考，这种思考是超越了当时的时代的。首先表现在对婚姻幻想的破灭上。致使主人公的婚姻走向终途的原因，是"我"与丈夫徐崇贤结婚后，先是发现他与寡妇瑞仙调笑，后来又知道丈夫与旁人的妻子有染，"我"内心的巨大苦痛近乎将我吞噬。就在这时，"我"遇到了一位男子，"我近乎感觉到一种强烈的欲望迫使我回头看"，"我发现自己对他产生了一种朦朦胧胧的好感"。然而，就在"我"准备重新追求新生活的时候，却发现自己怀孕了，怀孕成为命运交织的节点，"我"最终被迫放弃学业，放弃这段自由的感情，回归传统的相夫教子的生活。之后夫妻二人会为生活琐事、柴米油盐而争吵，两人巴不得互相吞噬对方才痛快，夫妻的情谊可说是完全消灭了，从某种程度而言，她与陌生男子，甚至自己的丈夫，都是时代下的牺牲品。

"我"开始渴望真正的自由，渴望一切美好的事物，渴望得到真正的爱，而不是陈旧和腐烂。"我"对于丈夫的"无畏"，抑或对旧式家庭的"无畏"，终于让这段婚姻走向终点。

"我"的不幸是广大女性的悲哀，女性的独立要比男性更不容易，更旷世骇俗，更人言可畏。

作品还表现了女性婚姻破灭后的自我觉醒。"我"在遭遇经济困窘、丈夫背叛后，忍心抛下孩子做出离婚的决定，是一种彻底的人性解放。这种出走是置之死地而后生，没有给自己留下一条后路，准备追求一种新生。"我"的结局是靠写文章自食其力，成了一个世俗意义上成功的职业作家。然而在看似美满的结局后，"我"却感到愈加迷茫，内心充斥着空虚和恐惧："我的心中只有空虚，一种难以描述的空虚，唯一的安慰便是萎萎了。生活是如此艰难，我仿佛独生走崎岖道路，在黑暗恐怖的夜里，没有伴………"作品表现了主人公此后人生的迷茫，更是自己对于前路、女性命运走向的惶恐。

四、张爱玲

作者简介

张爱玲（1920—1995），中国现代作家，本名张煐，原籍河北丰润。张爱玲的家世显赫，祖父张佩纶是清末名臣，祖母李菊耦是朝廷重臣李鸿章的长女。张爱玲一生创作大量文学作品，包括小说、散文、电影剧本以及文学论著，她的书信也被人们作为著作的一部分加以研究。

作品推荐

《金锁记》《倾城之恋》《白玫瑰与红玫瑰》

作品赏析

《金锁记》讲述的是麻油店主的女儿曹七巧嫁给了姜公馆残废了的二少爷，被全家上下看不起，她自己也渐渐形成了报复的心理。丈夫死后，在分家时孤儿寡母又受到了欺负，分了很小一部分家财。儿子长白、女儿长安长大了，但他们也渐渐地被七巧调养坏了，长白抽大烟、逛窑子，长安使小坏、挑是非……

小说主人公曹七巧曾经有过美好而自由的青春，但小市民的习气也不可避免地污染了她的性格。因为金钱，她牺牲了自己的青春、爱情和正常人的生活，被迫守着一个活如僵尸的丈夫。黄金像把沉重的枷锁使她窒息。婆家从上到下都因为她出身低贱而看不起她，娘家兄嫂只知道从她这里哄取更多的钱财，却不懂她会因此受到更多的侮辱。环境的压抑，激起了她争强好胜的性格的同时，也使她那小市民习气以加倍的力量爆了出来。她讲话俗气，待人刻薄，人缘很差。而当丈夫死后，她以青春、爱情以至人生的代价赢得黄金后，她却已被枷锁压得扭曲了人性。她把过去所遭受的一切，全部变本加厉地报复在子女身上：破坏儿子的婚姻，拆散女儿的情侣。

曹七巧从女性的角度来说，是值得同情的。她是黄金的受害者，是"遗老家庭里一种牺牲品"，是直接受宗法封建势力迫害的典型，是"没落的宗法社会里微不足道的渣滓"。那种被异化了的女性偏狭阴暗的心理，就在这黄金与报复的间隔中反复碰撞，碰得满身都是伤痕。她的由压抑转化而来的公理能量，需要找到发泄的地方。于是，在她的生活圈子里，情人被自己赶跑，亲戚不敢上门，她只有变本加厉地折磨自己的亲生儿女。她几乎扮演了双重角色，是被害的女奴，又是迫害女奴的奴隶主。

这部小说给我们最大的启示是：女性不仅受来自外界的封建势力的摧残，也受自身"原罪意识"的精神摧残。该作品通过曹七巧非人性、非女性的扭曲，揭露了几千年历史积压在女性身上经济桎梏的沉重。

第三节 20世纪80年代以来的女性作家作品

一、张洁

作者简介

张洁（1937—2022），当代知名女作家。幼年酷爱文艺，尤其是诗歌和音乐。1978年发表处女作《从森林里来的孩子》（《北京文艺》1978年7期），引起文坛注目，获当年全国优秀短篇小说奖。1979年加入中国作协，同年发表的短篇小说《爱，是不能忘记的》触及爱情与伦理道德的关系这一敏感问题，引起文坛的大反响。1980年调北京电影制片厂工作，后为作协北京分会专业作家。

张洁出版有小说散文集《爱，是不能忘记的》《方舟》，中短篇小说集《祖母绿》，长篇小说《沉重的翅膀》《只有一个太阳》，游记《一个中国女人在欧洲》，等等。其中《谁生活得更美好》《条件尚未成熟》分获1979年、1983年全国优秀短篇小说奖；《祖母绿》获1983—1984年全国优秀中篇小说奖；《沉重的翅膀》获第二届茅盾文学奖，被译成多种文字出版。她的创作享有国际声誉，曾获意大利1989年玛拉帕尔蒂国际文学奖。张洁于1992年被授予美国文学艺术院荣誉院士。

她的作品初期特点是婉约清丽，在宁静悠远中呼唤人的真情；后来的作品则更关注社会现实，挖掘人性的复杂，对女性命运的关照是她坚持的立场。

作品推荐

《爱，是不能忘记的》《方舟》《祖母绿》

作品赏析

《爱，是不能忘记的》是发表于《北京文学》1979年第11期上的短篇小说，后收录于作者的同名小说散文集。小说通过一个名叫珊珊的30岁未婚女青年对已故母亲的回忆，揭开了母亲钟雨与老干部"有情人难成眷属"的悲剧。

作品中的"我"的母亲钟雨是一位作家，她没有丈夫，却有着"我"和一个自己的家。钟雨年轻时由于幼稚、轻信，嫁给了一个她不爱的"公子哥儿"，终于因无爱而离异,这段经历造成她更加关心婚姻的实质——真正的爱情。正当她在孤独中生活并独立抚养自己的女儿时,在她面前出现了一位"白发生得堂皇而又气派"的老干部,他那成熟而坚定的政治头脑,他在动荡的革命年代出生入死的经历,他活跃的思维、工作上的魄力、文学艺术上的修养,深深地吸引着钟雨。

同时老干部是有家庭的,20世纪30年代,他在上海做地下工作时,一位老工人为掩护他而牺牲,基于道义、责任、阶级情谊和对死者的感念,他与老工人的女儿结了婚。经历了几十年风雨,他们可以说是患难夫妻。然而,不相信爱情的他,到了五十几岁却与作家钟雨产生了足以献出全部生命的爱情。现实的道德和法律都不允许他和她越雷池半步。钟雨把爱深深地埋入心底,在孤独中,以珍藏、抚爱他赠送的《契诃夫小说选》为慰藉,在写有"爱,是不能忘记的"的笔记本中倾诉衷肠,在"文革"中,老干部因为坚持真理、挑战红极一时的"理论权威"而受到迫害,死于非命。

作品深切地关注了没有婚姻的爱情的痛苦与没有爱情的婚姻的不幸,并不是表层地批判所谓的封建传统道德对爱情的束缚,而是尖锐地揭示了社会现实与传统观念对人性、人的自由的剥夺以及在这种束缚与剥夺的语境中人的精神困境。小说还在中国时代社会变迁的广阔背景下探讨人类的情感,尤其是女性的心灵,在当代作家中较早地阐释、表现了女性意识。

《爱,是不能忘记的》具有浓厚的理想主义色彩。现代意义上的爱情又是建立在具有独立个性、自我肯定、自由平等基础之上的。现实的悲剧在于,符合人性本质的爱情在现实中无法变成婚姻事实,而违背人性、没有爱情的婚姻,却不仅成为现实,而且以社会伦理道德的名义得到肯定和维护。小说透过爱情与现实的悖谬,使人们看到,人要实现自我解放是何等艰难,同时,作家向人们展示了一种合理的、符合人性的理想婚姻。

二、毕淑敏

作者简介

毕淑敏,1952年10月出生于新疆伊宁,中共党员,国家一级作家、内科主治医师、注册心理咨询师。

1969年入伍,在西藏阿里高原部队当兵11年,历任卫生员、助理军医、军医等。从事医学工作20年后,开始专业写作。著有《毕淑敏文集》十二卷,长篇小说《红处方》《血玲珑》《拯救乳房》《女心理师》《鲜花手术》等畅销书。

毕淑敏曾获庄重文文学奖,《小说月报》第四、五、六、七、十届百花奖,当代文学奖,陈伯吹文学大奖,北京文学奖,昆仑文学奖,解放军文艺奖,青年文学奖，台湾第十六届中国时报文学奖，台湾第十七届联合报文学奖等各种文学奖 30 余次。

作品推荐

《素面朝天》《生生不已》《阿里》

作品赏析

"素面朝天"，原为唐代杨贵妃姐姐虢国夫人不敷脂粉去见天子的故事。宋乐史《杨太真外传》中道："（韩、虢、秦三国夫人）皆月给钱十万为脂粉之资。然虢国不施妆粉……常素面朝天。"今指女人既美貌又自信，不需要化妆就敢出头露面。

《素面朝天》文字自然，意蕴悠长，情感清淡。

"我相信不化妆的微笑更纯洁而美好，我相信不化妆的目光更坦率而真诚，我相信不化妆的女人更有勇气直面人生。"作者告诉读者，自然的女人淳朴馨香，像一个朋友从容温和地教给读者自然的美丽，把自然种进我们的心田。

作品中运用了许多生动的比喻。"仿佛洪水冲刷过水土流失的山峦"写出脂粉、油彩之多，化妆之浓；"那个真实的她，像在蛋壳里窒息得过久的鸡雏"形象写出展露出真实面目时的情态；"艳丽得如同一组霓虹灯""她枯黄憔悴如同一册古老的线装书"以比喻增强形象性，强化对比效果。作者以独特而新颖的角度，化平淡为生动，化不易直表的话语为具体浅显、生动可感的形象，给读者以至美至醇的审读趣味。

作者以锐利的眼光，借生活细节，揭示深刻道理。刻意的修饰、装扮是对自我缺陷的掩饰，且不论其作用是否是徒劳，至少此举是一种软弱、不自信的表现。更大点是对自我公正认识的缺乏，是对审美标准的曲解。文章告诉我们自然、纯真的自我是最纯洁美好的，它使我们抛开的是自卑、忧虑、烦恼，带给我们的是坦率、真诚。它阐释了一种以自信和勇气直面人生的生活态度。

作者以日常生活中极为平常的化妆细节作为审美客体，把似乎人人都有所经历的小事写得妙趣横生，充分展示了作者朴实无华的文风。尽管是"郑重写下这个题目"，但开头还是富有幽默感和生活气息。中间所用事例小而贴近生活，贴切而富有情理。时而绝妙的比喻，深入浅出；时而鲜明的对比，言近旨远；时而精辟的议论，画龙点睛，有"平淡而山高水深"的境界。

三、王安忆

作者简介

王安忆，1954年生于南京，次年随母亲茹志鹃迁至上海读小学，初中毕业后，1970年赴安徽农村插队，1972年考入徐州地区文工团工作，1978年回上海，任《儿童时代》编辑。1978年发表处女作短篇小说《平原上》，1987年进上海作家协会从事专业创作至今。主要著作：《长恨歌》《雨，沙沙沙》《王安忆中短篇小说集》《流逝》《小鲍庄》《小城之恋》《锦绣谷之恋》《米尼》等小说集及《69届初中生》《纪实与虚构》《黄河故道人》《流水三十章》《父系和母系的神话》《叔叔的故事》《我爱比尔》等长篇小说，散文集《蒲公英》《母女同游美利坚》（与茹志鹃合著）等，儿童文学作品集《黑黑白白》等，论著《心灵世界——王安忆小说讲稿》等。

作品曾多次获得全国优秀小说奖，并获得首届当代中国女性创作奖。2001年获马来西亚《星洲日报》"最杰出的华文作家"称号等。

作品推荐

《长恨歌》《一个少女的烦恼》

作品赏析

《长恨歌》是王安忆出版于1996年的一部长篇小说，曾获得第五届茅盾文学奖。作品以庞大的空间建构及时间流程、丰富的人物活动，叙述了上海的历史，刻画了上海的女性，审视了上海的文化。在这部小说中，王安忆取得了巨大的成就与突破。

1. 独特的视角：把城市与人生经验联系起来

作品用细腻的笔调叙述了上海普通市民王琦瑶坎坷的一生，王琦瑶的形象也蕴含了作者对上海这座城市的记忆，她把几个不同的历史时代作为小说的写作背景，凭着她对上海的熟悉以及对上海女孩子心理状态的细致揣摩，塑造了一个活生生的"上海小姐"——王琦瑶这样一个人物，文本的故事以她为中心展开了一系列生活场景叙述。她是选美选出来的上海三小姐，有着美丽的容貌，在每一个特定年代里，都会出现一个与她有着情感纠结的男人，虽然他们是起烘托作用，但在作者笔下也深深留下了属于他们自己阶层的烙印。不同的男人有着不同的身份与地位，有高官，有摄影师，有无业的富二代，都试图占据她的情感，但又都以失败告终。

2. 流露出"寻根"意识

王安忆在《长恨歌》中也流露出了寻根的意识、怀旧的情怀，以及对"家"的感伤。家是每个人、每个家庭的安身立命之所和灵魂的栖息地，家也是研究王安忆作品的主要线索。然而，王安忆和张爱玲相比，却是一个"失根感"很重的人，她虽然是大半辈子都居住在上海，但是她在《纪实与虚构》中开篇就说，她的家庭是迁居到上海的外来户，他们没有亲戚朋友，没有家族。可以说，这种"失根感"一直伴随着王安忆的创作历程，是她寻找种种可能的归宿的动力所在，所以促使她创作了《长恨歌》这部小说。

3. 作品对命运进行探索

谈到《长恨歌》时，王安忆曾说过："在那里边我写了一个女人的命运，事实上这个女人只不过是城市的代言人，我要写的是一个城市的故事。"上海在19世纪中叶被开辟为通商口岸，然后迅速发展为金融中心，吸引了来自四面八方的人们。为了在这个城市里很好地生活，人们形成了不怕吃苦、勇于追求、不断进取的精神品质。在多元文化的熏陶和浸染下，在多层次经济结构影响下，上海人逐渐形成了务实、坚忍、勤劳的精神。开阔是上海人的品质，雅致是上海人的生活情调，精明是上海人的特征。王安忆就是要用一个上海女人的命运来诠释命运与城市的关系。为了突出上海对小说人物命运的影响，王安忆在开篇就花费了大量的笔墨描写了上海的弄堂、流言、闺阁、鸽子，一起组成了上海城市形象的美丽画面，就是为了说明作品中人物命运的曲折起伏与上海街道、上海气氛、上海的精神相关，尤其上海城市的历史变迁深深影响了王琦瑶的一生。上海成全了她，也抛弃了她，繁华的上海是造就她人生悲剧的根源。

4. 作品极大地表现了女性意识

站在女权主义角度看，性别在很大程度上影响了人物的命运，这体现在人物命运不仅受到长期男权社会形成的传统的封建思想的制约，也受到了人生历程遭遇到的异性的影响，更受到自身性别特点和局限的牵制，因此人物的命运也变得更加曲折坎坷。

《长恨歌》中男性人物的自私、懦弱、猥琐、虚伪使女性的人生经历变得坎坷曲折。作者在这部小说中否定了女性幻想靠男性、依赖爱情来改变命运的观念。究竟女性应该怎样改变自己的命运，作者没有给予正面的回答，但有一点是很明确的，女性的命运必须由自己来把握，依靠男性来改变命运只能是女性一厢情愿的却不切实际的幻想。尽管如此，作者并没有让她笔下的女子居高临下地鄙视男性的行为，但也未对男性给予严厉的谴责，相反是带着平和的态度对男性的选择表示了宽容和理解。和谐家庭是由男女平等才建立的，对此一味地斥责是不对的，因此王安忆在情节设计上，在男性人物的行为上都表示了同情和理解，也表现了她对社会中男女关系的独特自我认识。

四、严歌苓

作者简介

严歌苓，1958年生于上海，从小受到良好的家庭教育。1980年开始发表作品，著有长篇小说《绿血》《一个女兵的悄悄话》《雌性的草地》，作品具其独特的语言风格。1988年赴美留学，现定居美国，着力创作几代中国移民在美国的生活和命运的小说，在海外华人生活区有很大影响。著有短篇小说《少女小渔》《女房东》《天浴》，长篇小说《扶桑》《人寰》，根据其小说改编的电影作品也屡获大奖。还出版有小说集《海那边》《少女小渔》《倒淌河》等。有《严歌苓文集》多卷问世。她的作品被翻译成英、法、荷、西、日等多国文字。

作品推荐

《一个女人的史诗》《少女小渔》《雌性的草地》

作品赏析

《一个女人的史诗》中的故事是从小菲（田芳菲）找不回毛衣怕回家挨揍而选择去革命开始的，接着交代田苏菲参加革命的理由及经过。从十六岁到五十岁，田苏菲这个主角的生活都与革命纠缠不清。她终生为之奋斗的爱情，亦在革命的风风雨雨下茁壮成熟。田苏菲一生与革命结下不解之缘，然而，她投身革命却是出于偶然。十六岁时，田苏菲在学校给人骗去毛衣，为了逃避母亲的责难，便顺应邻居少女伍善贞的建议，革命去了。革命的意图，既不宏大，亦非高尚；而伍善贞找上田苏菲，也只因原来的伙伴未能成行，要临时找人顶替。

田苏菲正是从生活出发，在不带高超的政治理想下，踏上革命之途。而行动的偶然性，更一再背离了该有的深邃意义。从另一角度来看，正因为摆脱了政治的公共视野，她更能从自身的情感出发，去诠释革命的"私人"意蕴。田苏菲投身革命后，很快见证了以下事例：革命队伍之中人们因为自身利益而放弃伙伴。田苏菲目睹事情的经过，本欲拯救受伤战友，却反被其他同伴威吓。经过这次事件，田苏菲有所顿悟：革命行动的背后，隐藏了人为了自保而置他人于不顾的私心。

革命的残酷性，反过来催生了爱情。欧阳萸在受到政治打压时，对田苏菲产生了强烈的依恋。革命讲求集体性，与强调个人主义的爱欲观念背道而驰。田苏菲与欧阳萸反而在革命洪流中找到爱情安身立命的空间。田苏菲在困难的政治环境下，亦更能发挥她的实用生活哲学。严酷的下乡劳改，在作者刻意营造的抒情气氛下，成了田苏菲夫妻爱情展现的场景。一月难得一见的机会，成了爱情孕育萌发的温床。二人聚首，细说家事，点点滴滴，充满温馨和喜悦。

爱情在革命的大前提下，注定无立足之地。爱情是手段，革命才是目的所在。《一个女人的史诗》却一反以上的叙述模式。田苏菲在革命洪流中不但没有放弃个人的情感追求，反而以革命为媒介，培育自己的爱情。本来充满政治意味的话语，一再沦为小女子爱情命运的解读。遥遥几十年，革命的大历史不经意间被置换成走过中年的女性的自我情感叙述。

作品弘扬了女性价值观。作者以现实的态度正视她笔下女性的情感世界，可以说一个女人的情感史就是她的史诗。国家的命运很多时候反而是在陪衬她的史诗。特别是田小菲这样重感情的人，其他东西在她眼睛里模糊一片，她不清楚外部的世界发生了什么。这就表明了小说独特的思想价值。也正是在这一意义上，严歌苓将女性的情感史提升到女人的"史诗"层面上。实质上，这部小说表达了属于田小菲个人独特的女性价值观。

作品还表现了女性主义。作者沿袭了她对女性、对女性情感问题的持续关注和思考，把一个平凡女性爱恨纠结的人生置于波澜壮阔、纵横捭阖的历史沧桑下，以漫卷城楼的红色为背景和基调，写女人与革命并行的至死无悔的爱，赋予其史诗的品格。

作者把更多的笔墨和篇幅给予她的女主人们，而有意无意把男人放到了幕后甚至不给其扬名显姓的机会。作品中的女性除了主人公田苏菲，还有表面刻薄、虚荣，实际勤劳、实惠，刀子嘴豆腐心的田母，她是田苏菲的原型，她的争强好胜和勤劳务实维持了做寡妇的她在男权社会的尊严和体面，她在市井生活里磨炼的生存本领使田苏菲一家度过了饥馑灾年。她是市井社会的精英，她对是非忠奸的判断极其原始而准确，她的极富个性化的语言简直就是对市井人生的生动概括。伍善贞是作为田苏菲的对立面塑造的，这个左派青年早熟而世故，她革命起来不认亲爹娘，"打老虎"第一个拿自己的亲爹开刀，她的婚姻是利益权衡的产物，面对田苏菲的痴情和浪漫，她不屑一顾。优雅脱俗、神秘辽远的孙百合和冰雪聪明、桀骜不驯的欧阳雪则是田苏菲形象的终极，她俩一虚一实，成为田苏菲自我否定、自我完成的参照。其他如老革命方大姐、因伤掉队被遗弃的吴大姐、伍善贞的母亲伍老板娘等人，都散发光彩。

第三编 写作技能提升

第五章 写作概述

案例导引

某学院要举办"不负韶华,筑梦大学"征文比赛。以下是2020级学前教育专业两名同学的对话:

李梦:"学校要举办征文比赛,我很想参加。张华,你跟我一起参加吧!"

张华:"你知道我作文不太好,还参加征文比赛?"

李梦:"咱俩关系这么好,你不参加的话,我一个人就没积极性了。重在参与嘛。"

张华:"如果有老师给咱们指导一下怎么写作,提高一下写作能力就好了……"

知识点击

一、写作的概念

写作是运用语言文字符号,书面反映客观事物、表达思想感情、传递知识信息的创造性脑力劳动过程。它不仅仅存在于文学创作领域,而且广泛出现于应用写作领域,具有目的性、创新性、综合性、实践性等特点。写作能力是一个人语言运用能力的高层次体现。

二、写作的分类

按照写作性质和目的的不同,人们通常把写作划分为应用文写作和文学写作两大类。

应用文是国家机关、企事业单位、社会团体和个人处理公务和日常事务、传播信息、交流经验、沟通往来等过程中使用的格式规范、语言简明、行文明确的实用性文体。目的是开展公务活动或处理私人事务,是必不可少的文体。撰写应用文就称为"应用文写作"。

文学按体裁划分,可以分为散文、诗歌、小说和戏剧四大类。文学写作就是进行散文、诗歌、小说和戏剧的创作。它是一种特殊的复杂的精神生产,是作家对生命的审美体验,通过艺术加工创作出可供读者欣赏的文学作品的创造性活动,因此文学写作在很多时候会被说成"文学创作"。

三、写作的作用和意义

首先来说,写作是人们处理事务的需要,是为了形成历史资料。语言是人类特有的现象,自从人类有了语言以后,就能通过语言表达感情、交流思想、传递信息,但是口语在时间、空间上具有非常大的限制。而文字产生以后,通过文字把语言记录下来,就在很大程度上弥补了口语在时空上的不足,不但能够及时处理事务、形成凭证,而且能跨越岁月的长河流传下来。比如历史上各个朝代的诏令和奏疏就是当时处理国家事务的公文,流传下来,成了历史凭证,也成了后人研究历史的重要资料。

其次,写作是人们精神需求的反映。文学写作的目的是满足人们精神涵养的需要,提高思想境界,进行文化传承。大家熟悉的唐诗、宋词、元曲、明清小说都属于文学写作范畴,如果没有这些的话,人们的精神层面将是贫乏、单调、没有趣味的。

从宏观上说,写作对人类意义巨大,是不能忽视的。从微观上来说,写作对个体更显得重要。因为一个人的写作能力对他的事业影响很大,甚至在某种程度上可以反映其工作能力和文化素养。提高写作能力,不但是胜任更高层次的工作的需要,而且是文化水平、文化素养提高的反映。

实际上,写作不仅仅是一种技能,而且是一种文化艺术的反映,是人类文化进步重要前提,所以,有必要学会写作,提高写作能力。

四、提高写作能力的方法

(一)多读书,多积累

杜甫曾经说过:"读书破万卷,下笔如有神。"这说明写文章的前提一定是多读书,有积累。如果读书很少,没有什么文化,就不可能写出好文章来。写作一定是建立在读书基础之上的,是语言更高层次的应用。人们常说的"笔杆子",就是指写作能力强的人。能够成为"笔杆子",一定是写过很多文章,有丰富写作经验的。

(二)深入生活,细致观察

擅长写作的人,通常都是对生活观察细致、对语言运用比较擅长的人,尤其是文学写作,还强调灵感、悟性或天赋等因素。如果一个人对生活缺乏细致的观察,对工作缺少严谨的作风,很难写出好文章,或者处理好公文事务。

(三)勤学苦练,坚持不懈

写作不同于口语,它需要有写作基础,还需要有写作技巧。写作不是立竿见影的事，必须日积月累，不断练习，才有可能提高写作水平。如果说文学写作需要一定的天分或者灵感，那么应用文写作则是靠经验。因为应用文的格式多是固定的，只要多练习，掌握了规范，驾驭了语言，就会写出满足需要、符合要求的应用文。

（四）先仿写，再创新

对于多数人而言，由于文化基础薄弱，写作较少，写出好文章来难度就大，这种情况下，可以先仿写，掌握了写作的方式方法和基本技巧后，再创新。古人有很多仿写或化用前人文章或诗句的例子，效果很好，甚至成了优秀作品、名篇名句。例如，唐朝王勃的名句"落霞与孤鹜齐飞，秋水共长天一色"就是化用的南北朝诗人庾信的"落花与芝盖同飞，杨柳共春旗一色"。很显然，王勃的句子意境更高远，更唯美。需要特别说明的是，仿写不同于全盘抄袭。同学们必须把仿写与抄袭严格区分开来。抄袭是道德品质恶劣的表现，是应该坚决杜绝的行为。

（五）任务驱动，灵活学习

很多人认为写作很难，有意识逃避写作任务。提高写作能力需迎难而上，从易到难。一个很有效的办法是任务驱动法。例如，参加班级干部竞选，撰写竞选稿；参加学生活动，撰写活动方案；参加演讲比赛，撰写演讲稿；参加征文比赛，撰写征文；拍摄短视频，撰写脚本；等等。如果圆满完成每一项任务的话，文字稿的写作水平就会有所提高。

（六）确定目标，逐级提升

提高写作水平不可能一蹴而就。只要确定目标，制订计划，根据自己实际水平，逐级提升即可。在现有写作水平上，加强薄弱环节的练习，有意识学习一些写作技能。很多学生可以做到从开始的"怕写作"，到"能写作"，最后到"爱写作"。具体过程因人而异，耗用时间也长短不一，但会有一个共同特征：写作越来越熟练，写作技能越来越强。

例文赏析

筑梦青春，不负韶华
柏年心怡

2019年5月9日，注定是一个不平凡的日子。这一天，距离高考还有二十八天，距离中考还有四十二天！这一天，采花中学为了给即将参加人生第一次大考的九年级学子助威加油，为了让他们在紧张的中考备考中能缓解一下焦虑的心情，特此举办了"筑梦青春，不负韶华"主题文艺晚会。

闲看庭前花开花落，漫随天外云卷云舒。辛苦了一年的中国功夫社团，今天终于白鹤亮翅。看他们那如白鹤骏马般的身姿，看他们全心投入的凝注，真心希望在以后的人生中，你们也能做到宠辱不惊。

真没想到，七一班的孩子们带给了我们如此的震撼。一个普通的故事，一群普通的孩子，演绎了一段不平凡的情感。一个小品，竟然让我热泪盈眶。

同学们的才艺展示让我们刮目相看。愿你们在人生的长河里，做一个执着的舵手，乘风破浪，点亮你们的青春，奔向灿烂的明天！

宜昌西南，巍峨群山，泗洋之滨，撒花溪畔。我们在这里学习，我们在这里奋斗，我们在这里成长。

晨曦中，你们闻鸡起舞；夜幕下，你们秉烛夜读。还有一个多月，你们就要面临人生的第一个十字路口。今天，你们以采中为荣，明天，采中一定会以你们为荣。

感动着，为这群孩子们的努力；感动着，为家长们的支持帮助；感动着，为老师们的辛勤付出。

> 这篇小短文来自网友"柏年心怡"的博客，是一位教师介绍学校的"筑梦青春，不负韶华"主题文艺晚会的文案。因为文案主要是晚会图片展示，所以文字较少。但即便如此，我们也能从中了解晚会的大概情况。这些文字为图片做了恰当的说明。由此可以看出文案与写作的重要性。

实训提升

1. 了解了写作及其作用和意义，你对写作的看法有没有改变？当你再发朋友圈时，或者在QQ空间晒旅游、晒美食、晒自拍时，有没有想给它加一个文案呢？不妨试一试。

2. 一起探讨"写作观"，说说你对写作的感受。

第六章　应用文写作

第一节　应用文写作概述

案例导引

同学们先来想这样两个问题：

1. 你是一名高校在校生，想知道什么时候放暑假，那你应该留意学校什么文件呢？

2. 你在某公司上班，有急事需要回家处理或者自己生病了不能坚持上班，那应该办理什么手续呢？

答案很简单：

1. 要留意学校下发的暑期放假通知，放假通知会详细说明放假时间安排。

2. 要办理请假手续，向领导提交请假条。

学校的放假通知和提交的请假条属于什么文种呢？

知识点击

一、应用文

（一）应用文的概念

应用文是国家机关、企事业单位、社会团体和个人处理公务和日常事务、传播信息、交流经验、沟通往来等过程中使用的格式规范、语言简明、行文明确的实用性文体。应用文是开展公务活动或处理私人事务必不可少的文体。通俗地说，如果没有应用文，公务就开展不了，私人事务也办理不了。

（二）应用文的特点

1. 实用性

应用文就是为了解决实际问题而写的，有很明显的实用性。如写一则消息，就是为了传递信息；写一份说明书，就是为了介绍产品或工艺流程；写一则通知，就是为了让接收单位遵照执行；写请假条，就是为了让主管单位领导批准请假。应用文是从实际需要出发，为事造文，因事生文。

2. 真实性

应用文写作涉及的人、事、物都是真实存在的，情节、细节、具体数字都不能虚构。真实性是应用文的一个基本特征，尤其是行政公文，会影响党和政府的威信，更来不得半点虚假。应用文与文学作品很大的区别就在于真实性。文学作品是可以虚构的，比如小说，人物、情节等都可以虚构，可以是想象的。但是，应用文不能虚构。

3. 规范性

每一种应用文体，在长期使用过程中，都形成了固定的格式。这种格式，大家都共同遵守，便于写作、阅读、承办、归档、查询。这是应用文与文学作品在形式上最大的不同。

4. 时效性

应用文要求时效性，如果忽视时效性，就会贻误工作，甚至造成损失。例如，天气预报某地近日有大暴雨，还存在山洪、泥石流的危险，政府部门应紧急下发通知转移群众，否则后果不堪设想。在这种情况下，如果通知没有在暴雨来临之前及时撰写、下发、传达给人民群众的话，那么政府部门的问题就大了，甚至形成了渎职。与文学作品相比，时效性对于应用文非常突出。文学作品（除了报告文学、新闻作品之外）一般不强调时效性，作者可以精雕细刻、慢慢打磨。而应用文因为是因事成文，所以就会讲求时效。只是具体文种不同，对时效的要求程度也不同罢了。

5. 简明性

应用文是用来解决实际问题的，不需要华丽的语言，也不需要描写、修饰，要求内容简单明了，能够按照要求执行或操作。条理清晰、逻辑缜密。一般来说，应用文写得越简练、越明晰越好。

6. 广泛性

广泛性指应用文的使用范围很广泛，社会生活中的方方面面都会用到。行政机关、事业单位最常用的是行政公文，一般人最常用的是事务文书。可以说，每一个人都要用到应用文，比方说请假，就要用到请假条；寻人或寻物，就要用到寻人或寻物启事；民间借贷，就会用到借条、欠条等。生活中还会用到通知、说明书……正因为使用范围广泛，应用文的内容广泛、形式多样。

7. 作者与对象的特定性

应用文的作者，尤其是公文的作者，一般不是一个人，而是一个集体。应用文的读者也是具有特定性的，不像文学作品那样，读者具有不确定性和宽泛性。比如，通知只能是上级单位下发给与自己有隶属关系的下级单位，而不能发给上级单位或者其他没有隶属关系的单位。请假条也只能写给主管你的上级领导，其他人员无权批假给你。这些例子都说明了应用文的作者与读者是特定的。

（三）应用文的作用

1. 指导管理

写作应用文不是目的，通过写作、下发应用文来处理公务和个人事务，这才是写作应用文的目的。在公务活动中，上级单位通过发布公文，对下级单位进行工作指导和管理，让整个系统协调、有序运转。如果没有公文，没有上下级沟通，那么整个系统势必都是混乱的，也是不能向前发展的。

2. 贯彻执行

很多应用文写作的目的就是落实任务，让人们贯彻执行。例如，上级单位下发通知落实安全检查工作，下级单位就必须行动起来进行安全检查；交管部门发出通告说某地施工，一切车辆绕行，那么过往的机动车就需要绕路而行。

3. 信息沟通

应用文很重要的一项作用是信息沟通，上下级单位之间，不同行业、部门、组织之间都需要信息沟通，交流情况，协调工作，才能把事务处理得最恰当、最有效。应用文就承载着交流信息的功能，为社会服务。

4. 宣传教育

许多公文在传达方针、政策和布置工作时都阐明依据和理由，说明指导思想，帮助和启发下级机关理解和执行，增强其贯彻执行的自觉性，这本身就起到一种宣传教育作用。有的应用文内容就是宣传教育，比方说通报，通报可以是通报批评，也可以是通报表扬，都会对人们起宣传教育作用。还有倡议书、演讲稿等，都有宣传教育的功能。

5. 依据凭证

证明信、意向书、合同、借条、欠条等，都能够起到证明作用，都是作为依据、凭证而写的应用文。很多应用文，虽然撰写时的目的是处理当时的事务，解决眼前的问题，但过后就会形成文字资料、档案材料，成为见证历史的凭证。特别是公务文书，重要的都需要入档保存，形成资料凭证，成为日后查询的依据。

（四）应用文的分类

根据适用范围分类，应用文可以分为公务文书和事务文书。公务文书和事务文书又可以按照不同标准再进行细分，这将在后面做详细介绍。

二、公务文书

（一）公务文书的概念

公务文书，也称为"公文"，是党政机关在行政管理过程中形成的具有法定效力和规范体式的文书，是贯彻党和国家方针政策，公布法规和规章，指导、布置、商洽工作，请示或答复问题，报告、通报和交流情况等的重要工具。

（二）公务文书的分类

（1）按照《国家行政机关公文处理办法》规定划分，公文种类有十五种，分别是：决议、决定、命令（令）、公报、公告、通告、意见、通知、通报、报告、请示、批复、议案、函、纪要。

为了方便同学记忆，我们为同学提供一个记忆顺口溜：一令一定一纪要，三通两告莫混淆，请示批复意见函，公决议案须记牢。

（2）按照行文方向划分，可以分为三种：①上行文，如请示、报告等；②平行文，如函；③下行文，如批复、通知等。

三、事务文书

（一）事务文书的概念

机关、团体、企事业单位或个人处理日常事务时用以沟通信息、安排工作、总结得失、研究问题等使用的文体。事务文书属于广义的公文范畴。

（二）事务文书的分类

按照内容划分，可以分为：

（1）条据：如请假条、留言条、托事条、借条、欠条、领用条等。

（2）启事：①寻领类启事，如寻人启事、寻物启事、领物启事；②告知类启事，如更名启事、开业启事、迁移启事；③征招类启事，如招生启事、招聘启事、征文启事、征婚启事等。

（3）信函：如求职信、推荐信、介绍信、证明信等。

（4）计划：如工作计划、学习计划、作战计划、生产计划等。

（5）总结：如工作总结、学习总结、作战总结、生产总结等。

（6）诉讼文书：如起诉状、上诉状、申诉状、答辩状等。

（7）学业文书：如实习报告、毕业论文等。

（8）经济文书：如财务分析报告、财务审计报告、市场调查报告、市场分析报告等。

……

需要说明的是，处理私人事务的文书材料，如请假条、求职信、演讲稿、毕业设计等都属于事务文书。

例文赏析

国务院关于发布《国家行政机关公文处理办法》的通知

各省、自治区、直辖市人民政府，国务院各部委、各直属机构：

现发布《国家行政机关公文处理办法》，自2001年1月1日起施行。1993年

11月21日国务院办公厅发布，1994年1月1日起施行的《国家行政机关公文处理办法》同时废止。

中华人民共和国国务院（印）
二〇〇〇年八月二十四日

> 这是国务院文件，文种属于"通知"，从类别上讲属于行政公文，从行文方向上看属于下行文。文件格式规范，内容准确、简明。

领条

今从学院后勤办公室领取新学期劳动用具如下：笤帚陆把，簸箕陆个，墩布伍把，水桶贰个。

此据。

2020级护理专业3班　王×
2021年9月18日

> 这是一则领条，属于事务文书，而且属于条据类的简单应用文。尽管内容简单，写作要求却与其他应用文一样：内容准确、完整，格式规范，条理清晰。因为涉及物品数量，这则领条里采用了数字大写形式，也可以采用小写再备注大写的形式。生活中，如果不是特别重要的事情，或者是特别信任对方，物品数量只用小写也问题不大。不过为了防止恶意涂改，建议条据的数量、金额采用大写或大小写兼具的形式。

实训提升

1. 请根据下面的材料，代刘萌写一则请假条。

石家庄金茂公司办公室的职员刘萌生病了，头疼得厉害，下午要到医院检查，需要向公司请假半天（2021年10月10日下午），请李副经理批准。

要求：格式规范，内容完整，请假事项交代清楚即可。

2. 请根据下列材料代王小丽同学向学校团委写一张借条。

为参加国庆文艺会演，某学院2020级学前教育系3班的王小丽同学于2021年9月28日在学校团委借到男女舞蹈服装各8套，答应10月3日送还。

要求：格式规范，内容完整、准确，字迹清晰。

3. 根据下列材料，写一则放假通知，注意格式规范。

根据《国务院办公厅关于2022年部分节假日安排的通知》，2022年清明节放假具体安排为：4月3日（星期日）至4月5日（星期二）放假，共3天。如果你是石家庄政府办公室的秘书，请你根据上述放假时间安排，写一则放假通知，通知到全市各单位。通知时间为2022年3月1日。

第二节　行政公文写作

案例导引

某学院拟于2021年9月3日上午9点召开全院教职工大会，会议内容是回顾上一年度的成就，布置新学年的工作任务。会议召开地点为学院新思维报告厅，要求全体教职工提前10分钟到场，会场上手机关机或静音。没有特殊理由，不准缺席。

假如你是该学院办公室行政秘书，领导把开会事宜交给你办，让你9月1日撰写并下发通知，你应该如何做呢？

一、通知、通报与通告

知识点击

（一）通知

1. 通知的概念

通知，用于发布、传达要求下级机关执行和有关单位周知或执行的事项，以及批转和转发公文。通知是机关行政公文的一种，属于公务文书。广义上的通知还包括事务性文书，比方说单位里的口头通知。

通知是日常生活、工作中最常见的应用文文体形式之一。

2. 通知的分类

《党政机关公文处理工作条例》规定，根据通知的适用范围和作用划分，一般可以分为：（1）指示性通知；（2）批转、转发、印发性通知；（3）周知性通知；（4）会议通知；（5）任免通知。

3. 通知的特点

（1）应用范围广。通知是各行各业，国家机关、行政团体、私营企业，或者说上至国家级机关，下到基层单位都使用的一个文种。通知的受文单位也很广泛。广大基层组织接收最多的就是上级单位下发的通知。

（2）使用频率高。通知的使用频率非常高，因为它几乎没有级别限制，任何单位均可对其下属部门或在内部组织使用。通知也是沟通信息、管理事务的重要文种。

（3）时效性强。通知要求办理的事项一般都有明确的时间限制。受文单位需在规定时间内办理，不得拖延。比方说，通知内容为拟于2021年8月8日召开工作会议，如果会务人员没有提前筹备，8 月 8 日的会议就开展不起来。再比如某个应该参会的人员没有按时到场，过了一个星期才想起来去参会，这时候很可能会议已经结束，就错过了这次重要的会议。

4. 通知的结构

通知可以分为：标题、主送机关、正文和落款四部分。正文又可以细化为开头、主体、结尾和附件四项。

（1）标题

①发文单位＋关于＋事由＋文种。例如"石家庄长安区关于举办 2021 年度社区运动会的通知"。

②发文单位＋文种。例如"教育厅通知"。

③事由＋文种。例如"任免通知"。

④文种。例如"通知"。

（2）主送机关

①全称。例如"河北省教育厅"。

②规范化简称。例如"省公安厅""省妇联"。

③统称。例如"各有关单位""各高校"。

④不标注。不写主送机关的情况适用于内部张贴的简单通知。

（3）正文

开头通常交代通知的缘由和目的，也可以写明根据、任务和目的。语句不宜过长。

至于主体，因为通知类别不同，主体内容也有所区别，把需要通知的内容交代清楚即可。

结尾一般提出贯彻执行的要求，如"请遵照执行""请认真贯彻执行"等。如果是内容简单的一段式通知，可以用"特此通知"等惯用语结尾。

假如通知带有附件，应在正文后空一行列出附件顺序号及名称。附件在文件后需另页编排。

（4）落款

成文单位应为全称或者规范简称，加盖公章。有的通知因为标题中有了成文单位，落款就不再写成文单位了，不过这里我们还是提倡落款处书写成文单位，有单位，有日期，显得更规范。

成文日期，宜采用"2021 年 8 月 24 日"这样年月日字样齐全的样式，也可以采用大写的形式，如"二〇二一年八月二十四日"，但绝对不能采用"8.24""8－24""24/8"等略写形式。

5. 写作注意事项

（1）主题集中，重点突出，讲求实效。

（2）事前通知，条理清晰，要求明确。必须符合实际，能够执行。

(3) 通知要注重时效，纸质版与电子版通知结合使用。采取邮寄方式时，事后要通过联系确认对方收到，以免耽误通知事项。

(4) 紧急通知和重大通知要和一般通知区别对待，要格外重视。

(5) 会议通知要写明召开会议的名称、目的、议题、时间、地点、对参加会议人员的要求、注意事项以及筹办会议单位名称、联系人、联系地址、电话号码、会议食宿安排、去会址路线等。会议通知常附"参会回执"，以便统计参会人员的数量和住宿等其他信息。会议通知通常采用条文式写法，要求内容周密、语言清楚、表述准确，不产生歧义。

(6) 必要情况下，收发通知，做好记录。

（二）通报

1. 通报的概念

通报是用来表彰先进、批评错误、传达重要指示精神或情况时使用的公务文书。通报对具有代表性的典型事例、新鲜经验以及重要情况予以表扬、批评、倡导宣传，使人们受到教育或引起警觉，或者了解事件真实情况。

2. 通报的分类

按照内容划分，可以分为批评性通报、表扬性通报和情况通报。

(1) 批评性通报是对重大责任事故的处理、对违纪案件处分决定的公布。比方说，某位学生在期末考试中作弊，违反考场纪律，学校可以对该生进行通报批评。目的除了惩戒该生外，也提醒其他学生引以为戒。

(2) 表扬性通报是表扬先进人物、介绍先进经验等时使用的公文。比如对于见义勇为事迹，就可以进行通报表扬。

(3) 情况通报是传达重要精神、介绍重要情况时使用的公文。比如，2021年7月下旬河南省多地连日暴雨，形成洪涝灾害，政府主管部门对救灾情况应及时进行通报，让公众了解救灾进展情况。

3. 通报的结构

一般包括标题、主送机关、正文和落款四部分，落款包括发文单位（印章）和日期。

(1) 标题：一般由发文机关、事由和文种构成，有的是事由加文种，也有的只有文种，即"通报"两个字。

(2) 主送机关：普发性通报不写主送机关，其他的通报标注受文对象和范围，格式与通知主送机关的格式相同。

(3) 正文：批评或表扬的通报一般都是先说通报的原因、依据等，再介绍事件的具体情况，最后说明处理意见或决定。批评性通报会在正文结束时提出告诫性要求，指出吸取教训、防止类似事件再次发生；表扬性通报会最后发出号召、希望。

根据内容的复杂程度，情况报告可以采取分类叙述或分条叙述的形式，也可以采用自然分段式，不管哪种写法，只要讲清楚内容即可。

（4）落款：落款在正文的右下方，写明发文机关和成文日期，并且加盖单位印章。发文机关要用全称或者规范的简称，日期要年月日齐全，不能简写。

4. 写作注意事项

（1）理由要充分，态度要中肯。

（2）条理要清楚，语言要简明。

（3）"一文一事"原则，通报内不要加入其他不相关的事项。

（4）通报要及时，如果时间拖延，通报的作用会减弱或消失。

（三）通告

1. 通告的概念

通告是适用于在一定范围内公布应当遵守或者周知事项的周知性公文。通告的使用面比较广泛，一般机关、企事业单位甚至临时性机构都可使用，但强制性的通告必须依法发布，内容范围不能超过发文机关的权限。

2. 通告的分类

按照内容划分，通告可以分为知照性通告、办理性通告和行止性通告。知照性通告指告知一些应当知道或需要遵守的简单事项的通告；办理性通告指办理一些令行禁止的通告，如注册、登记、年检等；行止性通告指公布一些令行禁止的通告，如加强交通管制、查处违禁物品等。

3. 通告的格式与写法

（1）标题："发文机关＋事由＋文种""事由＋文种""发文机关＋文种""通告"。

（2）正文：一般包括通告缘由、事项或规定、结语三部分。

（3）落款：包括发文单位和日期，落款要加盖单位印章。

4. 写作注意事项

（1）通告有适用范围，特别是法定内容的通告，必须是政府和司法部门才有权使用。因此，通告写作内容一定要在职权范围之内。

（2）通告一般不写受文单位（主送机关）。

例文赏析

会议通知

各班文艺委员：

为了举办好元旦晚会，学生会拟召开一次工作会议，具体内容如下。

会议主题：商讨元旦晚会事宜

参会人员：各班文艺委员

会议时间：2020年12月16日19：00—20：30

会议地点：教学楼203教室

会议主持：学生会主席

望各班文艺委员准时到场。

特此通知！

学生会
2020 年 12 月 13 日

> 这是一则会议通知。如果是行政机关的公文，格式要求非常严格，标题常采用"发文单位＋事由＋文种"的形式。但这则通知的发文机关是学生会，属于一般性事务通知，所以写作要求与机关公文相比要宽泛一些，题目仅仅写了事由和文种。尽管题目简单，但是通知内容的写作要求一样：内容完整，格式正确、规范，语言简明，条理清晰。

内蒙古自治区住房和城乡建设厅
关于对包头市"5·19"施工升降机坠落较大事故的通报
内建质〔2020〕108号

各盟市住房和城乡建设局：

2020年5月19日17时30分左右，包头市中海·河山郡（北区）施工二标段2号楼项目发生施工升降机吊笼坠落事故，造成3人死亡。该事故工程建设单位为包头市中海宏洋地产有限公司（项目负责人：蔡某），施工单位为中天建设集团有限公司（法人：庄某，项目负责人：窦某某），监理单位为乌海市华信工程建设监理有限责任公司（法人：侯某某，项目总监理工程师：肖某某）。

为深刻汲取事故教训，举一反三，坚决防范和遏制各类建筑施工安全生产事故发生，现就进一步加强全区建筑施工安全工作提出以下要求：

一、提高政治站位，清醒认识当前安全生产工作严峻复杂形势

当前企业全面复工复产，一些企业抢进度、赶工期，风险隐患较大，同时汛期临近，疫情防控常态化条件下做好建筑施工安全生产工作面临严峻挑战。各级住房和城乡建设主管部门要提高政治站位，认真贯彻落实习近平总书记关于安全生产的重要论述和重要指示精神，把抓紧抓实施工安全生产作为住房和城乡建设系统践行"四个意识"、做到"两个维护"的具体行动。要树牢安全发展理念，坚决克服麻痹大意和侥幸思想，真抓实干，杜绝形式主义、官僚主义。要认真落实中央和自治区关于开展安全生产专项整治三年行动的决策部署，压紧压实工作责任，着力加强风险防范，从根本上消除事故隐患，有效遏制施工安全事故发生。

二、加强源头防范，立即开展安全生产隐患排查整治行动

全区各级住房和城乡建设主管部门要结合《国务院安委会办公室 应急管理部关于加强全国两会期间安全防范工作的通知》（安委办明电〔2020〕9号）、

《住房和城乡建设部办公厅关于加强疫情防控常态化下建筑施工安全生产工作的紧急通知》（建办质电〔2020〕19号）以及《内蒙古自治区安委会办公室 自治区应急管理厅关于切实加强全国两会期间安全防范工作的通知》（内安委办明电〔2020〕7号）要求，在加强疫情防控常态化下立即开展全区建筑施工安全隐患排查。重点抓好建筑起重机械、高支模、深基坑等危大工程安全管控。坚持问题导向，突出强化房屋市政工程建筑起重机械安全专项检查，对产权备案、安装告知、检验检测、使用登记、日常使用维修保养、安全专项方案编制审核以及安装拆卸单位资质、操作人员资格等进行全面细致检查，在确保安全后方可重新使用。要切实加强一线操作人员上岗前危大工程安全和技术交底，提高安全防范意识，杜绝违规操作。

三、严格检查执法，依法依规查处各类事故和违法违规行为

全区各级住房和城乡建设主管部门要根据《转发住房和城乡建设部 应急管理部关于加强建筑施工安全事故责任企业人员处罚意见的通知》（内建质〔2020〕62号）要求，严肃做好事故查处工作，依法依规追究事故责任企业和责任人员的责任。坚决防止监管执法宽松软，对每一起安全事故都不能轻易放过，坚决做到事事有回音、件件有着落。我厅将进一步加大对建筑施工安全事故查处工作的督办力度。

2020年5月26日

> 这是一则事故情况通报（作为例文，当事人姓名改成"姓氏＋某某"形式），标题是"发文单位＋事由＋文种"的形式，格式规范。主送机关是"各盟市住房和城乡建设局"，正文内容为除了说明包头市"5·19"施工升降机坠落较大事故的情况，还进一步对加强全区建筑施工安全工作提出三点要求。发文单位是内蒙古自治区住房和城乡建设厅，因为标题中已经有了发文单位，落款就省略了发文单位（这种适用于系统内部发文）。

河北省高级人民法院　河北省人民检察院　河北省公安厅
关于依法从严查处妨害疫情防控违法犯罪行为的通告

为保障疫情防控工作顺利开展，切实维护人民群众生命安全和身体健康，根据《中华人民共和国刑法》《中华人民共和国治安管理处罚法》《中华人民共和国传染病防治法》等法律法规及相关司法解释，在我省疫情防控期间，对有下列妨害疫情防控违法犯罪行为的，坚决依法从严查处：

一、来自境外、国内疫情中高风险地区人员或者与新冠肺炎患者密切接触者，瞒报谎报病情、就诊史、接触史、旅居史、行踪轨迹等重要信息，拒不接受检疫排查、居家或集中医学观察的，视情节依法予以治安管理处罚；引起新冠病毒传播或者有传播危险，构成犯罪的，依法追究刑事责任。

二、新冠肺炎确诊患者、疑似患者和无症状感染者拒不接受防疫、检疫、隔离治疗或者隔离期未满擅自脱离隔离治疗，进入公共场所、公共交通工具，或者

参与人员聚集活动，引起新冠病毒传播或者有传播危险，构成犯罪的，依法追究刑事责任。

三、对流调工作人员隐瞒实情、虚构事实、故意躲藏，拒绝、阻碍调查工作的，视情节依法予以治安管理处罚；引起新冠病毒传播或者有传播危险，构成犯罪的，依法追究刑事责任。

四、在路段卡口、村居社区、医院商超、机关和企事业单位、公共场所拒不配合防疫工作人员实施扫码测温、询问登记、身份核查、车辆检查等防疫措施，不听劝阻、制造事端的，视情节依法予以治安管理处罚；构成犯罪的，依法追究刑事责任。

五、违反疫情防控规定举办各类文艺演出、展览展销、赛事、庙会、灯会、团拜会、茶话会、联欢会等聚集活动的，违反疫情防控规定操办婚丧嫁娶事宜的，视情节依法予以治安管理处罚；引起新冠病毒传播，构成犯罪的，依法追究刑事责任。

六、在疫情防控期间，违规组织人员聚集，起哄闹事的，视情节依法予以治安管理处罚；构成犯罪的，依法追究相关人员刑事责任。

七、威胁、辱骂、伤害执行防疫工作任务的医护人员、国家机关工作人员、村居委员会工作人员和其他群防群控人员的，视情节依法予以治安管理处罚；构成犯罪的，依法追究刑事责任。

八、在疫情防控期间，组织、参与聚众赌博活动的，依法从重处罚。

九、其他拒不执行人民政府及其疫情防控部门发布的有关疫情防控决定、命令、通告、公告的，依法严肃追究法律责任。

希望社会各界同心协力，共同维护良好的疫情防控工作秩序。请广大人民群众积极举报涉疫违法犯罪线索。举报电话：110。

特此通告。

河北省高级人民法院　河北省人民检察院　河北省公安厅
2021 年 1 月 16 日

这是一则公检法联合发文的通告，内容是依法从严查处妨害疫情防控违法犯罪行为。联合发文除了题目中显示所有单位外，落款也要显示所有单位，不能因为单位多或名称长而简写或不写。因为通告的受文主体是广大人民群众，所以通告不用写主送机关（受文单位）。

实训提升

1. 根据下面的材料，写一则会议通知。

某学校计划于 2021 年 8 月 30 日（星期一）下午 3 时在学校会议室召开 2021 年新生入学相关工作会议，要求各部门的负责人准时参加。请你以学校办公室的名义向各部门下发一则通知。

2. 根据下面的材料，写一则通报表扬的通报。

2021年7月20日，郑州的大暴雨致使地铁五号线沙口站至海滩寺站附近众多人员被水围困。郑州人民医院新进研究生试工人员于逸飞逆行救人，从晚上6点到12点，连续跪在地上做了6个小时心肺复苏，救助了十几个人。于逸飞的救人事迹迅速在网上传开，感动了无数人。22日，郑州人民医院决定，于逸飞免予试用，直接录用为医院正式医务人员。请你以郑州人民医院的名义对于逸飞进行通报表扬。

3. 根据下面的材料，写一则通告。

因为极端恶劣天气，2021年7月23—24日大到暴雨期间，平山县内所有景区关闭，所有高速出入口施行暂时交通管制，禁止通行，望广大群众周知。发文单位为平山县人民政府，发文日期为2021年7月22日。

二、请示与报告

知识点击

（一）请示

1. 请示的概念

请示是公文的一种类型，适用于向上级机关请求指示、批准。请示属于上行文。

2. 请示的分类

按照请示内容划分，可以分为事项性请示和政策性请示。事项性请示是下级请求上级审核批准某项或开展某项工作的请示；政策性请示是下级就某些不理解、不清楚的方针、政策请上级给予解释或指示的请示。

按照请示目的划分，可以分为求示性请示、求助性请示和求准性请示。求示性请示就是下级请求上级指示、裁决的请示，比如工作中不好解决的关键问题，或意见分歧无法统一执行的问题，均可以请求上级指示；求助性请示就是请求上级给予支持、帮助的请示，比如请求增加经费、拨专项款、增加指标等；求准性请示就是请求上级批准、允许的请示，比如重大事项，或者特殊情况下请求上级批准下级超出职权范围内的事务等。

3. 请示的格式与写法

（1）标题：一般格式是"发文机关＋关于＋事由＋文种"，发文机关有时候可以省略。特别注意："请示"不能写成"请示报告""申请（书）""请求"等。"请示报告"属于错误说法，公文没有这种说法。"申请（书）"属于事务文书。"请求"不用作应用文标题。

(2) 主送机关：主送机关指请示的呈送单位。一则请示只能写给具有隶属关系的直接上级。如果某单位受双重上级机关领导，也只能按照业务分工向主管该业务的上级机关递送请示，如果想让另一个上级机关了解情况，可以采用抄送的形式。

(3) 正文：包括事由、请示事项和结语三部分。请示内容一定要简洁明了，有条理，实事求是。请示事由要充分；请示事项要完整、简明；结语常用"妥否，请批复""望批示"等常用语。请示语言要中肯、谦逊，常具有祈请性。

(4) 落款：包括成文单位和成文日期，注意加盖公章。如果文头或标题出现了成文单位的名称，落款也可省略成文单位。不过，这里我们提倡在落款书写成文单位。单位加日期的落款形式比较完整、规范。

4. 注意事项

(1) 事前请示。请示必须是事前请示，不能先斩后奏。假如不事前请示，后果可能个人无法承担。没有领导批复，绝对不能擅自执行请示内容。假如遇到事情十分紧急，来不及写书面请示的情况，可以先口头请示领导，征得领导同意后，再去执行，但事后应及时补交书面的请示。

(2) 一文一事原则。一份请示不能写两件不相干的请示事项。如果想请示两项事情，那就需要写两份请示。

(3) 单头请示，不能多头请示。请示要呈送给直接主管的上级领导，如果需要让其他上级领导也了解请示内容的话，可以采用抄送的形式。

(4) 不越级请示。越级请示不但会扰乱工作秩序，还会人为制造矛盾。不越级请示，既是工作纪律，又是岗位要求。

(5) 语言的祈请性。下级向领导请示事情一定会很客气，很有礼貌，反映到语言上就具有祈请性。

(二) 报告

1. 报告的概念

报告适用于向上级机关汇报工作、反映情况，回复上级机关的询问。报告属于陈述性上行文，是下级机关向上级机关反馈信息、沟通联系的一种重要形式。上级机关收到下级机关的报告后，一般不需要批复。

2. 报告的分类

按照事项的多少划分，可以分为综合报告和专题报告。综合报告是反映一定时期全面工作情况或提出今后工作设想、意见的报告，内容涉及方面多；专题报告是就某项工作、某个问题或某件事情向上级提交的报告，内容涉及的方面单一。

按照性质划分，可以分为呈报性报告和答复性报告。呈报性是汇报工作、反映情况为主的报告。答复性报告是针对上级机关的询问，答复有关问题的报告。

除了上述分类，人们还按照报告的特点，习惯性分为工作报告、情况报告和答复报告三种。工作报告侧重于常规工作状况的报告；情况报告侧重于突发情况或者某些重大事件的报告；答复报告指回复上级机关询问的报告。前两种属于主动报告，最后一种属于被动报告。

3. 报告的结构

与请示的结构类同，由标题、主送机关、正文和落款四部分构成。正文又分事由或目的、主体和结语等几部分。主体就是报告的主要内容，通常会写主要情况、存在问题、经验教训、今后打算等内容。结语常用"特此报告""以上报告当否，请审核"等习惯用语。

4. 写作注意事项

（1）重点突出，材料典型。报告内容可以详细，也可以简略，字数没有限制，但是要注意重点突出，否则会影响领导了解关键内容。

（2）事实说话，少发议论。报告不是文学作品，不能虚构，必须实事求是。应多客观描述，少做判断和下结论，以免影响领导对报告内容的分析和判断。

（3）条理清晰，陈述准确。报告一般内容比较多，更需要条理清晰，准确表达。

（4）报告中不能夹杂请示事项。报告不需要批复，如果夹杂请示内容，就可能造成请示漏批，影响请示事项的落实；更重要的是报告和请示是两个文种，不能交叉使用，这也是制度规范。

（5）行政机关公文的报告与事务文书报告不一样，写作要求也不同。人们常说的"调查报告""审计报告""评估报告""实习报告"等都属于事务文书类的报告，一般都有各自习惯性的格式。

（三）请示与报告的异同

相同点：都是上行文，都是国家规定公文的文种。

不同点：（1）请示必须一文一事；报告可以一文多事。请示肯定是单一的、专题的内容；报告可以是综合性报告，也可以是专题报告。（2）请示必须事前请示；报告可以事前报告，也可以事中或事后报告。（3）请示必须等待上级批复，下级递交请示后，上级需要及时批复；报告是向上级反映情况，上级无须批复。

请示与报告是两个文种，工作中该写请示的时候不能写成报告，该写报告的时候也不能乱用请示。更不要出现"请示报告"连用的错误情况，因为没有"请示报告"的文种。

（四）请示与申请（书）的异同

相同点：简单来说，请示和申请的相同点都是下级向上级请示，恳求批准。

不同点：请示是行政公文文种，是国家规范性文书；申请是事务文书，多为个人应用文书，例如困难申请、入党申请书等。

例文赏析

学前教育系关于举办校企合作专业实践交流会的请示

院领导：

　　为了更好地促进校企合作、产教融合，提升人才培养质量，我系拟于2021年6月24日举办校企合作专业实践交流会。交流会将邀请石家庄、衡水、保定、邢台等地区的大型幼教集团60余家，就学院与幼教企业合作问题做深层次探讨。本次交流会预估费用5万元，计划从河北省学前教育集团建设专项经费支出。

　　妥否，望批复。

学前教育系
2021年6月2日

> 这是一则单位内部请示，主送机关用的是"院领导"的称谓，而没有写单位名称。如果请示呈送给上级机关单位，主送机关需要写单位全称或规范的简称。落款中的成文单位同样要用全称或规范的简称，并加盖公章。因为请示必须是事前请示，所以落款时间一定早于请示正文中活动举办的时间，这一点同学们应特别注意。

石家庄市××区2020年工作报告

石家庄市政府：

　　我区2020年工作报告如下：

　　一、2020年工作回顾

　　2020年是极不平凡的一年，世纪疫情和百年变局交织，风险挑战史所罕见。习近平总书记高瞻远瞩、审时度势，亲自指挥、亲自部署，带领全党全国各族人民沉着应对、迎难而上，取得了人民满意、世界瞩目、可以载入史册的伟大成就。一年来，我区坚持以习近平新时代中国特色社会主义思想为指导，坚决贯彻习近平总书记重要指示和党中央决策部署，在市委坚强领导下，砥砺前行、拼搏竞进，奋力夺取疫情防控和经济社会发展双胜利。

　　（一）疫情防控取得重大成果。……

　　（二）经济运行持续稳中向好。……

　　（三）城市建设取得标志性成果。……

　　（四）转型升级系列三年行动计划圆满完成。……

　　（五）基本民生得到有力保障。……

　　……

　　实干托起梦想，奋斗成就未来。让我们更加紧密地团结在以习近平同志为核心的党中央周围，在省委、市委的坚强领导下，不忘初心、牢记使命，咬定青山不放松、脚踏实地加油干，以优异成绩庆祝建党100周年，奋力谱写新时代的新篇章！

> 这是一篇工作报告，属于综合性报告。主要目的是让上级领导了解2020年本区的工作情况，因此要综合反映各方面的成绩以及不足，并且要如实汇报。

实训提升

1. 讨论请示与报告的异同。

2. 根据下面的材料，写一则请示。

为了激发广大学生的创新意识、创业能力和创业激情，展示学院双创教育改革成果，落实以赛促创、以赛促教、以赛促学的教育理念，创新创业学院拟举办2022年度"互联网＋"大学生创新创业大赛，大赛从初赛到决赛预估持续时间3个月（2022年3月—6月），费用约10万元。大赛具体组织单位为创新创业学院，请示日期为2022年2月22日。

3. 假如时间到了2022年6月30日，上题中的2022年度"互联网＋"大学生创新创业大赛已经顺利结束，请你以创新创业学院的名义给学院领导写一份大赛的报告。（说明：做练习可以合理编写大赛过程、比赛结果等需要报告的内容。如果是真实工作任务的话，必须以事实为依据撰写报告）

三、纪要

知识点击

（一）纪要的概念

纪要是一种记载会议主要情况和议定事项的公文，是在会议记录基础上加工、整理出来的一种记叙性和介绍性的文件。纪要属于下行文。

纪要与会议记录的异同点：

纪要集中、综合地反映会议的主要议定事项和会议要点，它是在会议结束后才撰写的文件，是在会议记录基础上产生的。纪要是国家法定公文文种之一，可以对外公开、传阅。纪要对工作能够起到具体指导和规范的作用。

会议记录只是一种客观的纪实材料，是在会议过程中形成的原始材料。会议结束，会议记录也就完成。会议记录可以说"凡言必录"，要真实、客观记录每个人的发言。并且，会议记录只能作为内部资料保存，不能对外发文。

（二）纪要的分类

按照会议性质划分，可以分为常务工作会议纪要、协调工作会议纪要、研讨会议纪要等。

按照会议结果划分，可以分为决议性纪要和周知性纪要。决议性纪要就是会议上对某项事项或问题做出一致决定，用纪要形式写下来作为文字依据。人民代表大会形成的纪要是决议性纪要。周知性纪要就是为传达信息、交流经验而召开的会议上形成的让人们广泛周知的文字纪要。座谈会、经验交流会、学术讨论会等会议形成的纪要属于周知性纪要。

（三）纪要的特点

1. 内容的纪实性

纪要必须如实地反映会议内容，不能离开会议的实际再创作，不能虚构会议内容。

2. 表达的提要性

撰写纪要应围绕会议主旨及主要成果来整理、提炼和概括，重点放在介绍会议成果上，而不是叙述会议过程上。

3. 称谓的特殊性

纪要一般采用第三人称写法。由于纪要反映的是与会人员的集体意志和意向，常以"会议"作为表述主体，使用"会议认为""会议指出""会议决定""会议要求""会议号召"等惯用语。

（四）纪要的写法

根据会议性质、规模、议题等不同，大致可以有以下几种写法：

1. 集中概述法

这种写法把会议的基本情况、讨论研究的主要问题、与会人员的认识、议定的有关事项（包括解决问题的措施、办法和要求等），用概括叙述的方法，进行整体的阐述和说明。此写法多适用于小型会议，而且讨论的问题比较集中单一，意见比较统一，容易贯彻操作，篇幅相对短小。

2. 分项叙述法

指把会议的主要内容分成几个大的问题，然后加上标号或小标题，分项来写。这种写法侧重于横向分析阐述，内容相对全面，问题也说得比较细，常常包括对目的、意义、现状的分析，以及目标、任务、政策措施等的阐述。这种方法多适用于召开大中型会议或议题较多的会议。

3. 发言提要法

这种写法是把会上具有典型性、代表性的发言加以整理，提炼出内容要点和精神实质，然后按照发言顺序或不同内容，分别加以阐述说明。这种写法的优点是能如实地反映和区分与会人员的意见。如果领导有明确要求或者会议有必要分列与会人员的不同观点,可以采用这种写法。

(五) 纪要的结构

1. 标题

(1) 会议名称+文种。例如:全国财贸工会工作会议纪要。

(2) 会议地点+文种。例如:郑州会议纪要。

(3) 会议内容+文种。例如:加强纪检工作座谈会纪要。

(4) 正副标题形式,这种适合在媒体上公开宣传。例如:学党史,跟党走——河北白龙化工有限公司党史学习动员会议纪要。

2. 正文

开头一般简要介绍会议概况,包括会议召开的形势和背景,会议的指导思想和目的要求,会议的名称、时间、地点、与会人员、主持者,会议的主要议题或解决什么问题,等等。

主体部分,是对会议的主要内容、主要精神、主要原则以及基本结论和今后任务等进行具体的综合的阐述。

结尾根据会议的内容和纪要的要求,有的以会议名义向本地区或本系统发出号召,要求广大干部认真贯彻执行会议精神;有的是突出强调贯彻落实会议精神,指出核心问题;有的是对会议做出简要评价,结合提出希望要求。

3. 日期

日期可以写在正文之后,也可以写在标题下方。纪要可以不加盖公章。

(六) 写作注意事项

1. 纪要就要突出要点,突出中心。
2. 客观反映会议内容,要真实。
3. 条理要清晰,语言要准确,不能产生歧义。
4. 纪要要高度概括会议主要内容,切记不能写成会议记录。

例文赏析

全国农民工"求学圆梦行动" 推进会纪要

2018年11月7日,教育部、中华全国总工会联合在江苏省南京市召开了全国农民工"求学圆梦行动"推进会(以下简称"推进会")。全国总工会、教育部职业教育与成人教育司、江苏省人大常委会等部门领导出席会议并讲话。各省、自治区、直辖市总工会和部分教育厅(教委)分管继续教育工作的同志参加了会议。天津市教委、国家开放大学和江苏、福建、广州3个省(市)总工会、广汽集团以及优秀农民工学员代表在推进会上做了典型发言。

会议传达了习近平总书记在同全总新一届领导班子成员集体谈话时的重要讲话精神，宣讲了中国工会十七大和全国教育大会精神，并肯定了各地农民工"求学圆梦行动"取得的成绩，要求各级工会和教育行政部门切实提高对开展农民工"求学圆梦行动"重要性的认识，加强领导、整合资源、筹措资金、创新模式、营造氛围，大力推动农民工"求学圆梦行动"取得新成效。

会议认为，农民工"求学圆梦行动"意义重大，开局良好，反响热烈。文件印发以来，教育部职成司、全国总工会宣教部作为落实工作的职能部门，密切配合，建立了定期沟通联络机制，积极争取政策和资金扶持，推动提高企业职工教育经费的提取额度。同时，为了精准服务，两部门联合搭建了全国"求学圆梦行动"信息服务平台，开展实地调研，深入行业企业了解农民工学习情况，督促全国各地特别是农民工相对集中的重点省市配套制订实施细则，稳步推进工作实施。

……

会议强调，做好下一阶段农民工"求学圆梦行动"工作，各地教育行政部门和工会系统必须深入贯彻党的十九大精神，落实好全国教育大会部署，以习近平总书记关于教育、工人阶级和工会工作的重要论述武装头脑，指导实践，推动工作。一是加强领导，高度重视。……二是加强配合，发挥优势。……三是加大投入，精准服务。……四是以人为本，提升内涵。……五是扩大宣传，助力"圆梦"。……

会议要求，各地教育行政部门和工会系统要以推进会为契机，务实合作、开拓创新，以扎实的工作、优质的服务助力广大农民工求学圆梦，助力产业工人素质提升，助力国家人力资本建设，为决胜全面建成小康社会、实现中华民族伟大复兴的中国梦而做出新的更大贡献！

（引文有改动）

这是教育部、中华全国总工会联合2018年11月7日在江苏省南京市召开的全国农民工"求学圆梦行动"推进会的纪要。纪要开始讲明了会议召开的时间地点、举办单位、参会领导及发言代表等基本信息，然后重点介绍了会议内容，对农民工"求学圆梦行动"的落实情况和活动意义做了说明，并且对下一阶段的工作进行了部署。最后，还提出了要求，发出了倡议，是一份完整、规范的纪要。

实训提升

1. 以小组为单位，分设不同角色，召开专题会议。会议由专人进行记录，会议结束后撰写纪要。
2. 讨论会议记录与纪要的异同。

第三节　事务类文书写作

案例导入

郭莉莉在 2021 年 12 月 1 日向朋友张梅借了 5000 元钱，因为觉得是闺蜜，两人关系好，当时就没有打借条。过了一个礼拜，张梅觉得还是应该有个借条，于是她就把郭莉莉约到家里。郭莉莉一听是借款的事，也承认自己向张梅借了 5000 块钱，二话没说，马上就写，还写明五千元钱欠款在一年内归还张梅。

郭莉莉离开后，张梅注意到郭莉莉写的是欠条，上面说郭莉莉欠张梅 5000 元，一年内归还。张梅想了想，欠条和借条意思一样，没什么问题，就把条子收起来了。

同学，你觉得郭莉莉写得有问题吗？你跟张梅一样，认为欠条和借条写哪个都可以吗？

一、条据

知识点击

条据是便条和单据的总称，下面分别介绍几种具体的条据。

（一）便条

便条是有一定格式、内容单一、书写简便、使用广泛的条据类应用文，本质上是一种最简便的书信，格式上与书信有很多相似之处。根据便条缘由划分，可以分为请假条、留言条和托事条。

1. 请假条

请假条是不能上学或上班，需要向负责管理的领导或单位说明请假事由的便条。要求：表达清楚，理由充分，语言简明。

请假条按照形式划分，可以分为制式和非制式两种。制式请假条只要把空缺项填写完整即可，非制式请假条格式和信函类同。

请假条的格式包括：

（1）标题：居中写"请假条"三个字，通常字号较正文字号要大。

（2）称呼：第一行顶格写，后用冒号。

（3）正文：另起一行且空两格写请假内容，交代请假原因、请假起止时间、请求领导准假等。

（4）署名：通常写"请假人：×××"。

（5）日期：不要简写，也不建议用大写形式。例如：2021年7月28日。

请假条的写作注意事项：

（1）格式正确。

（2）语言简洁明了，请假原因和请假时间写清楚。

（3）理由充分，情况真实。如有相应的证据如医生证明等，可随条附上。

示例1（制式）：

请假条					
姓名	王海	学号	2020013205	班级	2020级2班
请假时间	从2021年 11月 17日 至2021年 11月 19日（共3天）				
请假原因	参加学校篮球集训 学生签名：王海 2021年 11月 16日				
联系电话	13100000001		备注		
辅导员意见 （限3日内）	同意 签字：李明 2021年 11月 16日		主管领导意见 （3日以上）	签字： 年 月 日	

说明：不同单位会根据实际需要制定不同的表格样式，但请假人、请假时间、请假事由等关键条目都会有。

示例2（非制式）：

请假条

李老师：

　　因今天早晨身体突感不适，需到医院检查，特向您请假一天（2021年12月16日）。请您批准。

　　此致

学生：张×
2021年12月16日

2. 留言条

留言条是在不能面谈的情况下，把要说明的内容写下来给对方看的一种便条，格式与请假条类同，但一般不写标题。因为通信发展，电话、手机、短信、QQ、微信等形式方便快捷，逐渐代替留言条的功能，纸质留言条的使用日趋减少。从形式上看，微信、QQ留言与留言条类似，只不过格式更松散，通常把事情交代清楚即可，但应注意礼仪。

示例：

赵工程师：

　　今天我来找您沟通情况，可惜没有见到您，打算明天上午8点再来，特此留言。

张×
2021年10月5日

3. 托事条

托事条又叫托人办事条，是因有事委托他人帮助办理而写的条子。格式与留言条相仿，一般也不写条名。现在，纸质托事条同样用得越来越少了。

示例：

春风中学教务处：

　　贵校委托购买的办公用品已经到货，特托人带便条告知，请明天上午8点来我文具店办理付款、提货手续。

　　此致

敬礼！

桃李文具店
2021年5月6日

使用微信、QQ等网络社交软件进行留言、托事时应注意：

（1）写作格式不严格，但要注重礼仪。特别是给领导、长辈留言，要称呼得体。如果是下属、晚辈，或者朋友、同学等非常熟悉的人，可以直呼其名，也可以省略称呼。

（2）交代事情简明扼要；根据对象选择恰当的表达方式，语言通俗易懂，特别是对领导和长辈，不宜滥用网络语。

（3）特别复杂的事情，不宜采用留言方式，可电话沟通。

（4）注意保护隐私。

（二）单据

1. 概念

单据是人们处理财务、货物或事务往来时，写给对方作为凭证或有所说明的字据。

2. 基本格式

一般由标题、正文、结语、署名和日期五部分组成。

(1) 标题：第一行居中以大字体写"收条""领条""借条""欠条"等标题。

(2) 正文：第二行空两格书写正文。应写清楚什么东西（钱或物），具体型号、规格、数量等关键信息。

(3) 结语：在正文后另起一行空两格书写"此据"字样。也可省略不写。

(4) 署名和日期：正文的右下方位置写上单位或个人姓名，并在下一行写上日期。

3. 注意事项

(1) 署名如果是个人要写全名，必要时可备注身份证号；如果是单位，要写全称或规范简称，必要时还要加盖单位公章。

(2) 日期中的年月日要规范、完整。如写成：2021年2月14日。不能写成21.2.14 或 2.14；落款年月日不建议使用大写汉字形式。

(3) 涉及钱物数量时要注意大写（大写数字：壹贰叁肆伍陆柒捌玖拾）。

(4) 数字之间不留空格，特别是金额，不能有空格。大写金额前面加币种，如"人民币""美元"等；小写金额前面加"￥""$"等，钱款数额后面加"整"字样。

(5) 单据不能修改，如需修改，必须在修改处加盖公章或手印。

4. 几种常用的单据

(1) 收条：也叫收据，是收到别人或单位的钱物时写给对方的一种凭证性便条。正文通常有"今收到""现收到""已收到"等字样，落款常有"经手人"或"代收人"等字样。

注意：收条上的金额、数量、型号等一定要与实收的钱财物品金额、数量、型号等严格一致。

示例：

收　条

　　今收到迅达体育用品公司的篮球拾个，足球捌个，排球壹拾贰个，羽毛球伍拾个。

　　此据

育才小学
经手人：任×
2021年12月12日

(2) 领条：是个人和组织领到钱财物品时写给对方的一种凭证。

示例：

领　条

　　今从后勤处领办公用品若干，分别是：笔记本拾个、黑色签字笔贰盒（贰拾肆支)、文件夹拾个、A4打印纸伍包。

此据

宣传部（章）
2021 年 9 月 1 日

（3）借条：是借个人或单位钱财物品，借用人所写的一种字据，是日后偿还的凭证。

示例：

借　条

为参加学院举办的"金色年华"诗歌朗诵比赛，我班现借用学校团委音响设备壹套，2021 年 12 月 18 日比赛结束后立即归还。

此据

经手人：高二（1）班王×
2021 年 12 月 16 日

（4）欠条：是因不能及时结清钱物手续而写给对方（个人或单位）的凭证性条据。

示例：

欠　条

特殊原因造成今年我校的部分购书款还未结账。截至 2021 年 8 月 26 日，我校尚欠新华书店购书款人民币肆万元整，拟于 9 月 30 日前全部归还。

此据

汇华培训学校（章）
2021 年 8 月 26 日

5. 借条与欠条的异同

相同点：都是债权债务凭证。

不同点：（1）借条是一种借款合同的凭证，是简化版的借款合同；欠条是双方进行结算的一种凭证，证明双方的债务关系。（2）借条法律证明力大，诉讼时效 20 年；欠条法律证明力小，诉讼时效 2 年。（3）性质不同，产生原因不一样。借款主要是因借贷而产生；欠款可能是因为买卖、租赁、利息等原因产生。

6. 借条与欠条的写作内容与注意事项

（1）借条与欠条的一般内容

①欠款、借款（物）的原因。

②欠款、借款的准确数额，借物的名称、数量，金额应用大写。

③借款（物）的归还时间、付清欠款的时间应明确。

④双方约定事项要写清楚,如:有无利息、违约责任又是怎样等。

⑤必要时,担保人要签字,并写明担保期限与担保责任。

(2) 借条与欠条的写作注意事项

①字里行间应当紧凑,不能留有多余的空间。不能涂改,必须涂改要加盖手印或公章。

②最好在借条和欠条中写明出借人和借款人的身份证号码,这样可以避免日后出现纠纷。

③签名应当真实,应当当面书立,防止借款人或欠条书立人让其他人来签名,最后拒绝承认借款的情况。

④避免使用容易产生分歧的语言,简洁和语义单一的借条才是最标准的借条。

⑤还款时间直接关系到诉讼时效的问题,需要注意写法,有必要大写的数字一定大写。

例文赏析

请假条

张老师:

王平原在上学途中遭遇车祸受伤,被送往医院救治,不能到校上课,需请假一周(2021年12月10日—2021年12月17日),请予批准。

请假人:王向东
2021年12月10日

> 这是一张请假条,从内容上看是王平原同学在上学途中遭遇车祸受伤,被送往医院救治,不能到校上课,才写的请假条。问题在于落款处请假人是王向东,不是受伤同学王平原本人,这会让人感到莫名其妙。看得出这是一张由王向东代写的请假条,那就需要说明代请假人与请假当事人之间的关系。如果王向东是王平原的父亲,可以写成:父亲王向东,让老师看明白。或者写"请假人:王平原",后面标注上父亲代笔等字样。这两种都适用于当事人不便亲自书写请假条的情况。一般情况下,请假人要由当事人亲自来写,可以委托其他人转交。

实训提升

1. 请根据下面的材料写一则请假条。

石家庄艾美莉化妆品公司的业务员刘红,受公司领导临时指派到杭州出差三天,时间是2021年10月8—11日。恰好这期间公司要在本市召开新品发布会,她作为主要研发人员就没办法到场，为此，她需要向新品发布组委会请假三天。请你代刘红向新品发布组委会写一份请假条。

2. 请根据下面的材料代李明写一则收条。

张杰于2021年3月12日向李明借款3000元，并写了借条。同年8月11日张杰归还欠款2000元，李明给张杰写一则收条。

3. 请根据下面的材料代王倩倩写一则领用条。

王倩倩是石家庄育英中学初一3班劳动委员，学校通知他们班今天（2021年3月18号）到学校后勤办公室领取本学期的劳动用具。于是王倩倩就带了两名同学到了那儿，写了领用条后，她们领回了下列物品：6把笤帚、6个簸箕、6把墩布、2个水桶、3个脸盆。

4. 根据下面的材料写一张借条。

为参加学校的健美操比赛，2020级学前10班的李丽同学于2021年5月28日从学生会借音响设备一套、绸带10条、表演用扇子10把，并答应于6月2日送还。

二、启事

知识点击

（一）概念

启事是个人或单位将自己的要求，提请公众注意、向公众说明事实或希望协办而在公众场合张贴，在媒体、网络发布的一种应用文体。机关企事业单位或个人都可以使用。

（二）分类

1. 征召类：招领、招聘、招生、招标、招商等。
2. 寻找类：寻人、寻物（动物、物品）、领物等。
3. 告知类：遗失、更名、迁址、开业、停业等。

（三）格式

一般由标题、正文和落款三部分构成。

1. 标题：第一行中间通常写"启事"或"招生启事""招聘启事""征稿启事"等，少数会写带有单位名称、事由的启事，如"北京昌盛科技公司聘请法律顾问启事"。

2. 正文：第二行的段首空两格写正文。交代有关事情的原委和目的，提出要求和希望，说明有关注意事项及办理程序等。正文总体要求是：简明扼要，清楚明白，具有条理。郑重、规范的启事通常会在正文之后写上"此启"或"特此启事"等结束语。

3. 落款：写启事单位名称（或个人）和启事时间。

示例1：

寻物启事

本人于2020年6月30日乘坐93路公交车时，不慎丢失华为手机一部，型号：华为nova7型，黑色。手机壳是定制版，有"一定成功"字样。手机内存大量资料，非常珍贵，现在着急寻回手机。如有拾到者或者提供手机线索者，请与本人联系，联系电话：13866668888。

必有重谢！

启事人：张×
2020年7月1日

示例2：

招聘启事

因业务拓展需要，本公司拟面向全社会招聘化妆品业务员十二名，男女不限。薪金待遇为底薪3000元＋业务提成。具体岗位要求如下：1. 大专及以上学历。2. 年龄在30周岁以下。3. 具有一年以上相关工作经验。4. 具有良好的语言沟通能力和业务素质。

联系人：张经理　　　　联系电话：13903118888（微信同号）

石家庄雅尔美日化有限公司
2021年10月28日

（四）写作注意事项

1. 启事不具备法令性、政策性，因而也没有强制性和约束性。
2. 如果事情重大或紧急，可以写"重要启事"或"紧急启事"。
3. 有的标题省略"启事"二字，只写"招领""征求订户"，也有的以"敬告用户""敬告读者"等出现。不管哪种形式，题目都居中，字号大于正文。
4. 启事遵循一文一事原则。
5. 落款处个人姓名或单位名称要写全称。启事日期要书写规范。
6. 单位启事要在落款处加盖公章。
7. 启事内要写清联系方式，便于联系。
8. 寻人寻物启事要写清人或物的具体特征，走失或遗失时间、地点等。
9. 招领启事一般不写明遗失物品时间地点和具体特征，防止他人冒领。
10. 谨防错别字，不能把"启事"错写为"启示"。

例文赏析

招领启事

本人于5月4日在操场入口处捡到一个钱包，内装现金若干和交通卡等物，请失主前来认领。联系电话：13100002222。

启事人：甄×
2021 年 5 月 5 日

> 这是一则招领启事。招领启事格式与寻物启事格式相同，但一般为了防止他人冒领，不把物品写得特别详细，正如该例中现金具体数额多少、还有没有其他物品都没有写。招领启事一般内容都很简单。

实训提升

1. 根据下列材料写一则寻人启事。

赵一梦小朋友，3 岁，女孩，2022 年 1 月 20 日跟奶奶去北国超市，不小心走失。当时上身穿一件粉红色棉袄，下身穿一件蓝底花格子棉裤，脚上穿一双深蓝色棉鞋。头上扎了两个羊角辫（附照片）。说话有邯郸口音，还不能完整说清家的位置和父母的电话号码。家人非常着急，有见到赵一梦小朋友或者提供孩子线索的，请跟她的家人联系，必有重谢。联系方式：13900112211/13800001213。

2. 根据下列材料写一则寻物启事。

2021 年 6 月 23 日晚 8 时左右，王兴在中山路新百商场附近丢失了一个黑色公文包，里面有钱包一个，钱包里的现金不多，估计有三四十元钱。但有一张工商银行卡，一张农业银行卡，还有他的驾驶证。王兴非常着急，一晚上没睡。24 日一大早就写了一张寻物启事，希望好心人捡到公文包后能归还他，他愿意重谢拾金不昧的人。

三、信函

知识点击

（一）普通书信

1. 书信的结构

一般书信（包括请柬）包括称呼、正文、祝颂语、落款四部分。

（1）称呼：信纸的第一行顶格写，后面加冒号。

（2）正文：第二行空两格开始写起，转行顶格。一般先写问候语，再写主要内容。正文可分若干个段落。

（3）祝颂语：如果正文最后一行空格比较多，可以接着写"此致""祝"等词语。否则，另起一行空两格写"此致""祝"等词语，然后另起一行顶格写"敬礼""进步"等。

（4）落款：署名和日期一般写在祝颂语下面的右下方。日期要写在署名下一行，提倡年月日完整的写法。

2. 信封的写法

（1）信封左上角填写收信人的邮政编码。

（2）中间部分：第一行写收信人的详细地址。第二行写收信人的姓名、称呼。称呼不宜写"父母大人""姐姐"等。第三行写寄信人的详细地址。如果是挂号信，要写上寄信人的姓名。

（3）信封右下角填写寄信人的邮编。

（二）事务信函

信函指以套封形式按照名址递送给特定个人或单位的缄封的信息载体。信函即信件，这里讲的事务信函属于应用文范畴，与联络感情、加强交往的普通私信在内容上有所差别，但结构相同，也包括称呼（起首语）、正文、祝颂语、落款四个部分。

常用的事务文书信函有：介绍信、证明信、自荐信、推荐信、求职信、慰问信、感谢信、表扬信等。

事务文书信函尽管种类繁多，但是写作格式类同，差别主要在内容方面。

1. 介绍信

介绍信是用来介绍、联系、接洽事务的一种应用文体，具有介绍和证明的作用。

（1）分类

介绍信按照形式来划分，可以分为制式和非制式两种。

制式介绍信，一般由存根联、正式联、间缝组成。间缝是存根联与正式联之间的虚线，上面标有"××字第××号"字样。虚线正中加盖公章。制式介绍信只需按实际填空，一般比较简单。

非制式介绍信，由标题、称谓、正文、结语、署名、日期和使用期限构成。使用期限不是所有介绍信都写，使用期限置于最后，以显示时效性。

（2）结构

一般介绍信都包括标题、称谓、被介绍者情况、介绍事由、署名（盖章）、日期、有效期等。有的介绍信会省略有效期。具体到不同形式的介绍信，其格式和内容会略有差异。

示例：

介绍信

西柏坡纪念馆：

兹介绍我校的张菲同志到贵单位商洽共同合作、建立爱国主义教育基地事宜。

望接洽为盼！

石家庄育英中学

2021年6月12日

（3）写作注意事项

①一般装入公文信封，公文信封写法与普通信封的写法相同。

②制式与非制式的介绍信，格式大体相同。

③真实填写被介绍者的姓名、身份、职务、事由等信息，不能弄虚作假。如果被介绍者为多人，需要在介绍信中注明人数。

④写明要接洽或联系的事项，以及向接洽单位或个人提出的希望和要求等。

⑤单位介绍信必须加盖公章。

⑥必要时，在正文的最后注明本介绍信的使用期限。

⑦制式介绍信的存根联与正式联的内容要一致。

⑧写介绍信不能用铅笔、红色笔等书写，不能涂改，如果需要涂改，要在涂改处加盖公章。

⑨有的单位开介绍信需要登记或者加盖公章登记，办理时要遵守单位管理制度。

2．证明信

（1）写作格式

证明信的格式与介绍信类同，不再累述。

示例：

证明信

河北省人才市场：

兹证明王明明同学系我校2021届学前教育专业的毕业生，在校期间，曾荣获2019年度"河北省优秀三好学生"荣誉称号；2018年9月—2021年1月，一直担任校学生会主席职务。

特此证明。

石家庄××技术学校
2021年10月8日

（2）写作注意事项

①开具证明信的单位证明事项必须在职权范围内，不能超范围，不能无根据证明。

②证明信语言言简意赅，不必写祝福或勉励之类的题外话。

③手写证明信注意格式规范、字迹清晰，不能涂改。

④单位证明信要加盖公章。个人名义开具的证明信需要签字或加盖手印。

3．自荐信与推荐信

自荐信是向单位或他人推荐自己的介绍信，以求得到入学、入职、晋升等机会。

推荐信是中间人或推荐单位向其他单位推介人选或向上级领导、知名人士推介人才的介绍信。自荐信和推荐信的主要差别是：前者是推荐自己，后者是推荐他人。

（1）结构

与一般书信相同，由称呼、问候语、正文、结束语、落款等构成。

（2）写作注意事项

①基本信息完整、真实、准确。

②自荐人或被推荐人的人品、能力、特长、经历、成果、荣誉等要真实。

③强调自荐或推荐的理由。

④要说明要求、条件或其他相关事项。

⑤注重礼仪，谦逊、真诚、中肯、热情。

⑥提前准备，有针对性进行自荐或推荐，能提高成功概率。

⑦内容上要重点突出，条理清晰。要多阐述优势、特长和能力，品德端正。

⑧熟悉对方的需求，投其所好，扬长避短。

4. 求职信

求职信是个人向用人单位推荐自己，表达自己任职意愿，希望获得聘用机会的信函。求职信与自荐信类同，差别在于前者的目的在于获得入职机会，后者可以是升学、晋升或者其他方面获取机会。

（1）写作格式

求职信格式与自荐信一样，不再累述。

（2）写作注意事项

①认真研究用人单位招聘条件，熟悉用人单位历史、现状和行业地位。研究岗位需求、专业要求和工作范围。

②着重写满足单位用人条件、岗位需求方面的能力。

③思想和业务方面都要重视，都有提及。

④内容真实，不弄虚作假，要突出重点。

⑤扬长避短，突出自身能力优势。

⑥语言礼貌得体，有逻辑性，条理清晰。

5. 慰问信

慰问信是以组织或个人的名义向有关单位或个人表示慰藉、问候、致意的专用书信。

（1）结构

慰问信格式与一般信件格式一样，由标题、称谓、正文、结语、落款构成。

（2）写作注意事项

①根据不同对象，确定不同内容。对突出贡献单位或个人，要侧重赞颂和祝贺；对遭遇灾难或痛苦的，要侧重关怀和支持。

②态度要真诚、温暖、亲切，语言平实、生动。

③篇幅宜短不宜长。

6. 感谢信与表扬信

感谢信是对单位或个人的关怀、支援、帮助表示感谢的信。

表扬信是对单位或个人的高尚风格、模范事迹表示颂扬的信。

感谢信与表扬信既有联系，又有区别。感谢信的写信主体是受到过帮助、关怀的人或单位，感谢信中内含表扬之意；表扬信的写信主体可以是接受帮助、关怀的人或单位，也可以是上级领导部门、宣传部门或群众等。它既有感谢、表扬的目的，又有宣传并倡导学习的目的。

（1）结构

感谢信、表扬信的结构都与一般信件结构相同，由标题、称谓、正文、结语、落款构成。

示例：

表扬信

育英中学：

2021年7月3日上午10点左右，我家五岁的儿子在水上公园的湖边玩耍时不慎落水，情况特别危急。所幸贵校初中二年级三班的高小亮同学恰好路过，不假思索，跳入水中，把我家儿子救上岸来。高小亮同学见孩子平安无事，没有留下姓名就悄悄离开了，甚至都没有听到我们家长说声感谢。

经过四方打听，我家才终于得知救孩子性命的是贵校初二三班高小亮同学，为了表示我们全家的谢意，现特写一封表扬信给贵校。感谢高小亮同学救了我家孩子的性命，也感谢贵校培养出高小亮这么优秀的学生来。高小亮同学这种舍己救人的精神值得全社会弘扬，我们也会将他这种舍己救人的精神永远铭记于心，并向他学习。

再次向高小亮同学表示感谢，向育才中学致以崇高的敬意！

此致

敬礼

家长：张大奎
2021年7月8日

（2）写作注意事项

①内容真实，叙事简洁。事件要素交代清楚，结果表达明确。

②写信缘由清楚明了。语言顺畅，有感情。

③感谢信态度要真诚；表扬信评价客观，既有高度，又要适度。

④内容务实，不讲大而空的大道理。

⑤如需公开张贴，一般用大红纸抄写。也可在媒体发布或大会宣读。

7. 邀请信与请柬

邀请信是由机构、团体、公司、学校等单位或个人举办某些活动时，发给目标单位成员让其前来参加的具有邀请性质的信件。邀请信一般包括此次活动的性质、活动的内容、发出邀请、祈请回复及落款等。写作时要注意态度诚恳，热情真挚。篇幅不宜过长，写作格式与其他信函类同，不再累述。

请柬又称为请帖、简帖，是为了邀请客人参加某项活动而发的礼仪性卡片。请柬不需要信封，直接邮递。请柬除了具有书信的特点外，主要特点是内容简短，请柬目的、时间、地点等信息清晰明了，一看便知。另外，请柬上设计有不同的图案，具有美学意义。精致的请柬还具有收藏价值。一般举行大型活动的时候向贵宾发放请柬。生活中，结婚的时候请柬最常用。

8. 几点说明

（1）信函按照内容分类，种类很多，除了上面所讲的类型外，还有辞职信、调查信、举报信等。虽然信函事由不同，但是写作格式类同，可以相互参考。

（2）信函在个人领域使用越来越少，但在公务领域不可缺少。公函就是公务信函，是机关公文的重要形式之一。

（3）现如今求职的时候，人们多用求职简历，因为求职简历上的信息比较直观。但求职信有其自身优势，它可以通过叙述的方式展开内容，可以更充分地表达求职意愿。求职信还具有拉近感情的作用。假如有针对性求职（直接递送单位主管招聘的人员或上级领导），不妨采用求职信的形式。

例文赏析

邀请信

尊敬的刘爱民教授：

兹定于2021年5月24日（周五）19：00，在花都艺术学校礼堂举办2019届毕业生汇报演出，敬请您观摩指导！

蓓蕾艺术学校学生会
2021年5月20日

> 这是一封邀请信，从邀请信的内容上可以看出蓓蕾艺术学校定于2021年5月24日（周五）19：00在学校礼堂举办2019届毕业生汇报演出，校学生会邀请本校客座教授刘爱民先生观摩指导。邀请信简单明了，没有写祝颂语。

自荐信

辩论社社长：

我是今年刚入学的一名大一新生，看到了学校辩论社团正在纳新的宣传，感觉机会难得，故冒昧写这封自荐信。

我平常非常喜欢辩论、演讲等口才方面的活动，经常在电视、网络上看一些相关的栏目，如《奇葩说》《我是演说家》等，从中学习到很多知识。我在高中时期就是学校的辩论社社员，还代表学校参加过全市"风采杯"辩论赛高中组比赛，并且获得了"最佳辩手"的称号。我本以为高中毕业了，与辩论赛的缘分就断了，没想到刚进大学校门就获悉学校有辩论社团，并且正在纳新。这正是我渴望已久的社团！所以，我特别大胆地毛遂自荐，希望能够加入辩论社，成为正式一员！

如果我能被吸纳入社，一定认真学习，努力提高自己，并且积极为社做力所能及的事情，与社员们搞好关系，互帮互助，共同进步！

感谢你通读此信，也恳请辩论社给我一个展示辩论口才的机会。

此致

敬礼

自荐人：张×
2020 年 10 月 22 日

> 这是一封自荐信，从内容上可以看出这是张顺同学打算加入辩论社，给社长写的自荐信，信中介绍了自己的特长和加入社团的意愿。写作规范，态度中肯，是一篇比较好的自荐信范文。

实训提升

1. 根据下面的材料写一封介绍信。

某学院拟派经济管理系张文斌老师到石家庄科信财贸有限公司商洽有关校企合作培养学生的事宜，请你以该学院组织部的名义为张文斌开具介绍信，时间为 2021 年 10 月 10 日。

2. 根据下面的材料写一封邀请信。

河北育英中学计划邀请河北××大学的心理学教授张建民为高三年级的同学开展一次心理学知识讲座，讲座题目是"演绎青春，健康成长"。讲座时间为 2021 年 12 月 24 日下午 14：00—15：30，地点为学校报告厅。请你以育英中学的名义给张建民教授写一封邀请信，邀请时间是 2021 年 12 月 12 日。（200 字以内）

3. 根据下面的材料写一封求职信。

艾尚琪于 2021 年毕业于河北××大学中文系，在校期间已取得普通话一级乙等证书，现在想去石家庄阳光公司应聘办公室文员一职。请你替她写一封格式规范、内容正确的求职信。（电话等信息自拟，200 字以内）

四、计划与总结

知识点击

(一) 计划

1. 概念

计划是行政机关、企事业单位、社会团体或个人对未来一定时期内的工作或任务提出设想，规划蓝图或做出具体安排，确定目标、任务、措施、途径、完成时间后所形成的事务文书。计划是统称，实践中，还常用安排、打算、设想、要点、规划、纲要、方案等名称。这些不同的文书，写作的侧重点不同，宏观和微观的角度不同。

2. 分类

按照内容划分：如生产计划、工作计划、学习计划、教学计划等。

按照性质划分：如综合计划、专项计划等。

按照写作方式划分：如条文式计划、表格式计划等。

按照时间跨度划分：如长期计划、年度计划、季度计划、月计划、周计划等。

按照指定机构划分：如国家计划、地区计划、单位计划、部门计划、个人计划等。

3. 特点

（1）预见性。计划是在行动之前制订的，它以实现目标，完成下一步工作和学习任务为目的。

（2）指导性。计划是工作行动的纲领和准则，目的明确，对具体的工作具有指导意义。

（3）针对性。计划是根据党和国家的方针、政策和有关的法律、法规，针对本系统、本部门的实际情况制订的，因而针对性很强。比方说，某人身体肥胖，可以做针对性计划，进行减肥训练和饮食调控。

（4）可行性。计划必须可行，才是有效计划。如果计划制订得不符合实际，目标定得太高或太低，都不恰当。从内容上讲，计划的目标，应通过努力能够达到，不能是不符合实际、空想的。比如"计划十年后上太空"，这样的计划几乎是痴人说梦，普通人基本上很难实现。从措施和方法上讲，也要恰当，能够实现。总之，计划具有可行性的特点。

（5）约束性。做计划就是对后面的行为起到约束作用，能够有效管理时间、管理自我，那样计划才不会白白制订。

4. 结构

一般分为标题、正文、落款三部分，有的会在正文之前加入引言。

(1) 标题

①单位名称＋适用时间＋内容＋文种。例如：博雅文化公司2022年基础建设工作计划。

②单位/时间＋内容＋文种。例如：基础教学部工作计划、2022年工作计划。

③内容＋文种。例如：工作计划、学习计划、减肥计划等。

④文种，只有"计划"两个字。

重要的、规范的计划多采用第一种格式。

(2) 正文：分为开头、主体和结尾。开头通常写计划的缘由；主体写计划的内容；结尾可以写决心、下一步如何做等。计划内容通常包括目标和任务，主要是办法和措施、操作步骤、完成时限。

(3) 落款：在正文右下方署名和日期。有些计划的署名会写在标题下方。

5. 写作注意事项

(1) 计划必须有目标、时间、措施或步骤等要素，否则可能是无效计划。

(2) 计划必须具有可操作性，不能纸上谈兵、空想。

(3) 计划要符合实际，不宜过大也不宜过小，切忌空洞。计划要适度、适量，起到约束行为、激励执行的作用。

(4) 计划根据目标制订详细内容和实现步骤。长期计划内容宏观，短期计划内容微观、详细、具体。

(5) 计划在前，行动在后。计划制订后，行动要服从计划安排。

(二) 总结

1. 概念

总结是指行政机关、企事业单位、社会团体或个人对过去一段时期内的工作、学习等进行回顾，归纳分析，从中找出规律性，判明得失利弊，提高理性认识，指导今后工作学习的事务性文书。

2. 分类

按照性质划分：综合性总结、专题性总结。

按照内容划分：生产总结、学习总结、工作总结等。

按照时间划分：年度总结、季度总结、月份总结等。

按照范围划分：单位总结、部门总结、个人总结等。

3. 结构

结构和计划一样，也分为标题、正文和落款三部分。

(1) 标题：写法与计划相同，不再累述。

(2) 正文：分为开头（前言）、主体和结尾。开头一般介绍工作背景、基本概况等，也可交代总结的主旨并做出基本评价。主体包括主要工作内容、成绩、评价、经验、体会、问题或教训等。以介绍经验为主的总结，重点写成绩、具体做法、积累的经验等；以剖析问题为主的总结，重点写出现的问题、分析问题的原因、有哪些教训、拟采取什么具体措施等。结尾可以呼应主题，指出努力的方向，提出改进意见或表示决心和信心等。

（3）落款：与计划相同，在正文右下方署名署时。如果是在媒体公开发表的专题总结，署名写在标题正下方。

4. 写作注意事项

（1）从实际出发，实事求是。

（2）分析事实，找出规律。

（3）点面结合，重点突出。

（4）条理清楚，总结全面。

（5）个人总结（不上交单位）要侧重不足和教训。个人和单位部门总结（上交单位）要侧重成绩和经验，但最好提一些不足之处，体现你客观辩证看问题。

例文赏析

新学期幼儿园大班保教工作计划[①]

一、基本情况分析

经过幼儿园两年的学习生活，全班幼儿都能较好地遵守班级常规要求，幼儿的学习主动性较好，能积极参加老师组织的各项活动；大部分幼儿能积极使用普通话进行交往；幼儿的口语能力和动手能力都有较大的进步；幼儿的生活自理能力和自我保护能力有一定的提高；大部分幼儿能做到爱护物品，保护墙饰，团结同伴，乐意为集体服务。但也存在一些不足之处，如：部分幼儿学习的积极性不高，有些幼儿口语表达能力差，不敢大胆表达自己的想法，不敢在集体面前表演，家长对幼儿的学习关心较少，等等，这些问题需逐渐改进。

二、具体目标

（一）保育工作

1. 幼儿能自己穿脱衣服，折叠衣服。

2. 幼儿会正确使用筷子进餐，安静进餐，保持桌面整洁，餐后会擦桌和擦嘴。

3. 多喝开水，出汗时幼儿能自己换衣服，能保持衣服的整洁。能自己叠被。

4. 幼儿不舒服能及时告诉老师。

5. 老师能根据天气变化指导幼儿穿脱衣服。

6. 做好预防秋冬两季传染病的工作。

---

① 资料来源：http://www.doc88.com/p-54087018599098.html

措施：

1. 老师餐前向幼儿提要求，餐后提醒幼儿。

2. 老师教幼儿穿衣服，进行穿衣服比赛。

3. 老师利用儿歌、故事等形式，有针对性地教育幼儿专心吃饭，不挑食，保持桌面干净。

4. 进行空气消毒工作。

（二）健康领域

1. 幼儿身体健康，经常保持积极、愉快的情绪。

2. 幼儿知道一些安全常识，不玩危险物品和危险游戏。

3. 幼儿生活、卫生习惯良好，有基本的生活自理能力，注意保持卫生并参与周围生活环境卫生清洁的工作。

4. 幼儿具有初步的自我保护意识和自我保护能力，知道和理解一些必要的安全防范方法和健康常识。

5. 幼儿积极、主动参加体育活动，能探索和掌握多种运动器械的使用方法，有一定的创造性。

6. 幼儿动作协调、灵活，不怕困难，具有一定的控制能力。

7. 幼儿能和同伴一起友好地玩，不欺负小朋友。

8. 幼儿有事能主动告诉老师。

措施：

1. 通过体育游戏和体育课。

2. 各科渗透情感教育，培养幼儿开朗性格。

3. 开展丰富多彩、形式多样的户外活动和体育活动。

（三）社会领域

……

（四）语言领域

……

（五）科学领域

……

（六）艺术领域

……

> 这是幼儿园教师在新学期所做的幼儿园大班保教工作计划，内容很全面。既有基本情况介绍，又有工作具体目标和措施，并且是按照不同领域所列，条理很清晰。不足之处，很多条目都是幼儿的一些活动或者表现，并且是泛泛描述，不能有效体现计划的指向性。而且，该计划任务完成情况的考核标准不具体，时间指标不明确，不容易严格测评执行情况，所以计划需更严谨。

2021年保育年度个人工作总结

时间飞逝，转眼间一个紧张而充实的学期又过去了。回顾这学期，忙碌而愉快的工作在各位教师和保育员的团结努力协作下取得了较好的成绩。以下是我对本学期保育方面的工作总结：

一、建立健全制度

为了使保育工作能更好地完善，特制订了"保育员岗位职责""保育员工作计划""保育操作规范""保育员一日工作流程""晨、午检"制度等，以保证各项工作落到实处。

二、重视安全

1. 要求教师、保育员要有高度的责任心，随时注意幼儿情况，发现异常及时解决。

2. 每月开展安全教育课，教育幼儿安全常识。

3. 做好家长工作，让家长配合幼儿园搞好安全工作。

4. 重视安全，发现隐患及时处理，如不能处理要及时上报。

三、抓好保育工作的日常管理

1. 幼儿园的教育离不开保育，幼儿园保育工作离不开保育员，因此保育工作贯串幼儿一日活动之中，如果麻痹大意一时疏忽，后果将不堪设想。所以在日常工作中，我会每日至少2次到各处巡查并做好登记，对没能按制度执行的人员给予一定的处罚。

2. 加强对保育工作的检查、督促，加强跟班指导。定期召开保育员工作例会，学习保育业务知识、卫生保健常识，反馈工作情况，指出存在问题并总结经验，提出更高要求，不断提高保育员业务素质，努力做好保中有教、教中有保、保教结合，加强幼儿生活各环节的管理，培养良好的生活、卫生、学习习惯。

四、存在问题

保育员不能从单一型转向多元型，落实"保中有教"存在一定问题，也许是保育员年龄偏大的原因。在下学期中，我会加强对保育员的业务培训，争取保育工作更上一层楼。

> 这是幼儿园保育人员的年度工作总结。题目"2021年保育年度个人工作总结"中"2021年"与"年度"重复，如果改为"2021年度保育工作总结"会好一些。这份总结的结构完整，有前言，有工作成绩并指出了存在问题。但是整体感觉总结的内容不具体，有些空泛。

实训提升

1. 根据个人实际情况撰写一份计划。内容可以是学习、健身、减肥或者其他事情，计划时间为一学年或一学期。要求：符合实际，能够执行；条理清晰，没有大话空话；格式不限，可以是文段式，也可以是表格式。

2. 根据个人实际情况撰写一份总结。总结大学入学至今的收获，可以是综合性的，也可以是某一方面的，比如学习、生活、情感等。要求：言之有物，不拼凑，不抄袭。字数不少于300字。

第四节　活动类文书写作

案例导入

下文是一名同学写给爷爷祝寿的贺词草稿，有四处以上表达不够得体、恰当，你能找出来并加以修改吗？要求修改后语义准确，语体风格一致。

时光荏苒，日子过得真快，不知不觉快到您六十岁诞辰了。回顾您一生辛苦，为子孙积累的最大财富是勤劳善良的朴素品格和宽厚待人的做人方法，这让我们大受好处。在您的生日来临之际，送上我最真挚的祝福：祝您身体健康，生活顺心，万事如意！

一、礼仪致辞

知识点击

（一）概念

礼仪致辞是人们在社交礼仪庆会或活动仪式上发表的演说词。

（二）特点

1. 应变性。礼仪致辞都是社会场合公开性的致辞，具有现场性，需要随机应变。所以，礼仪致辞稿子撰写后，到实际应用时可能有变化，需要特别注意。比方说，欢迎稿中要把参会的领导都写入，但真正开会时或许有的领导不能按计划到场，这就需要调整欢迎稿中相应的内容。从某种程度上说，礼仪致辞的稿子可以看成"话本"，是讲话的大纲，细节要根据实际需要而增减。

2. 简短性。通常礼仪致辞都比较简单，不能太长，不能喧宾夺主，影响活动的主要内容。

3. 煽情性。礼仪致辞很重要的作用是烘托气氛，调节情绪。比方说，在婚礼上、欢迎会上致辞就应该热烈、欢快。

（三）分类

根据内容不同划分为不同的种类，常见的种类有：

1. 庆贺类：贺婚词、贺寿词、开工开幕等贺词。

2. 迎送答谢类：欢迎词、欢送词、致谢词、毕业致辞等。

3. 聚会类：亲朋聚会贺词、战友聚会贺词等。

（四）结构

1. 标题

(1)"单位＋事由＋文种"形式。例如：河北师范大学建校 90 周年贺词。

(2)"事由＋文种"形式。例如：婚礼贺词。

(3) 一般的标题可以只写欢迎词、开幕词、典礼献词等形式。

2. 称谓

称谓在第一行顶格写，要用礼貌用语。如："尊敬的各位来宾""女士们，先生们""尊敬的领导，亲爱的同学们"等。

3. 正文

开头：写致辞的缘由，致辞者的身份，是代表个人还是代表单位，写表示欢迎、祝贺、感谢、敬意的语句。

主体：写礼仪庆会或仪式的意义，介绍礼仪对象的功绩、成就，概述过程，歌颂其精神，等等。

结尾：再次表达祝贺、感谢等。

4. 落款

落款写姓名或单位，致辞日期。有时可以省略署名。

（五）写作要求

1. 对象明确，主题突出。

2. 通俗生动，热情亲切。

3. 把握分寸，用词得当。

4. 谦恭诚恳，礼貌庄重。

（六）几种常用的礼仪致辞

1. 欢迎词

欢迎词是行政机关、企事业单位、社会团体或个人在公众场合欢迎友好团体或个人来访时致辞的书面文稿。

(1) 特点

①欢愉性。欢迎词要让客人感受到主人的诚意，要热情、高兴。

②口语化。欢迎词要口头表达出来，不要为了炫耀口才，书面语连篇，让客人听不明白。

③针对性。一定要针对具体的客人表达，"看人说话"，在这里不是贬义词。内容上也要有针对性，不能漫无目的，说话不着边际。

④符合场合。欢迎词一定要符合场合。严肃的场合与热闹的场合有区别，大型的场合与小型的场合也有区别，客人的数量、身份地位等都会对致辞产生影

响。欢迎词一定要符合场合，千万避免对一方热情，无意中冷落或伤害到另一方。

（2）分类

按照致辞方的性质，可以分为官方欢迎词和非官方欢迎词。

①官方欢迎词，一般要求正式、严谨，通常有欢迎词稿。

②非官方欢迎词，内容往往具有即时性，也就是即兴发言，没有稿子。

（3）结构

①标题

致辞者＋致辞场合＋文种。如"李丽董事长在北京年会上的致辞"。

致辞者＋致辞对象＋文种。如"王平校长致2020级新生的欢迎词"。

单独文种的名称：欢迎词。

②称谓

称谓可以根据对象选用。如果对上级，可以用："尊敬的×××""尊贵的×××夫人"等；如果对平级或下级，可以称呼"亲爱的×××"或者直呼其名。如果对象有多个，位尊者排名要在前。

③正文

开头：写什么场合，发言人代表什么人，向哪些人表示欢迎，等等。

主体：因人而异，因事而异。可以说成功和经验，增进友谊，等等；可以赞赏对方的努力，阐述下一步活动的认识和未来展望；也可以介绍主办方情况，以及做了哪些准备，等等。

结语：再次表示欢迎，祝愿对方此行愉快或预祝活动成功等。

④落款

写致辞者姓名和日期。标题中出现致辞者，落款姓名可省略。

（4）写作注意事项

欢迎词是出于礼仪的需要而使用的，因此要十分注意礼貌。具体而言，要注意以下几点。

①称呼要用尊称，感情要真挚，要能较得体地表达自己的原则和立场。

②措辞要慎重，勿信口开河，同时要注意尊重对方的风俗习惯，应避开对方的忌讳，以免发生误会。

③语言要精确、热情、友好、温和、礼貌。

④篇幅短小，言简意赅。欢迎词是一种礼节性的外交或公关辞令，宜短小精悍，不必长篇大论。

2. 致谢词

致谢词是在公开场合对主人或主办方的热情欢迎和招待表示感谢，对他人的帮助、资助、奉献等表示谢意的一种文书。

（1）分类

通常分私人交往致谢和公务往来致谢两种。

①私人交往致谢：具有即时性和现场性，致谢词较随意。

②公务往来致谢：通常正式、严格，事先准备书面稿。

（2）结构

与欢迎词的结构类似，这里不再累述。

3. 开幕词

开幕词指党政机关、社会团体、企事业单位的领导人在大型会议或活动开幕时讲话的文本，是讲话稿的一种。

（1）分类

根据目的和性质分类，可以分为侧重性开幕词或一般性开幕词。

①侧重性开幕词：对会议、活动的历史背景、重大意义、中心议题、主要内容等重点阐述，其他问题一带而过。

②一般性开幕词：对会议或活动的目的、议程、精神、来宾等做简要概述，是一种笼统介绍性的开幕词。

（2）结构

①标题

内容＋文种。如"王峰同志在××大会上的开幕词"。

正副标题形式。如"关于学校未来的发展——校委会第一次会议开幕词"。

单独文种名称：开幕词。

②称谓

写单位名称或个人姓名。

③正文

通常由导语、主体、结语构成。

导语：一般开门见山宣布会议或活动开幕。

主体：阐述活动意义；说明指导思想和安排、具体要求等。

结语：提出任务、要求、期望，如"预祝第三届职工代表大会圆满成功"。

④落款

写成文单位和成文时间。有时候成文单位或日期会写在标题之下，括号注明。

（3）写作注意事项

①开幕词只阐述主旨和精神、重大意义和议程，对详细内容不必展开。

②注意营造庄重热烈气氛，语言庄重，富有感情。

③尊重国际惯例，大方有礼，气氛和谐。

4. 闭幕词

（1）结构

闭幕词与开幕词的格式类同，不再详述。

(2) 写作注意事项

①闭幕词要全面掌握会议或活动过程、成效，闭幕词一定是对整个过程的总结。

②闭幕词重点对会议或活动的主要成果做评价，总结经验教训。

③闭幕词言简意赅，与会议基调一致。

④闭幕词的篇幅通常比开幕词篇幅短，内容简要。

例文赏析

欢迎词

尊敬的詹理事长、耿副主席，尊敬的各位来宾，朋友们：

大家上午好！今天我很高兴代表河北××职业学院热烈欢迎各位的到来。你们的到来，为我院带来了生机与活力，让我院在非遗文化传承与创新方面开创了新局面。

为深入贯彻中共中央办公厅、国务院办公厅《关于全面加强和改进新时代学校美育工作的意见》，落实立德树人根本任务，传承和创新我省优秀非遗文化，培育青年学生文化认同，丰富校园文化生活，河北××职业学院立足专业发展和办学特色，经过精心筹备，"女书""布糊画"两个非遗文化大师工作室已经准备就绪，今日举行揭牌仪式。我们很荣幸邀请到了河北省决策咨询文化研究会理事长詹××、河北省××副主席耿××、河北省××厅德育处副处长艾××、河北省文旅厅非遗保护中心保护处副主任赵××、"女书"非遗传承人王××、"布糊画"非遗传承人刘××、学院领导班子、新闻媒体、嘉宾代表出席揭牌仪式。非遗大师工作室首届学员、学院有关处室系部负责人和师生代表参加揭牌仪式。

非遗大师工作室由学院艺术设计系师生团队独立设计完成，设计融入了花瓶、格栅、屏风等中国传统文化元素，与"女书""布糊画"非遗文化完美结合、相得益彰，体现了教师较高的"双师"素质和学生良好的专业素养。学院将充分利用非遗大师工作室平台，将传统文化传承与教育教学和人才培养有机融合，秉持精益求精工匠精神，以传承非遗为己任，为非遗文化大放异彩打造新空间，创造新突破。

大国匠心，传承非遗文化；时代创新，坚定文化自信。学院非遗大师工作室将发挥技艺研发、技能创新、带徒传技的引领辐射作用，将成为广大师生弘扬传统文化和学院精神的重要阵地，将为河北非遗的传承创新提供有力的人才保障，努力将学院建成非遗文化传承和创新发展的示范基地，为推动我省非遗文化事业繁荣发展做出更大贡献！

再次感谢各位领导的莅临指导，感谢"女书""布糊画"非遗大师的精诚合作，感谢所有支持非遗传承工作的各位来宾！谢谢大家。

院长：×××
2020 年 10 月 30 日

> 这是一则由宣传稿改写的欢迎词，在这里仅做学习示例而用。因为是官方活动，所以这则欢迎词的内容介绍比较详细，除了首尾表示热烈欢迎外，还介绍了参加非遗工作室揭牌仪式的人员、非遗传承的意义等。这篇欢迎词的称谓比较多，但是不能省略。在日常的礼仪致辞中，非常尊贵的领导一般都要突出说明。排列顺序也是越尊贵，位置越前，这是社交礼仪。

实训提升

1. 你在生活中是否经常遇到这样的场景：婚庆寿宴，需要致辞；开工开幕，需要致辞；迎来送往，需要致辞；聚会离别，需要致辞……所以，祝贺词、致谢词、欢迎词、欢送词、开幕词、闭幕词等必不可少。请任选一种写下来。

2. 讨论礼仪致辞有什么特点？

二、主持词

知识点击

（一）概念

主持词是主持人在节目进行过程中串联节目的串联词。现在很多演出活动中，主持人往往成了主角，似乎人比台词重要。而实际上，主持人在台上呈现的主持词，才是主持灵魂之所在。

（二）种类

从内容上划分，主持词可以分为会议主持词、文艺演出主持词、赛事活动主持词、节庆活动主持词、婚庆礼仪主持词等。

（三）结构

主持词一般由开场白、中间部分与结束语组成。

1. 开场白：是演出或其他开场时引入本题的道白，也称为开场语。除了称呼、介绍语外，最主要的是宣布主题（或主要活动内容），营造与主题相适应的良好氛围。

2. 主体：指主持过程中的串场词，也是串联语。作用是将整场活动或节目前后勾连，串成一体，形成整体效果。比如文艺节目，每个节目都是相对独立的，为了使之产生整体效果，就必须由主持人用巧妙的过渡语串联起来。串联语既突出整场的主线，又显出各自的特色。主持人要善于串场，还要善于推进，把活动推向高潮，把话题扩展，引向深入。

3. 结束语：是活动结束时带有总结性的一段话。主持人的结束语是整场活动的收尾，包括内容和形式。因为主持人不是活动的主体，所以主持人的结束语不能向参与者发号施令、提出要求、发出号召，也不能拖泥带水、太冗长，要简短精要。

（四）写作注意事项

主持词的写作没有固定格式，它的最大特点就是富有个性。不同内容的活动，不同内容的节目，主持词所采用的形式和风格也不相同，但一般都要注意下面几点：

1. 主持词的写作，首先要突出活动主旨并贯串始终。

2. 开场白要吸引观众，可以创设情境，顺利导入主题。写好开场白，可以借助下面几个小技巧：(1) 先声夺人，通过对所有来宾的问候，将观众的注意力全部吸引过来。(2) 对现场和当时情景加以描述，让观众感到熟悉、亲切自然，乐于接受。(3) 观众被吸引之后，迅速导入主题，进入节目欣赏。

3. 要增加主持词的文化内涵，达到寓教于乐的目的，不断提高观众的文化知识和素养。

4. 注意场合与对象，要"投其所好"，调动观众的兴致。

5. 借鉴诗词和散文诗的写作手法，提高主持词的艺术感染力。

6. 带着创作的激情和热情去写作，才能写出煽情、感人的主持词。

例文赏析

主持词

男：尊敬的各位领导。

女：亲爱的各位来宾。

男：各位朋友。

合：大家晚上好！

男：在这辞旧岁、迎新春的美好时刻，我们共同迎来了××××公司2022年新春年会。

女：愿新年的到来给我们带来吉祥如意、幸福安康！

男：我是主持人王立。

女：我是主持人李平。

男：新年到了，我要祝愿公司事业兴旺发达，财源广进！

女：我祝愿在座各位身体健康，万事如意！

男：我还要祝愿每一位朋友来年行好运，心想事成，步步高升！

女：接下来，年会正式开始，首先有请公司刘××总经理上台致辞。

（领导讲话）

男：感谢刘总经理的讲话。（观众掌声）我们再一次用热烈的掌声感谢刘总经理。

（观众再次鼓掌）

女：现在有请张××经理上台介绍年会的安排，有请张经理！

（张经理上台宣布年会的活动安排）

男：今晚的文艺表演马上开始，请欣赏歌曲《拜新年》。

……

男：《难忘今宵》，今宵难忘。××××公司 2022 年新春年会接近尾声，我在这里再次感谢各位领导的莅临，感谢各位同人的大力支持。

女：快乐的时光总是那么短暂。

男：团聚的日子特别让人感动！

女：今天我们欢歌笑语。

男：今天我们畅想未来。

女：让我们记住今天。

男：让我们期待明天。××××公司 2022 年新春年会到此结束，明年再见！

这是一场公司年会的主持词，主要是开场白和结束语。因为年会过程一般比较长，节目又各异，所以没有提供中间的串场词。此主持稿仅仅起到示例作用。真正的主持词一定根据实际而写，要衔接紧密，还要注意随机应变，以防突发情况造成冷场，或者出现其他错误。

实训提升

1. 设计一次学校新春晚会，撰写主持词。
2. 组织一次读书分享活动或者辩论赛，由一人担当主持人，撰写主持词。

三、演讲稿

知识点击

（一）命题演讲

命题演讲是根据指定题目或限定的主题，事先做了充分准备的演讲。一般都是写好演讲稿后反复演练。有的不写演讲稿，只是拟提纲或准备腹稿。下面从写作角度介绍一些演讲稿的有关知识。

1. 概念

演讲稿也叫演讲词，它是在较为隆重的仪式上和某些公共场合发表的讲话文稿。演讲稿是进行演讲的依据，是对演讲内容和形式的规范和提示，它体现着演讲的目的和手段。演讲稿是人们在工作和社会生活中经常使用的一种文体。

2. 特点

（1）针对性。首先是针对听众关心的问题，要能为听众所接受；其次是针对不同的场合，演讲的场合不同，内容就会有异；第三是针对不同的对象和不同的层次。撰写演讲稿时要根据不同场合和不同对象，为听众设计不同的演讲内容。

（2）可讲性。演讲以"讲"为主、以"演"为辅。由于演讲要诉诸口头表达，拟稿时必须以易说能讲为前提，不能书面语连篇，让人们听起来费解。

（3）鼓动性。演讲是一门艺术。好的演讲会激发听众情绪、赢得听众好感。演讲稿思想内容要丰富、深刻，见解精辟，有独到之处，发人深思，具有鼓动性，富有感染力。

（4）整体性。演讲稿并不能独立地完成演讲任务，它只是演讲的一个文字依据，是整个演讲活动的一个组成部分。演讲主体、听众对象、特定的时空条件，共同构成了演讲活动的整体。演讲稿的撰写要注意听众的文化层次、工作性质、兴趣爱好等，以选择最佳的演讲角度；另外，还要考虑演讲的时间、空间、现场氛围等因素，以增强演讲的现场效果。演讲需要对声调的高低、语速的快慢、体态语的运用进行设计，因此撰写演讲稿时要考虑这些因素。

（5）口语性。演讲稿最终需要"说"出来，所以必须讲究"上口"和"入耳"。所谓上口，就是讲起来通达流利。所谓入耳，就是听起来非常顺畅，没有什么语言障碍，不会发生曲解。

（6）临场性。演讲活动是演讲者与听众面对面的一种交流和沟通，听众会对演讲内容做出及时反应。因此，撰写演讲稿时，要充分考虑它的临场性，在保证内容完整的前提下，充分考虑演讲时可能出现的种种问题，在写作中留有伸缩的余地。

3. 撰写演讲稿的方法

（1）根据演讲活动的性质与目的来确立讲题。

（2）根据演讲主题与听众情况来选择材料。

（3）精心安排，谋篇布局要有新意，要吸引人。

不同类型、不同内容的演讲稿，其结构方式也各不相同，但结构的基本形态都是由开头、主体、结尾三部分构成。各部分的具体要求如下：

（1）开头要先声夺人，富有吸引力。

开头的方式主要有如下几种：①开门见山，说明主旨。②叙述事实，交代背景。③提出问题，发人深思。④引用警句，引出下文。

（2）主体部分要层层展开，步步推向高潮。

主体部分展开的方式有以下三种：

①并列式。就是围绕演讲稿的中心论点，从不同角度、不同侧面进行表现，其结构形态呈放射状四面展开。

②递进式。即从表面、浅层入手，采取步步深入、层层推进的方法，最终揭示深刻的主题。这种结构能使事物得到由表及里的深入阐述和证明。

③并列递进结合式。或是在并列中包含递进，或是在递进中包含并列。

（3）结尾要干脆利落，简洁有力。

演讲稿的结尾，或归纳，或升华，或希望，或号召，方式很多。好的结尾应收拢全篇，卒章显志，干脆利落，简洁有力，切忌画蛇添足。

4. 演讲稿的写作要求

（1）演讲稿要有针对性。针对观众群，选择最恰当的内容和结构，力争取得最好的效果。

（2）演讲稿的观点要鲜明，逻辑要清晰。

（3）演讲稿要起到宣传教育作用，既有热情的鼓动，又有冷静的分析，要把抒情和说理有机地结合起来，做到动之以情，晓之以理。

（4）演讲稿的语言要准确、精练、生动形象、通俗易懂，要多用口语化的语言，深入浅出，让听众听得入耳、听得明白。

（5）演讲稿要结合实例来写，忌讳通篇大话、空话，没有实质内容。

（6）演讲稿要独具特色，风格鲜明，或幽默，或欢快，或冷峻，或温情，等等。

（二）即兴演讲

1. 概念

即兴演讲是演讲者在事先没有充分准备的情况下，因事而发，触景生情，乘兴而作的一种临时性演讲。即兴演讲不需要写稿，下面仅讲一点即兴演讲的特点和分类。

2. 特点

（1）话题集中，针对性强。一般是由近期或眼前某种特定的场景和特殊的时境引发的，因此话题内容角度小，或者说单一。

（2）临场发挥，直陈己见。即兴演讲完全靠演讲者的阅历、知识、才能，当场捕捉信息，即兴表达自己的态度、观点、情感。

（3）生动活泼，短小精悍。即兴演讲贴近生活实际，有感而发，简明扼要。很多有趣味性、思想性和知识性。

（4）以小见大，借题发挥。即兴演讲常常以点带面，从现象看本质，小事情反映大道理。

3. 分类

（1）主动式。演讲者心理准备充足，态度坚定，内容在大脑中经过短暂思考，有效组织语言，一般效果比较好。

（2）被动式。这种是在没有任何心理准备的前提下被推出来进行的演讲，所以需要演讲者脑子转得快,真正即兴去演讲。这种演讲难度较大,要善于从之前的发言人或周围的环境中找信息、找启发,迅速组织语言,否则可能更紧张,语言条理不清,内容不切题。

例文赏析

我有一个梦想
[美] 马丁·路德·金

一百年前,一位伟大的美国人签署了《解放黑奴宣言》,今天我们就是在他的雕像前集会。这一庄严宣言犹如灯塔的光芒,给千百万在那摧残生命的不义之火中受煎熬的黑奴带来了希望。它之到来犹如欢乐的黎明,结束了束缚黑人的漫长之夜。

然而一百年后的今天,我们必须正视黑人还没有得到自由这一悲惨的事实。一百年后的今天,在种族隔离的镣铐和种族歧视的枷锁下,黑人的生活备受压榨;一百年后的今天,黑人仍生活在物质充裕的海洋中一个穷困的孤岛上;一百年后的今天,黑人仍然萎缩在美国社会的角落里,并且,意识到自己是故土家园中的流亡者。今天我们在这里集会,就是要把这种骇人听闻的情况公之于众。

就某种意义而言,今天我们是为了要求兑现诺言而汇集到我们国家的首都来的。我们共和国的缔造者草拟宪法和独立宣言时,曾以气壮山河的词句向每一个美国人许下了诺言,他们承诺给予所有的人以不可剥夺的生存、自由和追求幸福的权利。

就有色公民而论,美国显然没有实践她的诺言。美国没有履行这项神圣的义务,只是给黑人开了一张空头支票,支票上盖上"资金不足"的戳子后便退了回来。但是我们不相信正义的银行已经破产,我们不相信,在这个国家巨大的机会之库里已没有足够的储备。因此今天我们要求将支票兑现这张支票——将给予我们宝贵的自由和正义的保障。

我们来到这个圣地也是为了提醒美国,现在是非常急迫的时刻。现在绝非侈谈冷静下来或服用渐进主义的镇静剂的时候。现在是实现民主的诺言的时候。现在是从种族隔离的荒凉阴暗的深谷攀登种族平等的光明大道的时候,现在是向上帝所有的儿女开放机会之门的时候。

如果美国忽视时间的迫切性和低估黑人的决心,那么,这对美国来说,将是致命伤。自由和平等的爽朗秋天如不到来,黑人义愤填膺的酷暑就不会过去。1963年并不意味着斗争的结束,而是开始。有人希望,黑人只要撒撒气就会满足;如果国家安之若素,毫无反应,这些人必会大失所望的。黑人得不到公民的权利,美国就不可能有安宁或平静;正义的光明的一天不到来,叛乱的旋风就将继续动摇这个国家的基础。

但是对于等候在正义之宫门口的心急如焚的人们，有些话我是必须说的。在争取合法地位的过程中，我们不要采取错误的做法。我们不要为了满足对自由的渴望而抱着敌对和仇恨之杯痛饮。我们斗争时必须永远举止得体，纪律严明。我们不能容许我们的具有崭新内容的抗议蜕变为暴力行动。我们要不断地升华到以精神力量对付物质力量的崇高境界中去。

现在黑人社会充满着了不起的新的战斗精神，但是我们不能因此而不信任所有的白人。因为我们的许多白人兄弟已经认识到，他们的命运与我们的命运是紧密相连的，他们今天参加游行集会就是明证；他们的自由与我们的自由是息息相关的。我们不能单独行动。

当我们行动时，我们必须保证向前进。我们不能倒退。现在有人问热心民权运动的人："你们什么时候才能满足？"

只要黑人仍然遭受警察难以形容的野蛮迫害，我们就绝不会满足。

只要我们在外奔波而疲乏的身躯不能在公路旁的汽车旅馆和城里的旅馆找到住宿之所，我们就绝不会满足。

只要黑人的基本活动范围只是从少数民族聚居的小贫民区转移到大贫民区，我们就绝不会满足。

只要密西西比仍然有一个黑人不能参加选举，只要纽约有一个黑人认为他投票无济于事，我们就绝不会满足。

不！我们现在并不满足，我们将来也不满足，除非正义和公正犹如江海之波涛，汹涌澎湃，滚滚而来。

我并非没有注意到，参加今天集会的人中，有些受尽苦难和折磨；有些刚刚走出窄小的牢房，有些由于寻求自由，曾在居住地惨遭疯狂迫害的打击，并在警察暴行的旋风中摇摇欲坠。你们是人为痛苦的长期受难者。坚持下去吧，要坚决相信，忍受不应得的痛苦是一种赎罪。

让我们回到密西西比去，回到阿拉巴马去，回到南卡罗来纳去，回到佐治亚去，回到路易斯安那去，回到我们北方城市中的贫民区和少数民族居住区去，要心中有数，这种状况是能够也必将改变的。我们不要陷入绝望而不可自拔。

朋友们，今天我对你们说，在现在和未来，我们虽然遭受种种困难和挫折，我仍然有一个梦想。这个梦想是深深扎根于美国的梦想中的。

我梦想有一天，这个国家会站立起来，真正实现其信条的真谛："我们认为这些真理是不言而喻的——人人生而平等。"

我梦想有一天，在佐治亚的红山上，昔日奴隶的儿子将能够和昔日奴隶主的儿子坐在一起，共叙兄弟情谊。

我梦想有一天，甚至连密西西比州这个正义匿迹、压迫成风的地方，也将变成自由和正义的绿洲。

我梦想有一天，我的四个孩子将在一个不是以他们的肤色，而是以他们的品格优劣来评价他们的国度里生活。

我今天有一个梦想。

我梦想有一天，亚拉巴马州能够有所转变，尽管该州州长现在仍然满口异议，反对联邦法令，但有朝一日，那里的黑人男孩和女孩将能与白人男孩和女孩情同骨肉，携手并进。

我今天有一个梦想。

我梦想有一天，幽谷上升，高山下降，坎坷曲折之路成坦途，圣光披露，满照人间。

这就是我们的希望。我怀着这种信念回到南方。有了这个信念，我们将能从绝望之巅劈出一块希望之石。有了这个信念，我们将能把这个国家刺耳的争吵声，改变成为一支洋溢手足之情的优美交响曲。

有了这个信念，我们将能一起工作，一起祈祷，一起斗争，一起坐牢，一起维护自由；因为我们知道，终有一天，我们是会自由的。

在自由到来的那一天，上帝的所有儿女们将以新的含义高唱这支歌："我的祖国，美丽的自由之乡，我为您歌唱。您是父辈逝去的地方，您是最初移民的骄傲，让自由之声响彻每个山冈。"

如果美国要成为一个伟大的国家，这个梦想必须实现。让自由之声从新罕布什尔州的巍峨峰巅响起来！让自由之声从纽约州的崇山峻岭响起来！让自由之声从宾夕法尼亚州阿勒格尼山的顶峰响起来！

> 这是一篇感情充沛、文采斐然的演讲稿。作者从"结束束缚黑人的漫漫长夜"的期待开始，到对一百年之后黑人现状的失望，到要求政府兑现支票的义正词严，再到对"梦想"的热烈憧憬，其间无不充满着作者悲愤而热烈的情感。文中使用了很多修辞手法，几乎每一段都有大量形象的比喻，如用"灯塔"和"黎明"来比喻林肯签署的《解放黑奴宣言》；用"物质充裕的海洋中的一个穷困的孤岛"和"故土家园中的流亡者"等来比喻黑人的处境，生动地描绘出美国黑人的生存现状和他们内心的渴望；"空头支票"等则形象地说出了政府许诺和现实之间的距离。还大量运用排比、呼告和反复等修辞手法，让文章有了排山倒海的气势和一泻千里的激情，增强了感染力和表达效果。

实训提升

1. 假如学生会干部要换届，你打算竞聘学生会主席，如何写竞聘演讲稿呢？
2. 请你以"假如我是网红"为话题，写一份演讲稿。要求：思想积极，态度端正，内容务实，不得抄袭。

四、建议书与倡议书

知识点击

（一）建议书

1. 概念

建议书是指个人、单位或有关方面为了开展某项工作、完成某项任务或进行某项活动而提出合理化的意见和建议时使用的一种文体。

2. 结构

建议书的结构通常分为标题、称谓、正文和落款几个部分。

（1）标题

①建议事由＋文种。如"关于节约水资源的建议书"。

②正副标题式。如"学校是我家，环保靠大家——关于校园环境保护的建议书"。

③单独文种名称：建议书。

（2）称谓

建议书的受文单位或个人，在第一行顶格写。

（3）正文

①开头：写提建议的缘由、必要性或合理性。

②主体：写建议的具体内容和要求，或者行动措施。

③结尾：写表达建议被采纳的愿望，或明确预期目标。

④祝颂语：如果受文是个人，写上祝颂语，以表敬意或祝愿；如果受文是单位，省略祝颂语。

（4）落款

写建议者的姓名或单位，以及建议的日期。

示例：

建议书

后勤管理处：

  我是经济管理系会计专业2020级的一名学生，多日来发现学校有管理不到位的地方，存在资源浪费现象。为此，我还特意与同学进行了讨论，征求了同学们的想法。现郑重提出如下建议：

  一、节约用电。建议把楼道的照明灯全部换成声控灯，避免没有人时灯还长亮着。学校管理制度上明确写入节约用电的条目。每天最后离开教室、实训室的同学要随手关灯、电脑等电设备，及时断电。指派专人负责检查教室、实训室等用电情况，如若发现没人的情况下电灯、电扇、电脑等未关闭，可以适当对相应责任人进行减分处罚。

二、节约用水。浴室里的水龙头可以改成节水型的，减少水的浪费。教学楼的洗浴池水龙头都改成感应式的。

三、绿色消费。食堂不再提供塑料袋，学生就餐都用饭盒，减少"白色污染"。

四、垃圾处理。在食堂、教学楼、宿舍等人员流动大的地方多摆放几个垃圾桶，并且是那种垃圾分类的垃圾桶。在全校号召不随手扔垃圾，并进行垃圾分类。

五、奖惩分明。建议后勤管理处出台政策，对节约行为进行表彰，对浪费现象进行惩罚。

此致

敬礼！

建议人：黄×
2021年6月5日

3. 写作要求

（1）立足现实，合乎情理。

（2）建议具体，切实可行。

（3）内容明确，重点突出。

（4）语言明了，措辞得当。

4. 知识拓展

议案和提案在本质上讲都是建议，这里做一简单介绍。

议案：国家规定的15种公文文种之一。议案适用于各级人民政府按照法律程序向同级人民代表大会或人民代表大会常务委员会提请审议事项。

提案：提交会议讨论决定的建议。政协委员开政协会议时提交的建议就是提案。

议案与提案的不同之处主要有三点：

（1）议案只能由人大代表提出，提案由政协委员提出。

（2）在法律效力方面，人民代表大会是权力机关，人大代表的议案一经通过，就具有法律效力。政协委员提案是民主监督的一种形式，没有法律约束力。

（3）在提出时间方面，人大议案一般只在大会期间提出。政协提案既可在全体会议期间提出，也可在休会期间提出。

（二）倡议书

1. 概念

倡议书是指由个人、团体或组织提出建议并公开发布，鼓励公众共同完成某项任务或开展某项公益活动时所使用的专用文体。倡导的内容一般是对社会和公众有益的事。

2. 特点
（1）倡议对象具有典型性和代表性。
（2）倡议内容具有鼓动、宣传和教育作用。
3. 结构
倡议书与建议书的结构有相同之处，不过倡议书没有祝颂语部分。
（1）标题
①倡议内容＋文种。如"创建文明城市倡议书"。
②单独文种名称：倡议书。
（2）称谓
可以根据对象选用，如："同学们""读者朋友们"等。也可以在称谓处不写称呼，在正文中明确倡议对象。
（3）正文
①开头：一般写倡议的背景、原因和目的。
②主体：通常写倡议的具体内容和要求。
③结尾：表示倡议的决心，提出希望或建议等。
（4）落款
落款写单位、部门名称或倡议者的姓名，下面一行写成文日期。
示例：

倡议书

世界读书日全称为世界图书与版权日，又称"世界图书日"。1995年11月15日正式确定每年4月23日为"世界图书与版权日"。在第26个世界图书日到来之际，我向全体学生发出倡议：放下手机，读书一小时。希望大家做到：
一、热爱读书，让阅读成为最优雅的生活方式。
二、全员阅读，让阅读成为我们学校最亮丽的一道风景线。
三、终身读书，让阅读成为我们更高的精神追求。
四、读以致用，让阅读成就我们美好的未来。
大学生朋友们，放下手机吧，让我们一起相约阅读，快乐阅读，让这迷人的书香飘溢在我们美丽的校园，让琅琅的读书声伴随着我们每一天！

4. 写作要求
（1）实事求是，符合时代精神。
（2）理由充分，交代清楚。
（3）措辞得体，具有鼓动性和感染力。
（4）重点突出，篇幅不宜过长。

（三）建议书与倡议书的异同
1. 相同点
都是书信体，都具有结果不确定性的特点：倡议书的事项需要他人响应才可以实现；建议书的事项需要有关部门或人员采纳，才可以实施。

2. 不同点

（1）倡议书一般面向公众，建议书一般面向上级或主管部门。

（2）倡议者既是发起者，又是参与者，对倡议内容要率先垂范；建议者不一定直接做某事，而是以商讨语气建议对方做某事。

例文赏析

校外培训机构倡议书

近日，中共中央办公厅、国务院办公厅印发了《关于进一步减轻义务教育阶段学生作业负担和校外培训负担的意见》，对此，中国民办教育协会率有关校外培训机构联合发出如下倡议：

一、深刻认识"双减"重大意义，坚决拥护中央决策部署。

二、坚持社会主义办学方向，全面贯彻党的教育方针。

三、落实立德树人根本任务，服务中小学生全面发展。

四、正确认识校外培训定位，加快转型成为有益补充。

五、坚持证照齐全合法经营，健全规章制度提升水平。

六、遵守价格管理确保质量，充分体现公益普惠属性。

七、杜绝违法违规培训行为，切实维护群众合法利益。

发起倡议单位：中国民办教育协会：新东方、好未来、作业帮、猿辅导、高思（爱学习）、一起学、精锐教育、掌门一对一、学大教育、51Talk、卓越教育、昂立教育、北外壹佳、洋葱学园、高途教育、中文未来教育（豆神）、河南大山教育等120家全国性校外培训机构。

2021年7月24日

> 这是一则倡议书，是中国民办教育协会率有关校外培训机构联合发出的倡议书，倡议内容有七条。一般来说，倡议单位都写在正文的右下方，但此倡议书因为是多个单位联合发出的，单位多，不便都写在右下方，所以写在了倡导内容的下面。

实训提升

1. 假如你所在的班级要争夺学校卫生流动红旗，你有什么合理化建议？请写下来。

2. 假如你是学前教育系学生会宣传部的部长，号召全系同学在图书馆爱护书籍、文明阅读。该如何写一份倡议书呢？

第七章 文学写作

第一节 文学写作概述

案例导引

某学院图书馆重新装修以后,馆内原有的大量图书需要重新整理、摆放,新购进图书馆的一大批图书需要分类、登统、扫码、上架……工作任务量很大,于是就在学校范围内招聘数名学生做兼职。学前教育系2020级学生张淑仪通过了面试后,第二天课余时间就开始上岗了。她面临的一个任务就是给图书分类:把专业书籍与文学书籍区分开来。她开始认为这项工作很简单,后来一干起来,才知道不是那么简单,因为有的书分不清是文学作品还是专业作品,比如《解读地球传奇》,她开始犯难了……

同学,你知道如何辨别文学作品吗?知道文学作品,又会进行简单的文学写作吗?

知识点击

一、文学写作相关概念

文学写作指文学作品的写作。文学作品按体裁可以划分为散文、诗歌、小说和戏剧四种。

(一)散文

有广义和狭义之分。广义的散文指除了诗歌、小说和戏剧之外的文学样式。中国古代,散文是和骈文、韵文相对而言的,凡是不押韵、不讲骈俪的文章统称散文。如:传、记、议、论、序、跋、奏、启、书,乃至笔记体小说等都称为散文。西方的散文概念是相对于诗歌和戏剧而言的,小说也包含在散文概念中。狭义的散文专指带有文学性的散体文章。

（二）诗歌

是通过富有韵律节奏的语言，生动形象表现生活和情感的文学样式。中国古代，不合乐的称为"诗"，合乐的称为"歌"，后世将两者统称为诗歌。早期诗、歌、乐、舞是合为一体的。后来，各自发展。以入乐与否，区分歌与诗。入乐为歌，不入乐为诗。

（三）小说

是通过塑造人物、叙述故事和描写环境来反映生活、表达思想的一种文学体裁。小说被认为"来源于生活，高于生活"，想象虚构是重要写作手法。小说的主要特征是多方面细致刻画人物、自由灵活地展开情节、具体真切地描写环境。

（四）戏剧

是以演员为中心，在观众面前表演的综合性艺术。戏剧综合运用语言、动作、舞蹈、音乐、木偶等形式达到叙事目的，表演形式多种多样，常见的有话剧、歌剧、舞剧、音乐剧、木偶戏等。戏剧文学主要指剧作家创作的供戏剧舞台演出用的文学剧本。戏剧文学特征是：（1）用台词塑造形象、展示剧情；（2）戏剧冲突尖锐集中；（3）戏剧结构符合舞台要求。

二、文学与社会生活

文学与社会生活的关系是非常密切的，不能分割。没有文学的社会生活是单调的、乏味的，如同白纸一般。试想，如果没有唐诗、宋词，没有小说、戏剧，没有电影、电视剧，人们的精神生活将是何等苍白。文学也离不开社会生活。文学是来源于社会生活的一种艺术形式，如果没有社会生活，就不可能产生文学艺术。社会生活是文学的唯一源泉，从古到今，没有哪部文学作品脱离了生活而独立存在，也没有哪位作家能远离生活而独自创作。在文学与社会生活的关系中，文学是对社会生活能动的反映，反映人们的内心世界，反映真实社会现实。即便是文学中虚构的故事或人物形象，本质上也不能脱离社会现实，都是在社会现实基础上通过想象形成的。

三、文学写作的意义

巴金先生在《随想录》中曾经说："文学有宣传的作用，但宣传不能代替文学；文学有教育的作用，但教育不能代替文学。文学作品能产生潜移默化、塑造灵魂的效果，当然也会做出腐蚀心灵的坏事，但这二者都离不开读者的生活经历和他们所受的教育。经历、环境、教育等等都是读者身上、心上的积累，它们能抵抗作品的影响，也能充当开门揖'盗'的内应。读者对每一本书都是'各取所需'。塑造灵魂也好，腐蚀心灵也好，都不是一本书就办得到的。只有日积月累、不断接触，才能在不知不觉间受到影响，发生变化。"从巴金先生的话里，能够看出来文学对人们塑造灵魂、精神引领起到重要的作用。

文学虽然不同于柴米油盐能直接被人食用，或者说不同于科学技术能够转化为产品，产生经济价值，但是对于社会来说是绝对不能缺少的。文学具有三大基本社会作用：认识作用、教育作用和审美作用。

文学是以语言文字为工具形象化地反映客观现实的艺术，以不同的形式（体裁）表现内心情感和再现一定时期和一定地域的社会生活。能够带领读者认识世界、认识社会，还会通过歌颂或批判的形式对读者起到教育作用。文学的审美教育是通过塑造或美或丑的人物形象、展示人性善恶，描写或优美或肮脏的环境，寻求真理或鞭挞谬误等方式得以实现的。

文学作为精神产品，其价值主要是内在的、看似无用的、超越功利的价值，即精神性价值。

四、文学写作的前提条件

（一）培养写作兴趣

兴趣是最好的老师。不管工作或学习，只有对其感兴趣，才可能做得出色。培养浓厚的兴趣，是开启文学写作的前提条件。

（二）激发写作灵感

灵感是指在文学、艺术、科学、技术等活动中，由于艰苦学习，长期实践，不断积累经验和知识而产生的富有创造性的心理状态。灵感不是天生的，灵感是创造性劳动中普遍存在的现象，是长期辛勤劳动的结晶。要激发写作的灵感，就要养成思考的习惯。利用比较生动的场面和场景，激发激昂情绪。当你产生创作的灵感，哪怕是一个好的构思，一个小小的片段，都要认真加以总结和发扬，循序渐进地提高思维能力。另外还可以通过一些有意义的活动如演讲、辩论、发言等，唤起自我创造、自我表现的能力，形成写作灵感的源泉。

（三）培养观察能力

通过对事物的观察，积累写作素材，捕捉写作灵感。只有多认真观察事物，了解事物的发展规律，积累大量的写作素材，写作时才能产生灵感，才能写出好的文章来。

（四）启发想象力

想象是一种创造性的思维，是对记忆中的表象进行加工改造后得到的一种形象思维。一切创造性的活动都离不开想象。如果想象力丰富，脑海里就会展现出一幅幅生动的景象。动起笔来如行云流水，由物及人，由景及情，由此及彼，由近及远，文章内容才丰富，意境才开阔，思想才深刻。如果缺乏想象力，思维枯竭，写出的文章就很难打动人。

（五）训练写作技巧

对于刚接触写作的人，不一定要求写必成篇。从内容上说，生活中的点滴感受、思想上的闪光点,都可以形成文字。对某种现象、某件事物的看法,可以通过三言两语来表达。从形式上说,可以做一些分解训练,比如,思维能力差的就重点训练思维能力,表达能力差的就重点训练表达能力……总体而言,要全面训练,多读书,勤动脑,常动笔,坚持不懈,反复练习。经过反复练习,使说话能力、想象能力、思维能力、观察能力等都逐渐提高,写作能力自然就提高了。

(六)养成自学习惯

写作能力不是天生就有的,也不是一劳永逸的,写作能力是通过学习而得来的,还要经过学习不断创新发展。时代在发展,总有很多新的东西需要我们学习、总结、发扬,必须有"活到老,学到老"的心理准备,还要养成自学的好习惯。养成自学习惯,不断更新知识,写出来的文学作品才具有先进性、创新性、时代性,才会更有吸引力。

范文赏析

凡心逐梦

葛作然

或许有太多的浪漫情愫,我一直把"梦"这个很寻常的名词看得很奥妙,觉得汉语词汇里再找不出一个词跟它媲美。因为,"梦"不仅仅是一种现象,更是一种意蕴,一种诱惑,一种精神,一种让你不解、使你痴迷、催你奋进的神秘力量。

梦,穿越了时空,让你平淡的生活多了意趣。梦总是那么奇怪地飘进你的大脑,把八竿子打不着关系的亲朋好友聚合到一个场景,把平生未见过的大山大河、沟沟坎坎都拉进一个镜头,把现实从来没有发生过的故事演绎得如同真事一般。你可能会被坏人追,而且会被逼得无路可走;你可能出门就交好运,低头捡到大元宝;你可能会口渴,怎么都找不到一口水;你可能会内急,死活找不到厕所;你可能看见多年没有谋面的亲人,对方仍然是不变的模样;你可能遇上一起搭档的朋友,可他怎么都不是你熟悉的脾气;你可能被突然惊醒,半天魂儿都缓不过来;你可能醒来还沉溺其中,希望把故事延续下去……这就是梦,奇奇怪怪、林林总总,没有人解释得清它为什么到了你的脑海中。因为梦,你的生活多了趣味;也因为梦,你的心田多了对亲朋的牵挂和对人生的热爱。

梦,凝聚了力量,让你悬浮的内心有了寄托。因为心里有梦,在坎坷的人生路上,你才会坚持。可能你选择的是一条不被人理解的荆棘之路,除了要小心翼翼披荆斩棘之外,还要接受世俗的眼光和大众的舆论。你如果能一直走下去,那全是因为梦想在前面导引。为了梦,你竟爆发出自己都惊讶的力量,托住了黑云密布的压力,把心平稳地放置在"上下求索"的航道,让心平安飞翔。因为有梦,你的人生多了追求;也因为有梦,你知道了什么是成功;更因为有梦,你找到了生命的价值。

梦，升华了心灵，让你平凡的人生添了光彩。庄周的梦被一代一代人解读，"庄生晓梦迷蝴蝶"，是何等曼妙迷人啊！"红楼"之梦被一次一次解析，"香梦沉沉春睡去"，何处幽梦比红楼？《红楼梦》里的梦又是多么耐人寻味啊！梦，是有灵性、有精神的，总是在你不经意之间给你一份惊喜；梦，是有个性、有动力的，总是在你失意的时候给你重新战斗的力量。一个人的梦很弱小，一个国家的梦会很强大；一个人的梦很平凡，一个民族的梦会很伟大。当你的梦融进国家梦、民族梦时，你的心灵会熠熠发光；当你为了梦去奋斗、为了梦去拼搏时，你的人生会精彩闪亮，你的平凡会孕育伟大。

逐梦，是本能。每个人都有对梦的渴望。当你梦见桃花，你会为美赞叹，为爱心动；当你梦到沟壑，你会谨小慎微，做好防备。你在喧嚣的尘世追逐圆满人生的华梦，你在泛滥的情海追寻真爱无价的情梦，你在孤独的心原追赶超越自我的幽梦。逐梦，就是这么寻常。

逐梦，是学问。梦是若隐若现、若即若离的东西。没有清晰的思路，没有顽强的毅力，梦永远在远方，让你不可企及。梦是有色彩的、有光芒的星球。当你被世间的污秽弄脏了心地，被邪恶的欲望蒙蔽了眼睛，你离梦越近，就越危险。因为太阳之下没有黑暗，正义面前不容罪恶。逐梦，自然需要理智。

逐梦，是境界。只有那些志向高远的人才永不放弃对梦的追求。燕雀不知鸿鹄之志，凡人也不明白伟人的梦想。当你及山顶之高，处江海之远，才知景色宜人；当你和智者为伍，与贤士做伴，方能美化人生。凤凰涅槃是重生，杜鹃啼血是惊醒。逐梦，必定付出艰辛。

梦吸引着每一颗凡心。逐梦，又让每一颗凡心有了超乎想象的能量。凡心逐梦，成就的不是一个人，而是一个国家、一个民族未来的希望。

> 这篇文章是抒情散文，作者以"凡心逐梦"为题，说明是站在一个普通人的视角来追求梦想。每个人都有梦想，或大或小，作者亦然。在文章里，作者讲述逐梦的事，但不是从微观角度讲述梦想的内容和追梦的经历，而是从宏观角度阐述梦想的实质，讴歌梦想的意义。从个人的梦想，到国家梦、民族梦的高度，非常有深度。文章结构清晰，开始先介绍"梦"是什么，然后介绍"逐梦"是怎么一回事，最后点题，说明每个人都实现梦想的话，那国家梦、民族梦也就实现了。大家都知道，"中国梦"的实现，离不开每一个中国人。作者以"凡心"去"逐梦"的勇敢精神，值得学习。而文章中的"凡心"，也是千千万万普通人为了梦想辛苦奋斗的写照。

实训提升

1. 文学作品的作用是什么？网络时代，文学作品的性质与特征有无变化？

2. 阅读一篇文学作品，写一篇读后感。

第二节　散文写作

案例导引

在 5 月 9 日接到学校的征文比赛通知后，学前教育系 2020 级 10 班一下子热闹了起来。有的同学跃跃欲试，恨不得马上就写文参加比赛；有的同学觉得征文比赛没有什么吸引力；有的同学想参加，却又担心自己写不好。大家争相探讨起来……

如果你是这个班的学生，你会参加征文比赛吗？你有把握写好征文并获奖吗？

知识点击

一、散文的概念

散文是一种抒发作者真情实感、写作方式灵活的记叙类文学体裁。在中国古代文学中，散文与韵文、骈文相对，不追求押韵和句式的工整。在中国现代文学中，散文指与诗歌、小说、戏剧并行的一种文学体裁。

二、散文的分类

根据作品内容和基本表达方式，散文通常分为：抒情散文、记叙散文和议论散文。

三、散文的特征

散文的典型特征可以概括为"形散而神不散"。散文通常很灵活，收放自如。看似若即若离，实则意脉不断。具体而言，常见的有以下三点：

1. 题材广泛，内容广泛，以细、小见长。
2. 写法自由，不拘一格，形式多样。
3. 情感真挚，表达流畅，语言优美。

四、散文的线索

常见的有以下几种类型：以核心人物为线索、以核心事物为线索、以时间为线索、以地点为线索、以作者的情感变化为线索。

线索的类型及其在具体文章中的表现形式是多种多样的。有的文章线索单一；有的文章线索双重，或虚实结合，或纵横交叉，或一主一次，或平行发展。线索在文中的体现，大多在标题、开头、结尾和过渡段的段首、段尾等处。赏析一篇文章，把握文章的气势、整体脉络和思想倾向，常常是把握线索的关键。

五、散文的风格

散文的风格多种多样，例如：旷达、洒脱、婉约、豪放、瑰丽、奇崛、严谨、松弛……作者不同，文章风格会迥异；同一个作者不同时期的作品，风格也会有差异。把握文章的风格，一定要结合文章分析。脱离文本，很难体会深刻。

六、散文的写作技巧

对于在校学生而言，一般专业文学写作较少，最多的写作是考试作文，少数是参加征文比赛撰写文章。作文，即做文章，一般是写散文（记叙文或议论文），写小说的较少。这里仅给予简单的写作指导。

作文，因为需要在考场上、在规定时间内完成，所以也被称为"戴着镣铐跳舞"，这就对写作提出了更苛刻的要求。考生不但需按要求在规定时间完成，还必须写作有新意、有文采，才可能写出优秀作文来。

作文的形式通常有命题作文、半命题作文、话题作文、材料作文、看图作文等多种形式，其中以材料作文考试最多。特别是升学考试、教师资格证考试等几乎都是材料作文。

写作文的步骤通常有审题、立意、选材、行文几个环节。如果不是考场作文，而是参加征文比赛，最后还需要加上修改的环节。

写作文，除了避免跑题外，还要注意以下几点：

（一）仔细审题

1. 认真阅读材料，理解内容，总结核心含义，确定立意方向。
2. 审清体裁范围，确定写作文体。在文体不限的前提下，建议优先选择议论文或夹叙夹议文，这样能更直接地反映考生的思想水平、态度观点、逻辑能力等。
3. 审清题目要求，确定写作范围。作文范围要尽量小，如果范围过大、太宽泛，文章会显得空洞，不深刻。
4. 审清题目要素，找到题眼，确定文章写作重点。
5. 审清"写作要求"和"注意事项"。

（二）确定立意

文章立意很关键。立意要注意思想性：价值观正确，思想积极，格调高雅。切忌思想不健康、言论偏激、语言污秽，甚至违反国家大政方针、法律制度。

作文立意常表现为对人性讴歌、对感情抒发、对事件描述、对人物塑造等方面。可以体现高尚美好的生活情趣，反映兴趣爱好、文化修养、艺术造诣、时代风尚等内容。一句话，只要思想积极向上都可以入文。但不管从哪个角度，在符合作文要求的前提下，建议尽量选择自己最擅长、最容易表达的角度。

优秀作文的立意一定是新颖的，内容、形式、材料、语言等多方面都体现"新颖"二字。能够体现积极向上的人生态度，把"小我"融入社会的潮流中。采用以小见大的形式，展示社会风貌。

（三）精心选材

典型材料，意味着是最具代表性的材料。同样的作文题目，不同的材料会让作文在表现力上差别很大，原因之一是材料是否典型。比方说，同样写相思，如果写"每逢佳节倍思亲"就比普通日子的相思更典型，更具有代表性。

选择新鲜的材料、感人的材料、典型的材料是写好作文的前提。有些旧材料，与当前社会现实联系起来，或者选择一个新角度解读，也有耳目一新的效果。

（四）流畅行文

完成审题、立意、选材的步骤后，可以开始行文。行文要注意从材料出发，分析材料。还要注意与社会生活联系起来，文章最后升华主题，比如：文章最后提升到生命、人生、社会、国家、世界等层次上，会大大加深文章的内涵，提升文章的思想高度。因为作文时间有限，篇幅有限，宜采用"以小见大"的手法。不宜将作文题目起得过大过空、太笼统，那样，文章很难深入，思想不会深刻。作文的语言要准确、流畅，字迹清晰，符合题目字数要求，这些都是作文的基本要求。

范文赏析

【试题】阅读下面的材料，按要求作文。

游客们来到山脚下，这里流水潺潺，鸟语花香。游客问下山的人：上面有好看的吗？有人答没有，有人答有。

于是有人留在山脚赏景，有人继续爬山。来到山腰，这里古木参天，林静山幽。问下山的人：上面好看吗？有人答没啥好看的，有人答好看。

于是有人在山腰流连，有人继续攀登。来到山顶，只见云海茫茫，群山隐约。

请根据你对材料的理解和领悟，自选一个角度，写一篇不少于800字的文章，文体自定，标题自拟。要求：立意明确，不要套作，不得抄袭。

【范文】

人生处处皆风景

湖北考生

人生本是一片丰饶的森林，如季羡林所说："有深山大泽，也有平坡宜人；

有杏花春雨,也有塞北秋风;有山重水复,也有柳暗花明。"我们都是跋涉其中的寂寞旅人,观赏美景,探寻美景,为其寻寻觅觅,为其踏破铁鞋,殊不知人生处处皆风景。

千年前,王羲之修禊河畔,感叹:"向之所欣,俯仰之间,已为陈迹,犹不能不以之兴怀。"世事如此,人生中的美景也是如斯变幻。可有的人却懂得驻足,将此刻之美揽于怀抱。"高贵的单纯,静穆的伟大"是用来形容古希腊艺术的,也是罗念生先生一生最生动的写照。罗老将翻译和推广古希腊艺术作为自己终生的事业。哪怕在抗战期间颠沛流离,在"文革"期间顶着"反动学术权威"的罪名,在乱世的平房中,在间歇的警报声中,他依然笔耕不辍。当有人劝说他去争取头衔时,他只是淡淡地回应道:"我不要那个,那个是虚的。"我想这就是"匹夫不可夺志"的"志"吧!对于罗老,这"志"便是对古希腊艺术无与伦比的热爱。那爱琴海畔的明星化为他桌案前如豆的灯光,绵延至一生那么悠长,温柔地照拂他的生命,任何的闲言碎语、世事变幻都吹不熄这火光。

王安石在《游褒禅山记》中惋惜:"不得极夫游之乐也。"一路的坎坷与牵绊,外界的言语与压力确实会阻碍我们的步伐,可有人冲破藩篱,一路前行,穷尽精彩。曼德拉出生富贵之家,本该有安逸的生活,他却选择与种族歧视作斗争。风雨飘摇,也要紧抱梦想;身陷囹圄,也不忘自由。在就任总统期间,他解开了奴隶手上的镣铐,让南非人打破血缘与种族的桎梏,从此心心相连,福祸与共。总统任期满之后,面对民众的期盼,他毅然下台。是啊,愿意为梦想坐穿牢底的人,又岂会为了权力恋栈一天?他用人性的光谱描绘出南非天空美丽的彩虹,脚下的人民日升而作,日落而息,生活如此的平淡与恬静,幸福与长久。

孔子曾殷殷教诲:"君子食无求饱。居无求安,敏于事而慎于言,就有道而正焉,可谓好学也已。"古人求学,谨言慎行,可为真知驻足坚守,也可为真知不断探求。在知识的密林中停停走走,收获丰硕。而我们为何不将古人的求学之道运用于生活?该驻足时驻足,该前行时前行,只因人生的每个阶段都有风景。

在人生这片丰饶的森林里,处处都潜藏着美景与惊喜,我们需要驻足也需要前行,才能穷尽其中的寓意。

> 这篇文章切入角度精准,观点鲜明,条理清晰,首尾呼应。考生围绕"人生处处皆风景"立意,开篇即从季羡林的名言入题,引出观点,然后接引王羲之、王安石、曼德拉等人物素材,点出人生的风景需要驻足、前行,最后呼应开篇,重扣主题。文章夹叙夹议,语言流畅厚重,启人深思。

实训提升

1. 我们每个人心中都会有一些让自己感动的人和事。回想一下,你最受感动的人和事是什么?请以"感动"为话题写一篇作文,文体不限,不少于

800字。

2. 人们往往有这样的情况：经历过的一些事情，淡忘了，而某个细节，如一句话、一个动作甚至一个眼神却记得很清楚；读过的一些文学作品记不清了，而作品中的某个细节，或语言，或动作，或某个人物的肖像却记得很清楚。试以"令人难忘的细节"为题，写一篇记叙文。

3. 一个小学生把一个被自行车撞伤的老奶奶送进医院，小学生的母亲还为老奶奶垫付了医药费。老奶奶的家人却把小学生告上法庭，诬蔑小学生撞倒老人，要求小学生负事故的全部责任。法院理所当然地驳回原告，但小学生的心灵已受伤，他在日记中写道：我帮助别人，别人却到法院告我。我害怕，我想哭，不知雷锋有没有被人告过，他哭过吗？请你写一篇小作文，对小学生说一番话。

第三节 诗歌写作

案例导引

"听说了吗，张红，文学社要举办情诗比赛，你参加吗？"学前教育专业的李莉问她的同桌张红。

"是吗，情诗比赛？挺有意思！"张红有些心动。

"你有恋爱经验，有优势！"李莉打趣张红道。

张红有点不好意思，急忙说："可我不会写诗啊！"

"应该差不多吧，你语文学得不错。"李莉为张红打气说。

"那你会写？"张红反问李莉。

张红这一问把李莉问得犹豫了：她一向热衷于参加各项比赛，觉得大学期间多参加比赛对以后就业会有帮助。她参加过演讲比赛、征文比赛，这次情诗比赛也不想错过。只是自己以前确实没有写过诗，能行吗？李莉一下子陷入了纠结之中。

同学，你会写诗吗？提起写诗，你是不是感觉写诗很难，是遥不可及的事？

知识点击

一、诗歌与诗词的概念

诗歌是以富有节奏韵律的语言，形象地表现生活与情感的一种文学体式。

诗词是指以古体诗、近体诗和格律词为代表的中国古代传统诗歌，亦是汉字文化圈的特色之一。人们一般认为，诗较为适合"言志"，而词则更适合"抒情"。

我国古代传统诗词以唐诗宋词为代表。

人们在日常生活中经常将"诗歌"与"诗词"混用。从文学体裁角度说，"诗歌"里面包含"诗词"。

二、诗歌的分类

1. 按照内容分为：抒情诗、叙事诗、哲理诗。
2. 按照表现形式分为：古体诗、近体诗、新诗、散文诗。
3. 按照时代分为：古典诗歌、现代诗歌。
4. 按照地域分为：东方诗歌、西方诗歌等。

三、诗歌的特征

（一）语言方面

1. 语词

（1）丰富的词汇表达不同情感。例如，暮春的落花可以用"飞花、落红、落英、断红、残红"等多个词语表示，不同的词语感情色彩不同，给读者的感受不同。再如，黄昏可以用"夕照、晚照、残照、余晖、斜阳"等不同的词语表达，也是词语不同，感情色彩不同。

（2）叠字入诗。例如：杨柳依依、桃之夭夭、行行重行行……叠字入诗，除了产生音韵效果外，还会加强感情效果，增强表现力。

2. 构句

省略句子成分，使语句凝练。例如"鸡声茅店月，人迹板桥霜"。（温庭筠《商山早行》）这联诗只有名词，没有动词，也就是句子没有谓语，但是并不影响读者理解其含义，反而让诗句显得更凝练，更有想象空间。

再如马致远的《天净沙·秋思》："枯藤老树昏鸦，小桥流水人家，古道西风瘦马。夕阳西下，断肠人在天涯。"这首小令的前三句都是省略了谓语，只有主语（名词），或说意象。这种可以看作"意象叠加"现象。句子正是因为省略了成分，语义才更加凝练，更加有张力。

3. 语序

语序倒错是诗歌语言的常见现象。例如"竹喧归浣女，莲动下渔舟"一句，就是倒装句。正常语序应该为"浣女归竹喧，渔舟下莲动"。之所以要语序倒错，一是符合韵律、押韵的要求，二是突出要强调的意象。需要说明的是，句子成分可以省略，语序可以颠倒，但是意脉要相连，不能中断。

4. 节奏和韵律

诗和乐是天然合一的。古代的乐府、诗歌、词都可以唱，不能唱的可以吟诵。这就是诗歌的特点。例如李白的《静夜思》:"床前明月光,疑是地上霜。举头望明月,低头思故乡。""光""霜""乡"都是押韵的,吟诵起来具有节奏和韵律的美感。

有人可能会问,很多现代诗并不押韵,该怎么解释?现代诗歌中确实有的不押韵,但是诗歌语言是富有节奏的,也是具备美感的。

5. 语言的张力

诗歌语言具有张力,是很重要的特征。"张力"最早是一个物理名词,是指物体在受到拉力作用时,存在于其内部的一种相互牵引的力。后来诗歌借用"张力"这个词语,表示诗歌内部构造之中蕴含着彼此对立或同向的作用力,撕扯诗歌内部结构,使之呈现一种紧张的情势,在静态中包含一种平衡的动态。诗歌内部诸种能动的二元对立所产生的张力,使诗歌内部诸要素精确地落位于某种美学序列中,并由此形成一个有机的统一体。在中国古典诗歌中,宋人王籍《入若耶溪》中的"蝉噪林逾静,鸟鸣山更幽"句便是"张力诗学"的典范。此句中,"蝉噪"/"林静"、"鸟鸣"/"山幽"分别是"动/静"的二项式,"动""静"之间语义背离,形成两极,但两极间的相互作用相反相成,营造出一个动中有静的新意境。

(二) 内容方面

1. 意象与意境

意象是为了传达诗人心中的情感和体验而在外部世界找到那个客观对应物。可以简单地理解为"表意之象"。例如,古典诗歌常用的意象月亮,代表思念、相思、团圆等含义。

意境是指文艺作品中描绘的生活图景与所表现的思想情感融为一体而形成的艺术境界。可以简单地理解为"意中之境"。意境的主要特点是景中有情,情中有景,情景交融。

意象与意境的异同点:

相同点:都以"意"为前置词,都要含"意"方能构成。

不同点:意象概念外延小,是个体;意境概念外延大,是整体(集体)。意象是单独事物,意境是情景、境界。如果把意象比喻成点,那么意境就是面;如果把意象比喻成素材,那么意境就是文章。总之,意境由多个意象构成。从审美角度上说,意象讲求丰富性,意境讲求深刻性。

2. 强烈抒情

抒情是诗歌的重要特征,尤其是抒情诗,比起叙事诗,抒情特征更明显。郭沫若曾经说过:"诗的本质在抒情。"英国诗人华兹华斯也曾经说过:"一切好诗都是强烈感情的自然流露。"例如辛弃疾的《永遇乐·京口北固亭怀古》就是诗人登临北固亭,凭高望远,抚今追昔,感叹报国无门写下的名篇,抒发了诗人强烈的怀才不遇之感。

3. 大胆想象

大胆想象，会给诗歌留下丰富的想象空间，在诗歌里经常见到。这一点在古代浪漫主义诗人笔下最为常见。例如李白的《望庐山瀑布》："日照香炉生紫烟，遥看瀑布挂前川。飞流直下三千尺，疑是银河落九天。"诗人通过夸张的修辞手法，大胆想象，让诗歌的意境更深邃。

4. 象征、隐喻和暗示

象征、隐喻和暗示，也是诗歌最突出的特征。例如戴望舒的《雨巷》就使用了象征手法。《雨巷》中狭窄阴沉的雨巷，在雨巷中徘徊的独行者，以及那个像丁香一样结着愁怨的姑娘，都是象征性的意象，分别比喻了当时黑暗的社会，在革命中失败的人和朦胧的时有时无的希望。这些意象又共同构成了一种象征性的意境，含蓄地暗示出作者既迷惘感伤又有期待的情怀，并给人一种朦胧而又幽深的美感。

古典诗词也有象征或隐喻，例如于谦的《石灰吟》，就托物言志，用石灰来象征诗人自身的高洁品质。辛弃疾的《摸鱼儿·更能消几番风雨》中"玉环飞燕皆尘土"，就隐喻那些在皇帝面前得宠之人迟早都会像玉环、飞燕一样变成尘土。

象征、隐喻等手法往往是因为某种原因不便明说，但是客观上让诗词变得更含蓄，更深刻，更富有感染力。需要说明的是，象征、隐喻、暗示的手法不仅存在于诗歌中，其他文体中也有，比如杂文、小说等都会采用。例如，鲁迅的杂文很多具有象征意义，或使用了隐喻手法。

（三）形式方面

形式方面主要就近现代诗歌而言。近现代诗歌的形式具有以下几个特征：

1. 分行排列

从诗歌的外在形式上看，分行排列是非常明显的特征，这也是最容易判断诗歌体裁的标志之一。尤其是现代诗，内容可能很长，也可能没有古诗词那样严格的押韵，但一眼能够判断它是诗歌的原因就是诗句分行排列。

2. 建筑美

"三美"理论是新月派的新诗主张，由闻一多最先提出。"三美"即音乐美、绘画美、建筑美。"三美"理论奠定了新格律诗派的理论基础，在一定程度上克服并纠正了五四运动以来白话新诗过于松散、随意等不足，对中国现代新诗的健康发展做出了特有的贡献。具体而言，"音乐美"强调"有音尺、有平仄、有韵脚"；"绘画美"强调辞藻的选择要秾丽、鲜明，有色彩感；每一句诗都可以形成一个独立存在的画面；"建筑美"强调"有节的匀称，有句的均齐"。其中，"建筑美"就是近现代诗歌形式的一个特征。

至于古典诗歌的形式，主要侧重规范性的要求。例如：绝句、律诗，要求字数、对仗非常严格。词要符合词牌要求，不能多字，也不能少字。

四、诗歌的写作技巧

1. 捕捉灵感,创造诗歌形象。灵感常如昙花一现,非常美丽,但存留时间很短。要善于捕捉灵感,及时书写下来,通过诗歌语言,塑造诗歌形象。

2. 运用形象思维,大胆想象。诗歌的语言通常比较浪漫,有很大的想象空间,要善于想象,扩大诗歌的张力。

3. 诗歌是情感、情绪的表达,要自然流露。优秀的诗歌一定是感情充沛、情感细腻的。

4. 构思精巧,语言精练。诗歌的构思要精、巧、奇,不能臃肿、拖沓,诗歌语言要有美感,合乎韵律要求,言简意赅。

5. 诗歌写作多用象征、比喻、夸张、引用典故等修辞手法,使文辞俊美。

6. 古诗词与现代诗词的写作要求不一样,写作时要有区别。

范文赏析

一剪梅·红藕香残玉簟秋

[宋]李清照

红藕香残玉簟秋。轻解罗裳,独上兰舟。云中谁寄锦书来,雁字回时,月满西楼。

花自飘零水自流。一种相思,两处闲愁。此情无计可消除,才下眉头,却上心头。

> 宋徽宗建中靖国元年,也就是1101年,18岁的李清照嫁给赵明诚,婚后两人感情甚笃,有共同的兴趣爱好。后来李清照的父亲李格非在新旧党争中蒙冤,李清照也受到株连,被迫还乡,与丈夫暂时别离。这首《一剪梅》就是那个时期写的,抒发了词人的相思之情。词的上片主要写景物,下片主要抒情。这首词的意象很多,藕花(荷花)、玉簟、罗裳、兰舟、锦书、大雁、月亮、西楼、落花、流水。诗人调用视觉(红色)、嗅觉(香)、玉簟秋(秋寒)等多种感官进行描写,反映出词人高超的写作技巧。"一种相思,两处闲愁"二句,在写自己的相思之苦、闲愁之深的同时,由己身推想到对方,深知这种相思与闲愁不是单方面的,而是双方面的,以见两心之相印。"此情无计可消除",紧接这两句。正因人已分在两处,心已笼罩深愁,此情就当然难以排遣,而是"才下眉头,却上心头"了。最后这句词别出巧思,以"才下眉头,却上心头"这样两句来代替"眉间心上,无计相回避"的平铺直叙,给人以耳目一新之感。这里,"眉头"与"心头"相对应,"才下"与"却上"成起伏,语句结构十分工整,表现手法也十分巧妙,因而就在艺术上有更大的魅力。

实训提升

请你完成本节案例导引中李莉和张红两位同学的任务,参加文学社举办的诗歌比赛。要求:(1)至少提交一首诗作;(2)体裁不限,可以写古代诗歌,也可以写现代诗歌;(3)内容不限范围,可以写爱情、亲情、友情;(4)字数不限;(5)必须原创,不得抄袭。

第四节 小说写作

案例导引

"老师,我写了一篇小说,您能帮我看看吗?"

"你写的是哪一类的小说?"老师好奇地问该女生。

"网络小说,我给一个网络平台写小说。"女生有几分骄傲地说。

"我写的是古装穿越武侠小说,里面的古语用法您给看看合适不?"女生进一步说明了自己的需求。

当天晚上,老师打开了女生的邮件,看到了小说,感受……一言难尽。小说里面用得最多的一个词是"吾辈",其他的与古汉语没有关联;故事情节复杂、曲折,但内容在逻辑上有些混乱。想象力很丰富,古代现代穿梭……

看完女生的小说,老师陷入了沉思:一个学生用文字堆砌起来的"网络小说",算真正意义上的小说吗?

知识点击

一、小说的概念

小说是一种以刻画人物形象为中心,通过完整的故事情节和环境描写来反映社会生活的文学体裁。

二、小说的形成与发展

"小说"一词最早出现于《庄子·外物》:"夫揭竿累,趣灌渎,守鲵鲋,其于得大鱼难矣;饰小说以干县令,其于大达亦远矣。""县"乃古"悬"字,高也;"令",美也;"干",追求。这句话的意思是说举着细小的钓竿钓绳,奔走于灌溉用的沟渠之间,只能钓到泥鳅之类的小鱼,而想获得大鱼可就难了。靠修饰琐屑的言论以求高名美誉，那和玄妙的大道相比，可就差得远了。庄子认为"小说"即"琐屑之言，非道术所在""浅识小道"，也就是琐屑浅薄的言论与小道理之意，正是小说之为小说的本来含义。

东汉班固在《汉书·艺文志》中写道："小说家者流，盖出于稗官。街谈巷语，道听途说者之所造也。"这是史家和目录学家对小说所做的具有代表性的解释和评价。班固虽然认为小说仍然是小知、小道，但从另一角度触及小说讲求虚构、植根于生活的特点。

也就是说，小说起源于先秦的街谈巷语，是一种小知小道的纪录。魏晋南北朝时期，出现了志人小说和志怪小说。到了唐代，又出现了唐传奇和笔记小说，它们都属于文言小说。宋朝则出现了"话本"，故事的取材来自民间，主要表现了百姓的生活及思想意识，属于白话小说，它对后来的小说发展影响很大。到了明清时期，小说兴盛繁荣起来，一跃成为明清时期文学成就最高的文学形式，有大量小说出现。其中的"古典四大名著"（《三国演义》《西游记》《水浒传》《红楼梦》），不但是长篇章回小说的优秀代表，而且被视为古典小说创作的最高成就。

近代前期，小说数量很多，但是整体质量不佳，呈现衰败景象；近代后期，在"小说界革命"的推动下，"新小说"大量涌现，其中包含著名的"四大谴责小说"。到了1917年以后，随着"新文化运动""白话文运动"的开展，小说又开启了新局面。鲁迅在1918年创作了第一篇白话文小说《狂人日记》，之后，众多白话文小说作家涌现出来，白话文小说开始蓬勃发展起来。从时间上看，可以称之为"近现代小说"。而当代作家所写的小说，则称为"当代小说"。

从新文化运动至今，小说大致可分为四个时期：

第一时期为民国时期，即1949年以前，是小说的多元文艺复兴阶段。这个时期，社会各种思潮流行，舶来文化冲击传统文化，中国小说的发展呈现多元化，各类小说题材涌现，鸳鸯蝴蝶派的小说一度很流行，成为后来言情小说的发端。

第二时期为中华人民共和国后到"文革"结束，即1976年以前，是小说的阶级斗争阶段。这一时期的大陆小说带有明显的政治倾向。而同时期的港台，武侠小说和言情小说发展起来，分别以金庸和琼瑶为代表。

第三时期为改革开放后二十多年的时期，是小说的反思和蜕变阶段。这一时期的大陆小说展现了强劲的生命力，"文革"结束，对外开放，知识分子思想解放，对过去的反思，对未来的向往，传统和新时代的撞击，使得小说界出现欣欣向荣的勃勃生机。以莫言、贾平凹、陈忠实等为代表的"文革"后作家，在此期间创作了许多经典作品。莫言更是凭借在此期间创作的文学作品和影响力，在2012年获得中国第一个诺贝尔文学奖。

第四时期为21世纪初至今，是网络小说的迅速发展阶段。随着网络普及，网络文学的出现颠覆了传统的书写和传播模式，使小说的发展更加多元，"80后""90后"的生力军开始步入文坛并展现了惊人的创作能力。

三、小说的分类

1. 按照语言的古今形式划分，可以分为文言文小说和白话文小说。
2. 按照年代划分，可以分为古典小说和现代小说。
3. 按照篇幅长短划分，可以分为微型小说、短篇小说、中篇小说、长篇小说。
4. 按照小说内容题材划分，可以分为神话小说、武侠小说、侦探小说、历史小说、言情小说、科幻小说、玄幻小说等。
5. 按照小说的风格流派划分，可以分为古典主义小说、现实主义小说、浪漫主义小说、批判现实主义小说、魔幻现实主义小说、自然主义小说、意识流小说、表现主义小说、新小说等。
6. 按照小说的表现形式划分，可以分为书信体小说、日记体小说、对话体小说、自传体小说等。
7. 按照小说的创作进度与发表形式划分，可以分为连载小说、全本小说等。

四、小说"三要素"

小说"三要素"简单来说是指人物、情节和环境。人物指人物形象，情节指故事情节，环境包括自然环境和社会环境。

1. 人物形象

人物的核心是思想性格，人物描写的角度有正面描写和侧面描写。正面描写包括外貌、语言、动作、神态、心理等；侧面描写通常以他人或事物来反映该人物，又叫侧面烘托。

2. 故事情节

故事情节是指作品所描写的事件发展、演变的全过程。故事情节的一般结构：（序幕）—开端—发展—高潮—结局—（尾声）。故事情节来源于生活，是现实生活的提炼，它比现实生活更集中，更有代表性。

3. 环境描写

环境描写是指对人物活动的环境和事情发生的背景进行描写。环境描写分为自然环境和社会环境。自然环境描写是指对人物活动的时间、地点、季节、气候及花草鸟虫的描写，作用是渲染故事气氛、烘托人物形象、推动情节发展、暗示社会环境、深化作品主题；社会环境描写是指对人物活动的具体背景、处所、氛围以及人际关系等进行描写，作用是交代人物的生存环境、人物的社会关系及作品的时代背景。

五、小说的叙事方法

常见的有顺叙、倒叙、插叙、补叙、分叙（平叙）等。

六、小说刻画人物的方法

常见的有心理描写、动作描写、语言描写、外貌描写，或者说正面描写、侧面描写等。

七、小说常见的线索

1. 人物线索（或者说人物视角）。比如《林黛玉进贾府》就是通过林黛玉进贾府这个事件，从林黛玉的视角来一一介绍贾府的各色人等及贾府的建筑布局的。
2. 事件线索。这类文章往往通过事件的产生、发展、高潮等故事情节来塑造人物形象、反映作者的思想倾向。
3. 时间线索。指通过时间推移来记叙文章内容。
4. 空间线索（或地点线索）。这类小说通常是通过空间变换来发展故事情节。
5. 感情线索。主要是通过人物感情来串联故事内容，为文章确定感情基调。
6. 景物或物品线索。通常这类文章中的"物"会有某种象征意义，会多次出现在文中。或者"物"本身是连接故事情节的主要意象。

八、小说的语言

小说语言的一般特点是：具体、生动、形象、富于想象、细腻、真挚、唯美、有感染力。常常运用修辞手法，让语言更富有表现力。至于具体某一篇小说，其特点与作者的语言习惯有直接关系。

九、小说的写作技巧

小说写作因篇幅不同（长篇、中篇、短篇、微型小说等），写作手法会不同；也会因为题材不同（爱情小说、武侠小说、侦探小说、科幻小说等），写作手法不同；甚至会因为作者的性别、身份、年龄等因素，写作手法呈现出不同。对于在校大学生而言，如果进行小说创作，一般多为中短篇，青春题材、校园题材等居多。这里仅仅从广义的角度做简单指导。

1. 小说写作要善于谋篇布局，做好铺垫和伏笔，让小说的故事情节更曲折，更有吸引力。
2. 小说情节的发展离不开矛盾冲突，要善于从主动和被动两个角度给予剧情发展的推动力，让小说发展合乎事理。结局最好"情理之中，意料之外"，读起来会回味无穷，富有想象。

3. 选择最优的叙事顺序。正叙、倒叙、插叙、补叙、并叙等叙述方式很多，选择最能吸引读者往下阅读的叙述方式，吊足读者阅读的胃口。

4. 故事线索要清晰，要起到导引作用。可以是明线，可以是暗线，也可以明暗交织，但是不能混乱，让人费解。

5. 注重描写，要善于用多种手法（肖像描写、语言描写、行动描写、心理描写）刻画人物形象，描述故事环境，渲染故事气氛。

6. 适当抒情或议论，会加强小说的表现力。

7. 小说要立意新颖，选材要典型，语言要生动形象。

8. 小说三要素——人物、情节和环境，都要明确。小说来源于生活，高于生活，所以，要强调典型性，写作时应特别注意这一点。

范文赏析

《红楼梦》（节选）
曹雪芹

一语未了，只听后院中有人笑声，说："我来迟了，不曾迎接远客！"黛玉纳罕道："这些人个个皆敛声屏气，恭肃严整如此，这来者系谁，这样放诞无礼？"心下想时，只见一群媳妇丫鬟围拥着一个人从后房门进来。这个人打扮与众姑娘不同，彩绣辉煌，恍若神妃仙子：头上戴着金丝八宝攒珠髻，绾着朝阳五凤挂珠钗；项上带着赤金盘螭璎珞圈；裙边系着豆绿宫绦，双衡比目玫瑰佩；身上穿着缕金百蝶穿花大红洋缎窄裉袄，外罩五彩刻丝石青银鼠褂；下着翡翠撒花洋绉裙。一双丹凤三角眼，两弯柳叶吊梢眉，身量苗条，体格风骚，粉面含春威不露，丹唇未启笑先闻。黛玉连忙起身接见。贾母笑道："你不认得他。他是我们这里有名的一个泼皮破落户儿，南省俗谓作'辣子'，你只叫他'凤辣子'就是了。"黛玉正不知以何称呼，只见众姊妹都忙告诉他道："这是琏嫂子。"黛玉虽不识，也曾听见母亲说过，大舅贾赦之子贾琏，娶的就是二舅母王氏之内侄女，自幼假充男儿教养的，学名王熙凤。黛玉忙陪笑见礼，以"嫂"呼之。这熙凤携着黛玉的手，上下细细打谅了一回，仍送至贾母身边坐下，因笑道："天下真有这样标致的人物，我今儿才算见了！况且这通身的气派，竟不像老祖宗的外孙女儿，竟是个嫡亲的孙女，怨不得老祖宗天天口头心头一时不忘。只可怜我这妹妹这样命苦，怎么姑妈偏就去世了！"说着，便用帕拭泪。贾母笑道："我才好了，你倒来招我。你妹妹远路才来，身子又弱，也才劝住了，快再休提前话。"这熙凤听了，忙转悲为喜道："正是呢！我一见了妹妹，一心都在他身上了，又是喜欢，又是伤心，竟忘记了老祖宗。该打，该打！"又忙携黛玉之手，问："妹妹几岁了？可也上过学？现吃什么药？在这里不要想家，想要什么吃的、什么玩的，只管告诉我;丫头老婆们不好了,也只管告诉我。"一面又问婆子们:"林姑娘的行李东西可搬进来了?带了几个人来?你们赶早打扫两间下房,让他们去歇歇。"

说话时,已摆了茶果上来。熙凤亲为捧茶捧果。又见二舅母问他:"月钱放过了不曾?"熙凤道:"月钱已放完了。才刚带着人到后楼上找缎子,找了这半日,也并没有见昨日太太说的那样的,想是太太记错了?"王夫人道:"有没有,什么要紧。"因又说道:"该随手拿出两个来给你这妹妹去裁衣裳的,等晚上想着叫人再去拿罢,可别忘了。"熙凤道:"这倒是我先料着了,知道妹妹不过这两日到的,我已预备下了,等太太回去过了目好送来。"王夫人一笑,点头不语。

> 选文是曹雪芹《红楼梦》中林黛玉初见王熙凤的片段。文中通过外貌描写、语言描写生动地刻画出王熙凤在贾府中有权势、有威严、有心机,能言善辩,卓尔不群的形象。王熙凤是文学经典形象之一。《红楼梦》以贾、史、王、薛四大家族的兴衰为背景,以贾宝玉与林黛玉、薛宝钗的爱情婚姻悲剧为主线,描绘了一批举止见识出于须眉之上的闺阁佳人的人生百态,展现了真正的人性美和悲剧美,对腐朽的封建统治阶级和行将崩溃的封建制度做了有力的批判,揭露了封建制度必然走向覆灭的历史趋向。通过《红楼梦》,读者可以从知识、审美、伦理、精神等多角度获得提升,感受文学的力量。

实训提升

1. 复习本节课的内容,掌握小说的基础知识。

2. 阅读一篇(本)小说,跟同学讲述小说里面的故事情节,并分析里面主要的人物形象。

3. 尝试写一篇短篇小说。如果能与同学结组更好,两人写完后相互交换阅读,为对方提出修改意见或建议。

第五节 戏剧写作

案例导引

这是某学院文学社的一次讨论:

指导老师:"小吴,你们几个社团干部谋划一下,拍摄一个微电影怎么样?内容就是大学校园生活。"

社长小吴:"现在人们都喜欢看短视频,微电影很受欢迎。"

指导老师:"希望你们拍出来的视频要不同凡响,至少让人感觉有创意、有文采。能拍摄微电影的话,就比一般的短视频强多了。"

社员小张:"微电影也是电影,可比拍抖音或者快手视频复杂多了。"

指导老师:"微电影的要求比电影一点不低,从剧本到演员,之后拍摄,最后剪辑制作,是一个系统工程,每个环节都需要考虑周全。"

社长小吴:"我们要拍摄微电影的话,得写剧本、选演员、拍摄……"

社员小甄:"谁会写剧本啊?第一个问题来了,没有剧本,就谈不上下面的拍摄环节了。"

指导老师:"剧本就难倒你们了?你们的高中课本不是介绍过戏剧吗?"

社长小吴:"戏剧接触少,更不要说写剧本了……"

知识点击

一、戏剧的概念

戏剧,指以语言、动作、舞蹈、音乐、木偶等形式达到叙事目的的舞台表演艺术的总称。文学上的戏剧概念是指为戏剧表演所创作的脚本,即剧本。戏剧是由演员扮演角色在舞台上当众表演故事的一种综合艺术。

二、戏剧的起源与发展

戏剧的起源实不可考,目前有多种假说。比较主流的看法有两种:一种是来源于原始宗教的巫术仪式;另一种是劳动或庆祝丰收时的即兴歌舞表演,这种说法主要依据是古希腊戏剧,它被认为是起源于酒神祭祀。

西方戏剧,人们普遍认为最早的形式是古希腊悲剧,而古希腊悲剧是源于古希腊城邦的狄俄尼索斯(Dionysus)的崇拜仪式。就西方的定义来说,中国没有"话剧"的传统。不过在讨论中国戏剧时,一般不以严格的定义划分,将中国古代的戏曲归入戏剧的大类。

中国戏曲的根源可以追溯到先秦到汉代的巫觋仪式。宋代时期,南戏开始发展,有了完备的戏剧文本,现存最早的中国古代戏剧剧本就是南宋时的《张协状元》。元代时以大都、平阳和杭州为中心,元杂剧非常繁盛。在后世,就形成了诸多戏曲形式,也就是不同的剧种。明代昆曲大发展,使得传奇剧本成为一种新的主流文学形式。随后昆曲又得到晚明和清代宫廷皇室的喜爱,成为贵族生活的一部分,成为获得官方肯定的戏剧艺术,称为"雅";而以各地方言为基础的地方戏,广受民间喜爱,则称"花"。于是在清代形成了"花雅之争",这也说明了戏曲发展繁荣的局面。

清代乾隆五十五年(1790)起,原在南方演出的三庆、四喜、春台、和春四大徽班陆续进入北京,与来自湖北的汉调艺人合作,同时接受了昆曲、秦腔的部分剧目、曲调和表演方法,又吸收了一些地方民间曲调,通过不断的交流、融合,最终形成京剧。后来京剧流播全国,影响甚广,有"国剧"之称。以梅兰芳命名的京剧表演体系被视为东方戏剧表演体系的代表,为世界三大表演体系之一。京剧是中华民族传统文化的重要表现形式,其中的多种艺术元素被用作中国传统文化的象征符号。

虽然中国的戏曲种类很多,但在今天,整体而言,戏曲的传承与发展还是面临很多问题,时代的发展,电影、电视、互联网的发展,都冲击着传统的戏剧,当然与戏曲自身发展也受多种因素影响有关。

三、戏剧的分类

1. 按容量大小,可分为多幕剧、独幕剧和小品。
2. 按表现形式,可分为话剧、歌剧、舞剧、音乐剧、戏曲、木偶戏、皮影戏等。
3. 按题材,可分为神话剧、历史剧、传奇剧、市民剧、社会剧、家庭剧、科学幻想剧等。
4. 按戏剧冲突的性质及效果,可分为悲剧、喜剧和正剧(也称为悲喜剧)。
5. 按照国别或地域划分,可以分为西方戏剧、中国戏曲、印度梵剧、日本能乐、歌舞伎等。

四、戏剧的要素

1. 剧本。剧本是为戏剧表演所创作的脚本,是戏剧演出的基础,直接决定了戏剧的艺术性和思想性。
2. 演员。演员的表演艺术居于中心、主导地位,它是戏剧艺术的本体。
3. 舞台。舞台是演出的场所,也是必备的要素。
4. 造型艺术。主要指布景、灯光、道具、服装、化妆。对演员塑造舞台形象起辅助作用。
5. 音乐。主要指戏剧演出中的音响、插曲、配乐等,在戏曲、歌剧中,还包括曲调、演唱等。
6. 舞蹈。主要指舞剧、戏曲艺术中包含的舞蹈成分,在话剧中转化为演员的表演艺术。
7. 观众。观众对于戏剧来说也很重要。没有了观众,戏剧就没有了表演价值。

五、戏剧的语言

戏剧语言包括人物语言和舞台说明。

1. 人物语言,也叫台词(戏曲称之为"念白")。台词,就是剧中人物所说的话,包括对白、独白、旁白等。剧本主要是通过台词推动情节发展,表现人物性格的。因此,台词语言要求能充分地表现人物的性格、身份和思想感情,要通俗自然、简练明确,要口语化,要适合舞台表演。

2. 舞台说明，又叫舞台提示。它是剧本语言不可缺少的一部分，是剧本里的一些说明性文字。一般出现在每一幕（场）的开端、结尾和对话中间，常用括号（方括号或圆括号）括起来。包括剧中人物表，剧情发生的时间、地点、服装、道具、布景以及人物的表情、动作、上下场等，这些说明对刻画人物性格和推动戏剧情节发展有一定的作用。舞台说明的语言要求写得简练、扼要、明确。

六、戏剧的特点

戏剧将众多艺术形式以一种标准聚合在一起，这些形式包括：诗、乐、舞。诗指文学，乐指音乐伴奏，舞指表演。此外还包括舞台美术、服装、化妆等方面。同时，戏曲以唱、念、做、打为基本手段，几乎将各类表演艺术成分集于一台。戏曲演员必须掌握"四功五法"（"四功"即唱、念、做、打，"五法"即口、手、眼、身、步）。

公元前4世纪，亚里士多德就曾经在《诗学》中说过：一切艺术都是模仿，戏剧是对各种生物的行动的模仿。模仿说后来成为认定戏剧本质的一种重要观点。

七、剧本的写作技巧

由于时代发展，大众娱乐方式的多元化以及人们的兴趣爱好变化等，年青一代对戏剧了解得普遍比较少，看剧本很少。不但戏剧剧本看得少，连电影、电视剧的剧本也看得少，而是直接看表演作品。最近几年，网络上短视频快速兴起，很多人纷纷加入拍摄短视频的行列。优秀的短视频拍摄离不开脚本，即简单的拍摄剧本。因此，同学们要跟上自媒体时代的潮流，就有必要了解一点剧本写作的基本技巧。这里，仅仅谈几个要点：

1. 剧本写作要统筹考虑主题思想、故事走向、人物关系、情节高潮，让故事紧凑、有吸引力，不能是想到哪写到哪，毫无计划。

2. 写作态度要端正，剧情设计要契合主题思想。剧本要传递正能量，不要宣传低级、庸俗、迷信、暴力、色情等不符合社会主义核心价值观的内容。

3. 主题要鲜明，不能贪多。如果在一个剧本中想表达的内容过多，往往会导致重点不突出，结构混乱。

4. 剧本中的角色冲突很重要，要制造故事矛盾，形成剧情高潮。

5. 掌握蒙太奇的写作手法。蒙太奇，简单来讲，就是同一时间展示不同空间的画面。这样会增强剧本的表现力，让故事叙述不单调。

6. 运用剧本语言和写作手法，切记不能把剧本写成小说。剧本和小说分属两种艺术形式，二者是有鲜明区别的，不要把剧本写成了小说。

7. 剧本最终需要演出，所以剧本语言要适于表演，主要是口语。

8. 剧本的故事枝节太多，容易造成混乱。特别是初学者，写剧本时，建议人物不要太多，剧情也不宜太复杂。特别是写短视频剧本，因为时间有限，内容不能太长，故事情节就更不能臃肿、拖沓。

9. 剧本的格式要规范，交代清楚场次、人物、时间、地点、动作、道具等。

10. 剧本要考虑表演、拍摄等多种因素，如果剧本写得脱离实际，表演很难完成，或者拍摄很难做到，那么就失去了它的实用价值。

范文赏析

青春你好吗①（节选）

人物：大桥、小奥、老杨、小潘、高豆豆、丸子、小宋

第一幕第一场

[画外] 各位新同学，欢迎你们来到阳光大学，请大家在门前的接待处报到后，领取被褥及军训用品，按照表格查询所在寝室。

[现场报到场景，小奥穿着老气上，大桥、老杨在收拾东西。小奥热情地与各位打招呼]

老杨：（费解，站起来谦恭地）叔叔好！

小奥：（难堪地）啥叔叔啊，我是和你分到一个寝室的同学！（大桥、老杨相视大笑）我叫小奥，你俩咋称呼？

老杨：叫我老杨。

大桥：叫我大桥就行了。

小潘：（拿着行李上，身着土里土气，一口乡音）这个是267寝室吗？

大桥：是呀，你是？

小潘：（边放行李边说）我是四号床的小潘。车晚点了，这不，刚到。

老杨：（接行李）你一个人来的？

小潘：是啊，我家里那边农活太忙，自己来的。

[有人在窗下喊小奥]

小奥：哎呀！快走吧，没事啊，都安排好了，行了行了，晚上给你俩打电话！

大桥：谁啊？

小奥：我那老爹老妈，没事没事，咱们哥几个以后的幸福生活就要开始了！

小潘：我说，咱们快收拾吧，一会楼下大妈该催我们了。

大桥：不用啊，不急不急！小奥说得对啊，今天开始咱们就是室友了，总得庆祝庆祝啊！走走！

小奥：哎！

大桥：怎么？别说你不去！

小奥：我刚才进门的时候看到校门口后身有一家卖鸡架的不错，要不咱们去那儿解决解决？

老杨：好啊！

---

① 资源来源：https://www.docin.com/p-2096701535.html

大桥：走着！

[小潘犹豫，跟下]

……

第四幕

[小臭自己在舞台上，愤怒地把书本摔在地上，大桥、小潘跑上]

小潘：小臭，你干吗啊？

小臭：不学了，回家！

大桥：怎么不学了，因为啥啊？

小臭：我每天起得最早，睡得最晚。苦巴巴地学了一年，为啥就没考上呢！

大桥：小臭，你就英语差5分，再奋斗一年，明年肯定能考上！

[丸子、豆豆上]

丸子：几位，干吗呢？干吗呢？快过来！豆豆姐被国家电网录取了！

大桥：真的？

丸子：小臭，你怎么了？

小臭：（沮丧地）你看看，豆豆找到了好工作，丸子去北京，小潘当老师，这大桥的小说也快出版了，再看看我！

[沉默]

豆豆：小臭，你别总妄自菲薄啊！考研也需要勇气，坚持下来，本身就是一种胜利。

大桥：奋斗一年，明年再战！

小潘：对，奋斗一年，明年再战！

[小宋上场，路过]

小宋：怎么将充分条件变成必要条件……

大桥：这不是当年我背过的一道题吗，这是大一的孩子吧？

[小臭出列]

小臭：小宋！

小宋：呀，小臭哥，好久不见啊，你考研怎么样啊？

小臭：英语差了五分。

小宋：那……

[众人面面相觑]

小臭：（爽朗地）没关系，奋斗一年，明年再战！

[众人高兴地围过来]

小宋：小臭哥，好样的！

小臭：小宋，你干吗去啊？

小宋：我去自习啊，小臭哥，我以后也跟你学，也考研！

小臭：好！

大桥：老杨呢？

[众人议论，老杨上]

第七章 文学写作

大桥：哎！老杨！告诉你个好消息，高豆豆……
老杨：兄弟们，我可能要走了。
大桥：走？
老杨：昨天晚上，家里人给我打电话，说给我办好了出国的手续。
小奥：啊？去哪啊？
老杨：美国。
[都相信是真的，沉默]
小奥：你怎么不早说！你还认我们这些兄弟吗？
老杨：小奥！我们在一起四年，这是我这辈子最开心的四年，因为有你们这些朋友。
[众人定格]
九子：同学们，我们就要离开学校了，我们再也不是学生，再也没有白天听课、晚上上自习的日子了！我不舍，但我不难过，我只希望学生时代的最后几天不留遗憾！
大桥：青春，太多的身不由己，青春，太多的甜美回忆。也许我们在银丝白发、默默老去的某一天里会想起某个人、某一段日子。让我们笑，让我们流泪，让我们静静怀念，我们的青春，或许从来就没有离去，也或许，才刚刚开始……青春，你好！你好，青春！
众人：（渐渐地）青春，你好！你好，青春！青春，你好！你好，青春！青春，你好！你好，青春！
[音乐起，《青春纪念册》第二段副歌部分]
剧终

> 《青春你好吗》是网络作品，展现的是大学生从新生入学到毕业各奔前程的几个生活、学习片段，非常有青春气息。讲的是一群年轻大学生的故事，更是整个大学生群体的写照。对于在校大学生而言，他们很容易产生感情共鸣。剧本脉络清晰，人物不多，故事简单，比较适合短剧拍摄。喜欢拍摄微电影或短视频的同学可以参考学习，自己创作剧本，自己组织拍摄，一定非常有意义。

实训提升

撰写一部微电影的剧本，题材不限，字数不限。要求符合剧本格式，内容完整，思想积极，杜绝抄袭。

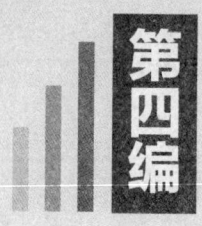

第四编 语言表达能力提升

第八章 语言表达概述

语言表达指的是人与人之间在社会交往活动中所表现的语言艺术或才能,即善于用准确、贴切、生动的语言表达自己的思想、意愿的一种能力。

第一节 语言表达的特征

一、目的明确,思路清晰

社交时有效的沟通应该是有的放矢的,沟通最好是先征求对方的意见,使双方都清楚需要沟通的内容。在沟通的过程中尽量保持思路清晰,恰当运用谈话方式和说话语气,力求措辞明确,还要注意感情上的微小差别。

二、讲究用语,彬彬有礼

要想与人交际,建立起良好的关系,语言一定要文明优雅。平时多说一些约定俗成的敬语。比如:您好,初次见面请多关照,很高兴认识您。认识您是我的荣幸。而且多用商量的口吻,少用命令的语气和语调,以显示彬彬有礼,给交往者留下美好的第一印象。

三、掌握分寸,措辞得当

一是要有角色意识,二是要顾及他人,三是要考虑措辞。

与人交谈时,一定要有角色意识,说话要与自己的身份角色相符,遵循长幼有序、有礼的原则,长辈需谦和、正派,晚辈需谦卑、尊敬。明确自己担负的责任,意识到社会及他人对自己行为的期待,并努力用自己的行动去实现,这样的交流,既显示了自己的人格魅力,又会得到别人的尊重,有利于社会关系的和谐,促成有效交流。

我们在交流时也要顾及对方,时刻关注对方的反应,随时调整自己的说法。由于每个人的个性不同,交流方式也会有所不同,只有有针对性地对话,注意分寸,以免因此而失信于人,才能交谈愉快。如果对方喜欢研究学问,那么说话就需要有深度;如果对方喜欢含蓄婉转,那就不能太过直接;如果对方性格豪爽,那就不能拐弯抹角；如果说话方式与对方个性相符，就可以一拍即合，交流才会有意义。

当然，我们还需要时刻考虑自己在交流时的措辞。如果认为事情是可以办到的，我们可以回复："我去试试，不过成不成功我不敢保证。"觉得对方说得对，那就直言"很好"，或者"不错"；认为不对的，我们需要婉转地来回复："这个问题很难说，各有各的说法。"觉得无法办到的，那就回复："这件事情很困难，恐怕很难办到。"总之表态不要说得太肯定，需要给对方留些回旋的余地，自己也才能有余地。

四、善于聆听，学会幽默

学会倾听是对交流者最好的尊重。养成良好的倾听习惯是学习的需要，也是工作和生活必备的能力之一。倾听别人的意见是一种重要的学习技能，在与对方进行沟通交流时，要善于聆听，并时不时附和点头微笑，对说者的尊重和诚意表现在脸上，会有意想不到的收获；当听到别人迸发出妙语警句时，不妨赞美一番，使对方有"知音"的感觉，并愿意和你建立关系。善于倾听，会处处受到欢迎，身边便会多一个朋友，多一个知己。

幽默可以与他人分享欢乐，从而感受到温暖和谐的人际关系。锻炼你自己的幽默性格，首先要让自己开朗阳光，保持乐观情绪。这是学会幽默聊天最基本的要求，只有这样，别人才能从你的字里行间感受到你的幽默成分。

第二节　语言表达的基本原则

语言表达是一种技能、一种艺术。它是一个人在社会交往活动中口语表达能力的表现。大凡具有社交口才的人，说话时能闪烁出真知灼见，并由此能给人以精明、睿智、风趣之感。

社交中受人欢迎、具有魅力的人，一定是掌握语言表达技巧的人。语言表达的基本技巧表现在适时、适量、适度三个方面。

一、要适时

说在该说时，止在该止处，这才叫适时。可有的人在社交场上该说时不说，他们见面时不及时问候；分手时不及时告别；失礼时不及时道歉；对请教不及时解答；对求助不及时答复……

反之，有的人该止时不止，他们在热闹喜庆的气氛中唠唠叨叨诉说自己的不幸；在别人悲伤忧愁时嘻嘻哈哈开玩笑；在主人心绪不安时仍滔滔不绝发表宏论；在长辈家里乐不可支地详谈"马路新闻"。

请设想一下，假如你在社交中遇见了上面这种人，你会对他产生什么样的印象呢？

二、要适量

说话适量也是社交口才的基本技巧之一。适量既指说话的多少适当，也包括说话的音量适宜。应该指出的是，适量并不都是以少说为佳，更不是指那种语量没有变化的"老和尚念经"，适量与否应以是否达到了说话目的为衡量的标准。

请看下面几段话：

1. 您看，这么晚了还来打搅您，真过意不去。您要休息了吧？真对不起，对不起……

2. 我不同意这个意见！我明确表示不同意。不管你们怎么看，我就是不同意。

3. 那不是我说的，我怎么会那么说呢？您想，我能说那种话吗？那确实不是我说的。我怎么会那么说呢？您想，我能说那种话吗？那确实不是我说的。

上面的几段话，初听起来似乎有些"废话"，但都是为了增强表达效果不得不说的"废话"，是必要保留的语言的"冗余度"。第一段是道歉的话，重复几句显示了态度的诚恳；第二段话中的重复是为了表示说话人态度坚决和不容置疑；第三段则是说话人急于表白自己心情而采取的必要的重复。这种语言现象在社交场合经常出现。由此看来，社交口才的多少适量，并不排除为达到说话目的的必要重复，而是指根据对象、环境、时间的不同，该多说时不少说，该少说时不多说。有的人自我介绍啰啰唆唆，祝酒时说上半个钟头还不停，批评起来没完没了……这样既影响说话效果，又影响自己的社交形象。

适量的社交口才还包括声音大小适量。大庭广众之中说话音量宜大一点，私人拜访交谈音量宜适中，如果是密友、情人间交谈，小声则可以表现亲密无间、情意绵绵的特殊关系，给人一种亲切感。这些都是在社交场合与人交谈应该掌握好的。

三、要适度

1988年美国总统竞选，民主党在选民中造成了布什是毫无独立主张的这一印象，他们甚至称"布什是里根的影子"。在交谈时，民主党人总爱用挖苦的口气问："布什在哪里？"这个问题该如何回答才恰到好处呢？布什的竞选顾问、老资格政治公关专家艾尔斯为布什设计了一个回答："布什在家里，同夫人巴巴拉在一起，这有错吗？"

这一回答，体现了强烈的针对性和恰如其分的分寸感的结合，有很高的艺术性。试想，如果你在社交场上遭到别人挖苦时，就马上抓住对方弱点，给以迎头痛击，那将产生什么效果呢？也许你自认为是胜利者，可在别人眼里，你却是一个心胸狭窄、不善言辞的人。而艾尔斯为布什设计的回答，却为布什的政治家风度增添了不少光彩。

社交口才的适度，主要是指根据不同对象把握言谈的深浅度，根据不同场合把握言谈的得体度，根据自己的身份把握言谈的分寸度。另外，体态语也要恰到好处。

第三节　社交场合的语言表达禁忌

一、避免不必要的争辩

你喜欢和人争辩，是否以为这样可以表现自己，并会得到很大的益处呢？实践会告诉你很难，即使对方表面服输了，心里也不会服输，你一点好处也得不到。争辩很容易伤害别人的自尊心，因此对方会对你产生反感。一般来说，在没有必要的情况下，争辩是不可取的。因为许多主张、计划等，并不一定是用争辩的方法来获得的。

二、不要用质问式的语气

质问式的语气，往往或多或少地带有一定的火药味。有些人爱用质问的语气来纠正别人的错误，这足以破坏双方的感情。被质问的人往往会被弄得不知所措，自尊心受到极大的打击。尊敬别人，是谈话艺术必需的条件。把对方为难一下，图一时之快，于人于己皆无好处。

三、千万不要故意地与人为难

有的人专门喜欢表示自己与别人意见不同，这种处处故意表示自己与别人看法不同的人，和处处随声附和的人一样，都是不老实的。口才是帮助你待人处世的一种方法，没有人愿意做一个口才很好却不受欢迎的人。不要为了表现你的口才而到处逞能，惹人憎厌，口才一定要正确而灵活地表现出来。

四、对于你不知道的事情，不要冒充内行

不懂装懂是一种不老实的自欺欺人的行为，你知道多少，就说多少，没有人要求你做一个百科全书。即使一个很有学问的人，也会有所不知。所以，坦白地承认你对于某些事情的无知，这绝不是一种耻辱。相反的，别人会认为你的谈话有值得考虑的价值，因为你不虚伪，没有吹牛。

五、对不当谈话正确加以指正

对方谈话中不妥当部分，固需加以指正，但妥当部分也需要加以显著的赞扬，对方会因你的公平而易于心悦诚服。对于那些无可挽救的过失，站在朋友的

立场，你应当给予恳切的指正，而不是严厉的责问，让他知过而改。纠正对方时，最好用请教式的语气，用命令的口吻则效果不好。要注意维护或激励对方的自尊心。

六、人际交往中不要言而无信

社会交往中，信用二字至关重要。自古就有"一诺千金，一言百系""一言既出，驷马难追"的说法。因此，要让别人相信你、尊重你，你就必须言而有信。古人云："人无信，不可交。"如果言而无信，在社交场合中就不会有自己真正的朋友。而要做到言而有信，必须从以下几个方面约束自己。对朋友以诚相待。与朋友相处要坦诚，只有牢记这一点，才能与朋友建立相互信赖的关系，朋友才会信任你。记住自己的许诺。前面谈到的"一诺千金"，就是告诉我们，不能轻易向别人许诺，一旦许了诺，就要记住，并不遗余力地去兑现，否则会使你失信于人。

七、别对陌生人夸耀你的个人生活

例如你个人的成就、你的富有或是你的儿子怎么了不起，这些不要随便对陌生人说。不要在公共场合把朋友的缺点和失败当作谈话的资料，不要老是重复同样的话题，不要到处诉苦和发牢骚，诉苦和发牢骚并不是一种良好的争取同情的手段。

第九章　日常交际语言表达技巧

第一节　称呼的语言技巧

案例导引

某高校一位大学生，用手捂着自己的左下腹跑到医务室，对坐诊的大夫说："师傅，我肚子疼。"坐诊的医生说："这里只有大夫，没有师傅。找师傅请到学生食堂。"学生的脸红到了耳根。

知识点击

称呼是指人们对他人的称谓。在社交场合，人们对别人如何称呼自己非常敏感和在意，亲切恰当、礼貌得体的称呼不仅能表示对被称呼者的友好与尊重，而且能反映称呼者的修养与文明，从而能够促使双方产生心理上的融洽，让交际进行得顺利愉快。受说话场合以及说话双方的身份、年龄、文化背景的影响，人们对同一个人的称呼是多种多样的。所以，我们要充分了解有关称呼的各种知识，在具体的人际交往中因时制宜、因地制宜、恰当得体地称呼别人。那么，怎么称呼别人？

其实，称呼别人并没有什么一定的和固定的方法。称呼人的条件就是要尊敬他人，这样，对方心里就会形成一种自豪感和满足感，而乐于与你交流，主动和你接触，这就使互相间的交往有了一个良好的开始。在具体称呼别人时要注意做好以下几点。

一、尊重他人，善意称谓

称呼别人首要的一条就是对人要尊重，要持有一种善意。无论双方处于一种什么样的情况和地位，即使双方交情并不怎么好，关系并不十分和睦，在称谓上也要尊敬，这是一条基本法则。这里面当然有一点需要注意：许多称呼是具有双重性的，譬如"小胖""老鸢"等，既可能是一种爱称，又有调侃、轻蔑的意味，如何称呼，要具体分析。不同情形下称呼不当，会让人感觉不舒服。妇孺皆知的著名音乐词作家乔羽先生有个爱称叫"乔老爷"，此称呼带有几分亲热、尊敬和幽默，很符合乔老的身份和性格，老先生也很喜欢这个雅号。

二、称呼别人要注意礼貌尊崇

使用称呼时，一定要礼貌待人，才能达到交际的目的。礼貌是人际交往的基本原则之一。比如向陌生人问路，若是老人，喊他"老头儿"或"喂"，他都会不高兴，甚至会动怒。交际时，称对方应用"您""您几位"等礼貌用语。一般说来，中国人思想里较重官衔，若他既是处长又是教授，以呼官职为宜。对一些有残疾的人，称呼时一定要注意委婉，不可损伤对方的自尊。

对各行各业的人，尊敬礼貌地称呼，会让人感到"良言一句三冬暖"，使彼此间的感情顿时亲切融洽起来。对于同龄人，可称呼对方为兄姊；科长、处长、厂长什么的，即使是副职，也直接以正职称呼，若什么长碰巧姓傅，则免称"傅"姓，直呼什么长便是，因"傅"与"副"同音。

除此以外，称呼他人还要考虑社会习俗、地方习俗等具体语言环境，如果忽略了这些，同样会给交往带来不便。

三、称呼职务，满足他人

有时候，称呼别人不是为了取悦自己，而是为了招待别人。有一定地位的人把别人称呼他的职务看作对自己的尊敬，而乐于接受，缩短了彼此间的距离。

当瑞典国王卡尔·古斯塔夫造访旧金山时，一位记者问国王希望自己怎么被称呼。他答道："你应该称呼我为国王陛下。"这是一个简单明了的回答。

四、称呼别人要注意适度得体

尽管出于礼貌或尊崇，若不适度得体，则适得其反。适度，要求视交际对象、场合、双方关系等情况选择合适的称呼。得体，则要求人的称呼要符合被称呼人的身份特点。所以，称呼语的选择和使用要看询问、交谈对象的职业、年龄、性别诸条件。如见到工人尊称"师傅"；见到农民亲切称"老乡"；见到干部、战士、知识分子称"同志"比较合适。在日常交际中，与各种称呼比较，"同志"这个称呼有较大的"跨度"和"保险系数"。总之，对称呼原则要灵活把握，做到适度得体，谨防矫情、浮夸，切记过犹不及。

除此以外，称谓还要有所顾忌。称谓要让人家愿意接纳，应当尽量避免对方不喜欢的称呼和社会上叫俗、叫恶的名称。比如对三四十岁甚至五十来岁的人，以老称呼，许多人很不开心，就应尽量不用。而"小姐"这一称呼的含义有所变化，所以，对年轻的女性也应当尽可能避开这一称呼。

总之，准确合适地称呼他人，做到谦虚礼貌、不卑不亢，你就会给初次见到的朋友留下深刻美好的印象，使对方乐意与你交往。

实训提升

对本节"案例导引"中的案例进行解析：

对文化人称呼一定要明确，这样才能减少尴尬，既彰显了自己的文化水平，又表示了对他人的尊重。当然，医生也应该注意服务态度，讲究礼仪修养，对患者不当的语言应予以宽容，批评对方要采用委婉的语气。

第二节　与人寒暄的语言技巧

案例导引

一个旅游团在冬季来北京观光，恰巧遇上了天下鹅毛大雪，着装、行车、步行、登山等都将受到一定的影响，有的游客对在北京的行程安全比较担忧。这时导游员把握住游客的这种心理状态，在大巴上进行讲解时就不失时机地这样寒暄："亲爱的朋友们，早上好。我想大家一定是真的好！因为北京此时正呈现出难得一见的北国风光、千里冰封、万里雪飘的壮观景象。今天实在是个难得的日子，是我们可以亲自去体验毛泽东主席诗句意境的日子。我们就是这么幸运，那么就让我们快乐地上路，去当一次踏雪登长城的好汉吧！"导游员的寒暄讲的是天气，又将美好的雪景与游客的行程巧妙地结合起来，从而使游客减少了对天气变化所带来的不便的担心，情绪慢慢高涨起来。

知识点击

所谓寒暄，是指人们相遇时说出表明自己意识到对方存在以及表明自己的友好态度的话语。也有人认为寒暄实际上就是一种礼仪性的问候语。尽管这些话本身并没有什么实际内容，但它是交际中不可缺少的。人在见面时，一般都会以对方给自己留下的第一印象做本能的判断，如果是好印象，那就无形中提升了其魅力，能够使见面时的气氛变得活跃，增加彼此的亲切感，引起交谈的兴趣；反之，则会让对方在心理上产生排斥。所以必要的寒暄语是人际交往的第一个关键，大家要善于把握寒暄的时机，用口才为自己的生活和工作带来更大的成功。那么，与人寒暄的基本要求是什么？我们应该掌握哪些寒暄的技巧呢？

一、寒暄的常见类型

(一) 问候型

1. 典型问候型

典型的说法是问好。常说的是"你们好!""大家好!"等,这是交际过程中用得最多的问候语。

2. 传统意会问候型

传统意会问候主要是指一些貌似提问,实际上只是表示问候的招呼语。如"上哪去呀?""吃过饭了吗?"等。这一类问语并不表示提问,只是见面时交谈开始的媒介语,并不需要回答。

3. 古典问候型

具有古代汉语风格色彩的问候语主要有"幸会""久仰"等。这一类问候语书面语风格比较鲜明,多用于比较庄重的场合,在导游交际这一类追求平和、亲近的场合中用得比较少。

(二) 攀认型

攀认型问候是抓住双方共同的亲近点,并以此为契机进行发挥性问候,以达到与对方顺利接近的目的。接触时,只要留心,就不难发现自己与他人有着这样或那样的共同点,像"同乡"就是与他人攀认的契机,就能与别人"沾亲带故"。如导游对游客说:"大家是广州人,我母亲出生在广州,说起来,我们算是半个老乡了。""大家都是昆明人,我也算是昆明人。我在昆明读了四年书,昆明可以说是我的第二故乡了。"

(三) 关照型

关照型寒暄主要是在寒暄时要积极地关注他人的各种需求,在寒暄过程中要不露痕迹地解决疑问或疑难。

二、寒暄的基本要求

(一) 自然切题

寒暄的话题十分广泛,比如天气冷暖、身体健康、风土人情、新闻大事等,但是寒暄时具体话题的选择要讲究,话题的切入要自然。

(二) 建立认同感

切入了自然而得体的寒暄话题,双方的心理距离就会有效地缩短,双方的认同感就容易建立起来了。

(三) 调节气氛

有了自然而得体的话题,有了认同感,再加上寒暄时诚恳、热情的态度、语言、表情以及双方表现出的对寒暄内容的勃勃兴致,和谐的交际气氛也就自然地营造出来了，这样就为下一步的交际打下了良好的基础。

三、寒暄的基本技巧

（一）询问式

在大多数场合，一句"你（您）好"，是简单而实用的问候式寒暄，这要比传统的"吃了吗"或"今天天气……"之类更富于现代气息。如果觉得一句"你（您）好"过于一般化，就可以从对方的年龄、职业、家庭等角度出发，把问候式寒暄讲得具体一些。

比如："你读几年级了？"（对学生）

"家里人都好吧？"（对已婚成人）

"老太太身体还硬朗？"（对未婚成人）

如果你和问候的对象是比较亲密的同学、同事、朋友、家人等，那么寒暄的内容就更丰富了。此时如能根据具体的人和事进行有针对性的问候，对于密切双方关系、增进彼此友情都能起到良好的作用。

比如："今天身体舒服些了吗？"（对病人）

"你的吉他练得怎么样了？"（对朋友）

"出差刚回来吗？"（对同事）

（二）夸赞式

抓住对方即时即地的"闪光点"，盛赞对方。

比如："小钟，在哪儿买的连衣裙？真漂亮！"（对女性）

"哟，换新发型了，果然精神多了！"（对女性）

"瞧你，真是越活越年轻了！"（对中老年人）

"你这两天气色真好！"（对初愈的病人）

"几个月不见，看你更苗条了！"（对年轻妇女）

"小伙子长得真精神！"（对朋友或同事的孩子）

（三）描述式

所谓描述式寒暄，是指针对具体的交际场景而发出的寒暄。对方正在做什么事、刚完成什么事或即将做什么事，都可以成为描述式寒暄的内容。

比如："最近这么忙呀，刚下班！"

"今天买了这么多好菜？"

"这么用功，还在读书啊！"（对学生）

"今晚上又加班？"（对同事）

（四）感受式

对周围环境中不同寻常的地方发表自己的感受和看法。

比如："外面太阳真毒！"（在夏季）

"天下了雪，马路上可真滑！"（在冬季）

"又到麦收时节了。"（在农村）

（五）营造和谐气氛

营造和谐气氛，是寒暄的目的。所以，寒暄时，首先语言要诚恳，其次要坦率，而不可吞吞吐吐；要自然，而不可卖弄做作。特别是要由衷地关注对方的苦乐，急人所急，想人所想，并以相应的语言表达自己的真情实感。这样才有可能营造出越来越投机的和谐气氛。

（六）自然引出话题

寒暄的内容常为天气冷暖、工作忙闲、学习好坏、身体健恙、朋友过从、亲属今昔等，但是，寒暄时具体谈什么，要有所选择。要善于选择双方均有兴趣或均有鲜明感受的话题，譬如，天气特别冷，你可从低温谈起；对方近日获奖，你可从工作、学习谈起；身体有病，则从强身保健谈起……总之，话题须出于自然，包括墙上挂历、耳际音乐等，都可引起寒暄语。

实训提升

对本节"案例导引"中的案例进行解析：

这种寒暄完全是从关照游客的心理感受的角度出发的，自然也就容易被游客接受。无论是哪一种类型的寒暄，都要掌握好分寸，恰到好处。从交际心理学的角度看，恰当的寒暄能够使双方产生一种认同心理，使一方被另一方的感情所同化，体现着人们在交际中的亲和要求。这种亲和需求在融洽的气氛的推动下逐渐升华，从而有利于顺利地达到交际目的。

第三节　介绍的语言技巧

案例导引

演讲家李永田在《演讲与口才》杂志社举行的特约记者座谈会上进行了自我介绍："我叫李永田，今年四十有五，是江苏徐州人氏，现在徐州师范学院任历史系讲师。我本不具备演讲家的基本条件，既没有担任什么要职——虽然当过八届'主任'，可都是不起眼的'班主任'，也没有'风度'——人家说我像个大队党支部书记；还不会说普通话——至今操着浓重的徐州口音。但我不安分守己地搞自己的专业，去研究'死人'，而对思想教育工作产生了浓厚的兴趣，研究起'活人'来了；还自不量力地走出书斋，搞起演讲来了。作为演讲界的'散兵游勇'，我早就把《演讲与口才》杂志当作自己的大本营了。在今天这个特约记者座谈会上，我自我介绍一番，以便结识更多的朋友。之后，我便要'逃之夭夭'了。"

第九章 日常交际语言表达技巧

知识点击

介绍是社交中人们互相认识、建立联系的必不可少的手段。从某种意义上来说，介绍是开启社交之门的第一把钥匙。恰当得体、别具一格的介绍会给对方留下深刻、美好的印象。

介绍可以分为自我介绍和介绍别人两种。

一、自我介绍的语言技巧

有位作家曾说过："在广瀚的宇宙中，只有一个你，以前不曾出现，以后也不会重复，你绝对是唯一的、独特的。"交际中，最常用的日常人际沟通形式就是自我介绍，自我介绍犹如一张有声名片，当我们处于比较正规的场合，面对陌生的公众，首先别忘了把自己介绍给对方。初次见面，一个得体的、有特点的自我介绍能够给别人留下深刻的好印象，为以后进一步发展打下良好的基础。那么如何介绍才能够让别人很好地记住呢？这就需要运用到自我介绍的语言技巧了。

在没有介绍人在场的情况下，自我介绍时，大方自然地进行自我介绍，可以先面带微笑，温和地看着对方说声："您好！"得到对方回应后就可以报出自己的姓名、身份，并简要地表明结识对方的愿望和缘由。下面从以下几个方面来讲如何做好自我介绍。

（一）介绍内容要实事求是、真实可信

比如，在一次与中外大学生交流活动中，有一个学生问袁隆平："您能不能介绍一下自己，我们想知道，您从小就喜欢农业吗？"袁隆平笑吟吟地说："小时候，我很贪玩，有很多兴趣爱好，我读书，对感兴趣的课程，就认真听讲，而且考试得高分；对不感兴趣的课程，只求三分好，能及格就行了……我学农，缘于一次郊游。老师带我们到一个私人园艺场去参观，我看见树上的桃子红红的，葡萄一串一串的，很漂亮。那时，我看了正在上演的卓别林主演的电影《摩登时代》，影片中有一个镜头，窗子外边就是葡萄，两者的印象叠加起来，我感觉确实是田园美，就想长大后学农了。如果那时老师带我们到真正的农村去看，又苦又穷又脏，那我或许就不会学农了。"

（二）把握分寸、自信自谦

比如，著名的哑剧大师、喜剧表演艺术家王景愚是这样做自我介绍的："我就是王景愚，表演《吃鸡》的那个王景愚，愚公移山的愚。人称我是多愁善感的戏剧家，实在是愧不敢当，我只不过是一个走火入魔的'哑剧迷'罢了。你看我40多公斤的瘦小身材，却经常负荷许多忧虑与烦恼，又多半是自找的。我不善于向自己敬爱的人表述敬与爱，却善于向所憎恶的人表述憎与恶，然而胆子并不大。我虽然很执拗，却又常常否定自己，否定自己既痛苦又快乐，我就生活在这

痛苦与快乐的交织网里,总也冲不出去。在事业上,人家说我是敢于拼搏的强者;而在复杂的人际关系面前,我又是一个心无灵犀、半点不通的弱者。因此,在生活中,我是交替扮演强者与弱者的角色……"

你们看,这位表演艺术家的自我介绍是多么的机智巧妙,同时不乏谦虚、诚恳。所以,自我介绍不一定要口吐莲花,我们更推崇自信自谦、分寸恰当的介绍。

(三)介绍语言要幽默、生动

在自我介绍时,语言生动、幽默风趣能给听众留下更加深刻的印象,也比较容易引起人们的好感与认同,产生与之接近的愿望。例如,一个青年叫聂品,他这样介绍自己:"我叫聂品,三只耳朵,三张口,就是没有三个头。"

(四)要巧妙地报出自己的身份和姓名

可以采用释义法,也就是解释自己名字的由来。例如:"我叫王晨阳,我妈妈生我之前已连下了半个多月的雨,刚生完我,护士小姐打开窗帘,阳光普照,妈妈抬腕看看表,正好早7点整,便为我取名王晨阳。"再如:"父母希望我的子子孙孙都能跳龙门,别再当农民了,因此取了个谐音叫'无人农'——吴仁农"。

也可以采用自嘲法,就是以调侃、自嘲的方式解读姓名,给人留下深刻印象。在人际交往中,将自我介绍以自我解嘲的方式表达出来,不仅可以体现介绍者的豁达大度,也会让人心生好感,对其产生认同感。自嘲可以自嘲相貌,但是前提是介绍者相貌上确有一定的欠缺。如果没有严重缺陷,也可以采取自嘲法。例如一个叫魏美丽的女士这样自我介绍:"不知父母为何给我取了这个美丽的名字,我没有标准的身高、标准的身材,也没有明眸皓齿、秀发垂肩,不过加上姓,这些就可以作为我奋斗的目标了。"

以上是自我介绍的语言技巧,当然自我介绍也要注意一些问题:

1. 介绍时要镇定自若。介绍时,我们应该在讲话之前打好腹稿,做到语言得体,不能虚张声势、轻浮、浮夸。

2. 音量适中,语言简洁。在口语表述方面,我们要吐字清楚,语速快慢适中,让每一个人都能了解介绍的内容,还要言简意赅,尽可能地节省时间,一般情况下以半分钟为宜,不超过一分钟。

自我介绍也需要把握一些基本原则,如谁该先做自我介绍。基本原则是:位低者先行,主人向客人先介绍,晚辈向长辈先介绍,男士向女士先介绍,下级向上级先介绍。

二、介绍别人的语言技巧

在日常人际沟通中,如果你处于主持人地位或充当中介人时,别忘了给互不认识的客人做介绍。例如:"我来介绍一下,这位是张三先生,目前就职于××广告公司,美学爱好者。这位是××大学中文系美学教授李四先生。"这些是最常见的介绍语言，介绍了双方姓名、特长、工作单位等。介绍别人要注意以下几点：

1. 要选择双方都感兴趣的内容进行介绍，引起双方的注意，促使双方结识。例如，你把一位老师介绍给一位生意人："她叫张娜，是大学老师。"这位生意人一定不会感兴趣。但是，你换成另一种说法："她叫张娜，是位老师，她丈夫是××贸易公司的经理。"他会更感兴趣。

2. 有侧重地介绍双方的爱好与特长，尤其是双方有共同爱好的更应如此。如："周强也很喜欢钓鱼，有机会你俩可以切磋切磋。"这种介绍对促进双方了解、建立友谊是非常有益的。

3. 征询引荐，得体有礼。通常不是特殊情况，人们不习惯主动地介绍自己，自己不自在，也有强加于人之嫌。征询引荐，即采用询问的方式，征得同意后再引荐的介绍方法。它得体有理。如："周强先生，我可以介绍张小姐与你认识吗？"征得同意后再为之介绍，在双方期待中居间介绍，岂不更好？

4. 用语要礼貌。在人际沟通中必须遵循礼貌、合作的交际原则。介绍语言要文雅、有礼，切忌随便、粗俗。例如，"我给各位介绍一下：这小子是我的铁哥们儿，开小车的，我们管他叫'黑蛋'。"这段介绍中"小子""铁哥们儿""开小车的""黑蛋"这类词语显然与社交场合格格不入，太粗俗，不文雅，又把绰号当大名来介绍，更显随便、不严肃。

此外，介绍语言常用一些敬辞、客套话、赞美语言，在实践中应规范使用。如"我非常荣幸地向各位介绍某某""我们有幸请来了大名鼎鼎的某某""能聆听他的讲话我们感到由衷的高兴"等。这些介绍语言中的"荣幸""有幸""由衷"等都是敬辞，"大名鼎鼎""请"都是客套话。这类典雅的语言再加之优雅得体的体态语就更显魅力了。介绍时一般要起立，面带微笑，伸出一手，手心向上，边说边示意。

实训提升

对本节"案例导引"中的案例进行解析：

李永田使用了谦虚自嘲的自我介绍方法，语言生动幽默，既不显得媚俗，又无卖弄之意。他在介绍中使用了"不安分守己""研究'死人'""自不量力""散兵游勇""逃之夭夭"等词语用以自嘲，将自己奋斗的历程和取得的成绩自然地隐含其中，表达得十分谦虚，丝毫不给人以自夸之感。此段自我介绍表现出了李永田幽默诙谐而充满魅力的语言功力。

第十章　社会交往语言表达技巧

第一节　拜访与接待

案例导引

中午，小丽正在家里睡午觉，突然门铃响了，原来是要好的女同事小菲来找她。小丽的睡眠被打断。同事一看小丽穿着睡衣，马上意识到她打扰了小丽的休息。于是小菲马上尴尬地说："哎呀，不好意思，打扰你睡觉了。我本来想邀请你一起去逛街的。"小丽尽管很沮丧，但也出于礼貌说："哦，没有关系，我才刚刚睡下不久。"并请小菲坐下来喝茶，寒暄了几句。

知识点击

没有社交活动的人生是残缺不全的，没有朋友往来的人生是极其不幸的。在人这一生中，我们需要通过正常的人际交往与这个社会保持联系。健康正常的互访活动，对于建立、加深这种联系，交流信息，沟通感情，都有着其他方式所不可替代的作用。而语言的交流与运用，又在拜访活动中起着至关重要的作用，因此我们应当对其给予足够重视。只有更好地掌握了这些，我们才能在社会交往中游刃有余、如鱼得水。那么我们如何更好地拜访呢？

一、拜访的语言技巧

（一）拜访前的准备

在和对方接触之前最好能和对方事先打好招呼。如果对方事先和你通过电话联系了好多次，那么见面自然就会无形地拉近距离。对对方做详细了解，包括对方的脾气、秉性、学历、习惯、爱好甚至家庭等，在没有正式见面之前要模拟见面后的一系列情况，做到有备而来。

(二)约见对方

1. 电话约见

通过电话与对方约见。电话中不要多说,简要说明此番拜访的目的。希望对方予以同意,并表示感谢。说话要客气,不要表现出带有强烈的目的性。说明约见的时间、地点,让对方也有所准备。

2. 信件及电子邮件约见

信件比电子邮件更有效,信件要自己亲自动手写,不可打印现成的约见信,再通过和电话的配合达到目的。

如果前期确实没有对方联系方式,那也只好登门造访了。这是最不理想的约见方式。

(三)正式拜访

做好以上工作便可亲自上门。和对方接触的时候,对方必然会有所防备,这是心理上的必然性。要想顺利达到接近的目的,必须降低对方的紧张情绪。如果没有经验,拜访往往会陷入僵局或者冷场。前期对对方做一些调查,通过对对方的简单了解,就可以"对症下药"。起码哪些话能说、哪些话不能说,你应该知道。下面按照进门语、寒暄语、晤谈语和辞别语四个部分,简要介绍拜访的语言技巧。

1. 进门语

拜访的时候要注意礼貌,轻轻敲门或短促地按门铃。

同主人见面后,应立即同主人打招呼,如:"一直想来拜访您,今天终于如愿了!""给您添麻烦了!""对不起,让您久等了!""好久没有来看您了。"此外,表达要注意把握分寸,与对方不是特别熟的关系不可调侃,如:"我又来了,您不讨厌我吧?"这很不礼貌,也会使主人感到尴尬。

如果你是初访者,一般可以用这样的话打招呼:"啊!一直想来拜访,今天终于如愿以偿了!""初次登门,就劳您久等,真不好意思!"关系比较密切的,可以随便一点,说:"哦,原来你就住在这儿!"

如果你是重访者,打招呼就不必多礼,一般只需简单地说一句"好久没来看你了"即可,或者说"我们又见面了,我上次来,是一个月以前吧"。关系密切的,开个玩笑,也不乏幽默感:"我又来了,不讨厌吧?"

如果你去做事务性访晤,初访一般不宜如此"开门见山",进门语应多注重礼节,"己求人"或"人求己"的话语既不必过于谦恭,亦不可傲慢无礼。

2. 寒暄语

(1)话题要自然引出,内容要符合情景。如天气冷暖、小孩的学习情况、老人的健康以及最近发生的新闻趣事、墙上的挂历、耳际的音乐等都是寒暄的内容。如:"今天变天了,外面风真大!""这挂历不错,画面好像是……"话题符合情景，自然引出。

（2）寒暄内容一定要符合习惯，避免犯禁忌。如不问年龄，不问婚姻，不问收入，不问工作。总之，令别人不悦的话题避免提及。如一群人在一起谈话，你问："你们都是什么学校毕业的？""南开大学。""同济大学。""对不起，我不是大学毕业。"是不是很令人尴尬？

（3）寻找主客共同关心的话题，这样可以沟通感情，为双方进一步交谈创设一个融洽、和谐的气氛。请看下面一段对话：

客：这副对联是你自己写的吗？写得真不错。

主：你过奖了。我不过是跟王田老师学过一段时间。

客：呀，你也是王田老师的学生呀，我也曾跟他学过。

主：太好了！看来我们应该称师兄弟了。

这段寒暄，话不多，但贵在求同，一下子缩短了双方的心理距离。

（4）引起兴趣。寒暄时可以简短谈论对方感兴趣的话题，如"最近你的股票又涨了多少啊？""几天没见，是不是去哪儿旅游了啊？""昨天的比赛看了吗？"

3. 晤谈语

在拜访中，晤谈应该注意以下问题：

（1）节制内容。主客寒暄之后，客人应该选择适当的时间，用言简意赅的语言说明自己的来意，以免耽误主人过多的时间。一般来说，交谈时间以半小时为宜（朋友间的随意性拜访除外）。

（2）节制音量。登门拜访时，无所顾忌，高谈阔论，会扰乱主人及其家属安静的生活，引起主人的反感。因此，客人谈话应该降低音量，保持适度，千万不要敞开嗓门说话。

（3）节制体态语。人们常说，听其言还须观其行。主人对客人的印象来自听觉和视觉两个方面。作为客人应举止文明，避免如得意时手舞足蹈，不安时频繁走动，痛苦时捶胸顿足、号啕大哭，或说话时指手画脚等不雅动作。

（4）通过侧话题切入主话题，再通过话题切入主题。主题可以是任何事物，只要是对方不忌讳的都可以。如果对方学历很高，你可以把自己水平也放高一点，多用专业术语。如果对方学历不高，那你也应该多用白话甚至地方话。如果对方婚姻有问题，那你自然不能说恋爱感情的话题。但有时候忌讳也可以成为主题，并且能产生意想不到的效果。

4. 辞别语

在结束初次拜访时，还应该再次确认一下本次来访的主要目的是否达到，然后可以叙述下次拜访的目的，约定下次拜访的时间。假如是事务性访晤，辞别时，你不妨再有意点一下："这件事就拜托你了，非常感谢！"礼仪性访问，则不要忘记再次表示祝贺或谢忱。如："再见了，祝你在高校中展翅高飞！"至于主人，也要感谢来客的访晤，诚恳邀请客人下次再来。

(四) 注意事项

1. 有约在先

拜访外国人时,切勿未经约定便不邀而至。尽量避免前往其私人居所进行拜访。约定的具体时间通常应当避开节日、假日、用餐时间、过早或过晚的时间,及其他一切对对方不方便的时间。

2. 守时践约

这不只是为了讲究个人信用,提高办事效率,也是对交往对象尊重友好的表现。万一因故不能准时抵达,务必及时通知对方,必要的话,还可将拜访另行改期。在这种情况下,一定要记住向对方郑重其事地道歉。

3. 进行通报

进行拜访时,倘若抵达约定的地点后,未与拜访对象直接见面,或是对方没有派人员在此迎候,则在进入对方的办公室或私人居所的正门之前,有必要先向对方进行一下通报。

4. 登门有礼

切忌不拘小节,失礼失仪。当主人开门迎客时,务必主动向对方问好,互行见面礼节。为了不失礼仪,在拜访外国友人之前,可以随身携带一些备用的物品,主要是纸巾、擦鞋器、袜子与爽口液等,简称为"涉外拜访四必备"。入室后的"四除去"是指去除帽子、墨镜、手套和外套。

5. 巧妙处理意外

拜访中遇到意外情况,千万不要让主人出丑。例如,椅子上有灰尘,不要着急坐下,可以走到对面墙上欣赏一下照片或画作,点评几句,然后自然而然地坐到另一张椅子上。再如,主人失手打破了杯子,不要大惊小怪,可以将在场者的注意力分散开,从而减轻主人的心理压力。

二、接待的语言技巧

会客接待是个人交往和企事业单位开展业务活动中经常进行的一项工作,这项工作做得好坏,直接关系到本人和单位的形象和信誉。那么,做一位热情好客的主人,在言谈上应该注意哪些技巧呢?

社交中接待客人可以分为三个环节:迎客、交谈、送客。

(一) 迎客

当门铃响起或听到敲门,应该马上应答"请稍等"或"来了"等。如果见到的是陌生的面孔,可以先问好,核实一下客人是否走错了。切忌一开门就像审犯人似的问"你找谁",应该对来访者的进门语做出礼貌、热情的回答。例如,"我也想在家里同你聊聊，快请进！""哎呀！上次已经打扰了，还让你再跑一趟，叫我怎么感谢你呢？""哎呀，你来了，我可真高兴！"

客人进门后，如果客人不主动提出，最好不要求客人换鞋，那样会不礼貌。可以准备一些鞋套，更加方便。交谈前要有一些适当的交代，如请烟递茶果等。

（二）交谈

1. 了解来访者的意图后就可以进入话题了，谈话中要端正自己的态度。不管在交谈的过程中，自己对他人发表的主题感不感兴趣，或者对别人的话题持不赞同的意见，都不能心不在焉或者和其他人窃窃私语，这是对别人的一种不尊重。即使不认同他人的观点，也要对别人的谈话保持一种认真在听而且心领神会的心态去听别人把话题讲完。

2. 要积极主动。在与他人谈话的过程中，出现错误是在所难免的，特别在说到一些自己感兴趣的话题时，心情就特别激动，更容易犯错，或许还会因此伤害到他人。一旦失言，要采取应急措施，进行弥补，必要的时候要赔礼道歉。对待他人的失言要宽容，保持积极主动的态度进行圆场。

3. 要跟得上他人的节奏。在交谈的时候要跟得上他人的节奏，当话题几分钟前已由飞机转到大炮，如果你还在说飞机，显然就已经跟不上谈话的节奏了；而大家都在兴致勃勃地讲大炮的事情，你又把汽车的话题硬塞进来，那就是风马牛不相及的事情了。一定要集中精力在正谈的话题上，跟上谈话的节奏。

（三）送客

当客人提出要走时，主人要进行适当的挽留："再坐一会儿吧。"这是基本的礼貌，但态度不可强硬，要视情况而定。送客人要送到门外，并说一些告别语："您走好！""欢迎再来！"送别客人不要急于回转，要目送客人走远，招手再见，之后再回转。送别客人回屋时，关门的声音应轻一些，不要立刻把门厅的灯熄灭，否则会令人产生误会。

实训提升

对本节"案例导引"中的案例进行解析：

这是一次失败的拜访，失败的原因是拜访者事先没有和主人打招呼或简单预约，又选择了午休时间来拜访，打扰了主人的休息。但对于主人小丽来说，这是一次成功的接待，她非常有礼貌地化解了对方的尴尬。从语言的使用上来说，双方都是恰当的，小菲发现自己拜访时机不恰当，马上做出了道歉。受访者则接受了对方的歉意，通过语言表达使对方稍微缓解了尴尬的情绪。

第二节　说服与拒绝

案例导引

苏洵的《谏论》里有这样一个有趣的故事：

古时候有三个人，一个胆量非凡，一个胆量一般，一个胆量极小。

一天，一个谋士让他们三个人过一道深沟。他先对第一个人说："跳过去的人是勇士，跳不过去的人是胆小鬼！"第一个人一向以自己的勇敢为荣，最怕别人看不起他，说他是胆小鬼，所以听到这样的话，立即不假思索地跳过去了。

接着，谋士对第二个人说："你如果能跳过这道深沟，将能获得一笔巨额财富。"第二个人虽然胆量一般，但是非常爱财，他一听跳过去有钱拿，所以咬咬牙也跳过去了。

现在只剩下第三个人了，他不爱财，所以钱财也无法克服他的胆怯。谋士想了想，突然大声喊道："老虎来了！"只见第三个人立刻被吓得腾空而起，就像跨过平地一样越过了那道深沟。

知识点击

一、说服别人的语言技巧

在日常生活中，任何事都离不开语言的交流，需要说服的对象有很多，他可能是你的父母、你的上司、你的顾客、你的朋友、你应聘的主考官。"以情动人，润物无声"说的是一种说服的方略，也是一种说服的效果，总的来说，就是"攻心"。巧妙地诱导对方的心理或感情，使用说服技巧，以使被说服者信服。如果不掌握技巧，说服就难以达到理想效果。以下说服技巧供大家参考。

（一）调节气氛，以退为进

在说服时，你首先应该想方设法调节谈话的气氛。如果你和颜悦色地用提问的方式代替命令，并给人以维护自尊和荣誉的机会，气氛就是友好而和谐的，说服也就容易成功；反之，在说服时不尊重他人，拿出一副盛气凌人的架势，那么说服多半是要失败的。

一位中学老师接管了一个班级任班主任，正好赶上学校安排各班级学生参加平整操场的劳动。这个班的学生躲在阴凉处，谁也不肯干活，老师怎么说都不起作用。后来这个老师想到一个以退为进的办法，他问学生们：我知道你们并不是怕干活，而是都很怕热吧？学生们谁也不愿说自己懒惰，便七嘴八舌说，确实是因为天气太热了。老师说：既然是这样，我们就等太阳下山再干活，现在我们可以痛痛快快地玩一玩。学生一听就高兴了。老师为了使气氛更热烈一些，还买了几十个雪糕让大家解暑。在说说笑笑的玩乐中，学生接受了老师的说服，不等太阳落山就开始愉快地劳动了。

（二）要了解对方的兴趣爱好

在现实生活中，人的喜好各不相同，有的人喜欢画画，有的人喜欢唱歌，还有人喜欢下棋、钓鱼、集邮等。在与人交谈时，每个人都喜欢谈论自己最感兴趣的事物。从对方最感兴趣的事物入手，先打开对方的话匣子，再对他进行说服，比较容易达到说服的目的。

（三）争取同情，以弱克强

渴望同情是人的天性，如果你想说服比较强大的对手，不妨采用这种争取同情的技巧，从而以弱克强，达到目的。

有一个15岁的山区小姑娘，不幸被拐到上海。当天晚上，天下着小雨，小姑娘的房门打开了，一个中年大叔走了进来。小姑娘的心跳到了嗓子眼儿。不过，她还是很快地镇静下来，机智地叫了声：伯伯！中年大叔一愣，人像是被魔法定住了似的。

小姑娘小心翼翼地说：我一看伯伯就是好人，看你的年龄，与我爸差不多，可我爸就比你苦多了，他在乡下种田，去年栽秧时，他热得中暑。说着说着，眼泪就哗哗地流下来。大叔的脸涨得通红，短暂的沉默后，低低地说了一句：谢谢你，小姑娘。然后开门走了。

面对强壮的大叔，一句"伯伯"，拉开了两人年龄距离，强化了大叔的同情心理，让大叔不由得想起自己那同样处于花季的儿女，同情的种子开始在他心头萌发了。小姑娘又不失时机地给他戴上一顶好人的帽子，诱导他的心理向好人标准看齐。

（四）要看对方的情绪和真实想法

能否顺利说服别人，要看对方的情绪，一个人要坚持某一种想法，往往有更深层次的原因，很多人害怕把真实想法说出来会被别人看不起，所以常常觉得难以启齿。如果我们能真正了解对方难以启齿的隐衷，就能更有针对性地帮助他解决问题，进而说服他。

二、拒绝别人的语言技巧

"当断不断，反受其乱。"在现实生活中，我们都会遇到他人向我们提出请求或者要求的情况，其中有许多请求或要求超出了我们能力范围，或者是我们不能接受的。在这个时候，我们要明白，任何人都无法做到有求必应。所以，我们要学会说"不"的技巧，有技巧地拒绝，这样我们才不会陷入进退两难的境地。我们要学会根据不同的情况运用不同的拒绝艺术。

（一）拒绝别人要把握原则

1. 在拒绝别人的时候，要给对方留台阶

人生在世，每一个人都是有自尊心的，一个人有求于人，往往都怀着惴惴不安的心情。如果被求者一开始就说"不行"，势必会伤害对方的自尊心，使对方不安的心情急剧波动。应该尊重对方的愿望，先说关心、同情的话，再讲清自己的实际情况，说明无法接受要求的理由。只有先说了那些让对方产生共鸣的话，对方才能相信你所陈述的情况是真实的，相信你的拒绝是出于无奈。与此同时，还要注意准确恰当地措辞。

2. 在拒绝对方的时候，态度一定要真诚

拒绝别人总是会令对方失望的，直接对他人说"不行""我做不到"之类拒绝的话，对方一定会产生不快和反感，甚至会怀疑在心。相反，诚恳而有技巧地拒绝对方不但能够得到对方的谅解，还能给对方留下良好的印象。

3. 在拒绝对方的时候，让对方明白你自己的处境

只要实事求是地讲清利害关系和可能产生的不良后果，把对方也拉进来，共同承担风险，让对方站在你的角度设身处地地去判断，就会使对方望而止步，放弃自己的要求。在拒绝别人的要求时，把铁一样的事实摆在眼前，无论对方怎样坚持己见，见此也不得不放弃自己的要求。

4. 在拒绝对方的时候，降低对方对你的期望

但凡求你办事的人，都相信你能解决这个问题，都对你抱有很高的期望值。如果你适当地讲一讲自己的短处，就会降低对方的期望，在此基础上，抓住适当的机会多讲讲其他人的长处，就能把对方求助的目标自然地转移过去，这样不仅可以达到拒绝的目的，而且使被拒绝者因为得到一个更好的归宿，可能得到意外的成功而产生愉快和欣慰的心情，取代了原有的失望。

掌握了以上这些原则之后，我们还要适当地运用一些拒绝技巧，才能保证人际关系的和谐。通常情况下，我们可以采取以下拒绝技巧。

（二）拒绝别人的语言技巧

1. 模糊拒绝

模糊拒绝就是不直接拒绝，而是通过与请求相关的话题表明自己的态度。钱钟书先生是我国著名作家，他的作品《围城》享誉海内外。有一位英国女士特别喜欢钱钟书。当这位英国女士来到中国，就给钱钟书先生打电话，说想拜见他。钱钟书先生在电话中说："假如你吃了一个鸡蛋觉得不错，又何必亲自去看那只下蛋的母鸡呢？"钱钟书用生动的比喻做了模糊的回答，委婉地拒绝了英国女士见面的要求。

2. 婉言拒绝

婉言拒绝就是用温和曲折的语言，去表达拒绝之本意。与直接拒绝相比，它更容易被接受，因为它在更大程度上顾全了被拒绝者的尊严。一位男士送内衣给一位关系一般的女性朋友，这非同寻常。适时婉言相拒，说："它很漂亮。只不过这种式样的我男朋友给我买过好几件了，留着送你女朋友吧。"这么说，既暗示了自己已经"名花有主"，又提醒对方注意分寸。

3. 幽默拒绝

在人们的交往中，幽默往往具有许多妙不可言的功能。在社交与谈判场合也是离不开幽默的谈吐的，因为它能活跃气氛，缓解矛盾。用幽默的话语含蓄地拒绝对方的某种要求，既显示出自己的睿智、大度，又免得让对方尴尬。

4. 寻求谅解拒绝

在拒绝的同时，力求得到对方的谅解，这是常用的拒绝方法。运用这种拒绝方法，首先应抱诚恳的态度，也就是说自己确有不能满足对方要求的理由；同时尽量让对方理解自己拒绝的原因，使友情不受到伤害。比如你向朋友借来一架很好的照相机，在校运动会上为运动员照相，某同学看这机子的性能实在好，非要借用不可；你又无权转借。那么，你就应该耐心地解释，请他谅解。可以说：不是我不够意思，是借的时候人家说明不让转借才拿来的。咱俩关系不错，你可不能让我为难哪！

喜剧大师卓别林说过："学会说'不'吧，你的生活将会更美好！"拒绝是门艺术，需要方法和技巧，更需要付出真心与诚意，在不伤害对方尊严的前提下，做到相互理解，彼此融洽。这样，我们的生活将会更加称心如意，人际关系也会更加和谐美好！不会拒绝的人有很多，从现在开始改变吧，摆正心态，讲究策略，要让自己在人际交往中游刃有余，我们可以说不，学会拒绝别人！

实训提升

对本节"案例导引"中的案例进行解析：

这则小故事给我们的启示是：要想说服不同的人去做同一件事，必须根据他们自身的不同情况，采取不同的理由和方法去"激励"他们。而实施这一做法的前提是，必须对说服对象有所了解。也就是说，在说服别人之前，我们必须首先了解对方的有关情况。而且，我们对对方的思想、看法、情感等了解得越清楚、越详细、越透彻，我们的说服力就越强。

第十章　社会交往语言表达技巧

第三节　赞美与批评

案例导引

阿梅在众人的眼里其实并不是一个话多的人，但是，身边的朋友无论是买一件衣服，还是做一件事情，都喜欢听听她的意见。因为阿梅是一位非常坦诚的女孩，在她这里，没有那么多的弯可绕，好就是好，不好就是不好。阿梅经常这样对身边的朋友说："你的上衣真的很漂亮，要是再配一双高跟鞋，效果一定会更好。"阿梅尽管并不多话，却能实事求是地赞美别人。该赞美的地方，她不会吝惜自己的赞美之词；不该赞美的地方，她也绝不会违心奉承。

知识点击

一、学会赞美

在社交活动中，适当地给予别人真诚的赞美和夸奖，会使别人感到心情愉悦，不仅能增进彼此的友谊，而且能营造一种和谐的交际环境和氛围。赞美是一门艺术，正确地掌握和运用这门艺术，我们会从中受益。从社会心理学角度来说，赞美是一种有效的交往技巧，能有效地缩短人与人之间的人际心理距离，但阿谀奉承不但达不到赞美的效果，反而很有可能惹人讨厌，因此赞美也要去伪存真。实事求是的赞美，才是最容易让人接受的。那么，赞美的原则和技巧有哪些呢？

（一）赞美的基本原则

1. 符合场景

小青自己经营一家公司，每天接待客户，还要管财务，忙得不可开交。生活真是让她忙得没有照顾自己的时间，一丝伤感总是悄然袭上心头。合作伙伴刘峰看到她的眼神和举动，走上前去，递给她一杯香浓的咖啡："休息一会儿，小青，你永远是美丽和能干的！"小青喝下了咖啡，同时心头的阴影也因此一扫而空。正是因为和对方当时的想法合拍，刘峰一句简单的话就起到了他所要达到的效果。

2. 用词得当

注意观察对方的状态是一个很重要的过程，如果恰逢对方情绪特别低落，或者有其他不顺心的事情，过分地赞美往往让对方觉得不真实，所以一定要注重对方的感受。某单位小刘，一次见自己的同事小王和夫人在散步。小王长得老相，而夫人却保养得很好，显得十分年轻。由于小刘是第一次见到小王的夫人，为了留下良好印象，便对她赞美说："王夫人好年轻啊，看上去比小王小二十岁，若是不知情的人，准以为你们是父女……"话未说完，小王就说："你胡说什么呀。"说完，顿足而去。小王之所以这样，就在于小刘赞美不当。

3. 适度，不可浮夸

夸奖赞扬要适度、如实，不可浮夸。尤其在团队当中，管理者表扬下属要恰如其分，要掌握表扬用语的分寸，不能任意夸大情节，评价失实，随意拔高。表扬不是搞文艺创作，不能像文艺作品那样虚构、夸张，必须有一说一，有二说二。对那些确实值得夸奖的人和事恰如其分地表扬能起到鼓励他人的作用。相反，如果你夸奖时随意把事实夸大，把人家的七分成绩说成十分，把人家本来很朴素的想法拔高到理想化的境界，评价失实，只能产生消极作用。

（二）社交口语赞美的语言技巧

1. 热情真诚地赞美

赞美要真心诚意，否则就是恭维。1852年秋天，屠格涅夫在斯帕斯科耶打猎时，无意间在松林中捡到一本皱巴巴的《现代人》杂志。他随手翻了几页，竟被一篇题名为"童年"的小说所吸引。作者是一个初出茅庐的无名小辈，但屠格涅夫十分欣赏，钟爱有加。他四处打听作者的住处，最后得知作者幼时父母双亡，是由姑母一手抚养照顾长大的，为了走出生命途中的泥泞，作者刚跨出校门便去高加索部队当兵。屠格涅夫倾注了极大的同情和关注，几经周折，找到了这位作者的姑母，表达了自己对他的欣赏与肯定。这一下子点燃了这位作者心中的火焰，他看到了自己的人生价值，找回了自信，于是一发不可收地写了下去，最终成为享有世界声誉的艺术家和思想家。他就是《战争与和平》《安娜·卡列尼娜》和《复活》的作者列夫·托尔斯泰。

2. 符合实际地赞美

在赞美别人时，应尽量符合实际，虽然有时可以略微夸张一些，但是不可太过分。比如，有一位女化学家年过六旬，获得了诺贝尔奖，一位电视台的女记者要采访她。这天，她终于在亲友的帮助下换上了西装，脱去了终日穿着的白服。一见面，女记者就兴致勃勃地夸奖道："呀，你这身衣服真漂亮。"女化学家机械地点了点头。女记者见没有激发起化学家的谈兴，就随口问道："嗯，你这么成功，你的儿女都是做什么的呢？"女化学家闻听此言转身离去，原来女化学家没有结婚，个人感情经历过挫折。案例中女记者不了解情况，赞美之词不但没有为采访增光添彩，激发女化学家的谈兴，反而帮了倒忙，导致采访彻底失败。女化学家对服装不感兴趣，忌讳谈家庭，这些女记者都没有事先了解。

3. 出人意料地赞美

若赞美的内容出乎意料，则会产生意想不到的结果。比如，莱特兄弟在八九岁时，一天晚上，两人在树下玩耍，抬头一看，透过密密麻麻的树叶，一轮明月正挂在树梢上。两个孩子高兴得跳起来，爬上树去想摘月亮，可不但没摘到月亮，还不小心撕破了衣裳，摔伤了腿。父亲知道后，不但没有指责孩子，反而给予了赞扬："你们爬上树去摘月亮的想法是有趣的、新奇的、伟大的。可是你们想过没有，月亮很高，在树梢上怎么能摘到月亮呢？我希望你们将来制作一种有神翼的大鸟，骑着它到天上去摘月亮。"小哥俩听了父亲的赞扬和鼓励，就决心去造这种"神鸟"了。后来，他们不断设计凌空搏击的"神鸟"，父亲也长期当他们的助手，终于成功地发明了世界上第一架飞机。

4. 赞美要切境得体

赞美与表达时的语境要适合，并且能够选择最佳的表达手段或方式，要考虑被赞美对象的各种因素，包括职业身份、文化程度、性格爱好、处境心情以及与赞美者的特定关系，因人而异地赞美，以取得最佳的赞美效果。否则，就会产生不良的效果。

"良言一句三冬暖，恶语伤人六月寒。"赞美是尊重他人的一种表现，是理想的黏合剂，给他人以舒适感，使我们拥有更多的朋友，也是社交活动的必备法宝。只有掌握好基本的赞美艺术和技巧，才能在增进人际关系中收到事半功倍的效果。

二、学会批评

赞美是鼓励，批评是督促；赞美如阳光，批评如雨露。二者缺一不可。俗话说："打是疼，骂是爱，不管不问要变坏。"当我们发现别人的过失时，应该及时予以指正和批评，这是非常必要的。在批评别人时，既不能伤害到对方，又不能引起对方的反感而让自己尴尬。为此，我们在批评他人时，要掌握一些技巧，使自己的人际关系更加和谐。

（一）批评别人可以先褒后贬

人们在听到别人对自己的表扬之后，再听到批评，心理上往往容易接受得多。

柯立芝任美国总统期间，他的一位女秘书抄写稿件时，非常不认真，不仅笔迹凌乱，而且标点符号经常出错。一天，柯立芝对那位女秘书说："你今天穿的衣服非常漂亮，你真是一位迷人的小姐。"女秘书听到总统的赞赏之后，受宠若惊。但是，柯立芝话锋一转，又说："希望你抄写的稿子也像你一样漂亮迷人。"女秘书一下子明白了总统的意思。

柯立芝并没有直接指出女秘书的缺点，而是以表扬来营造舒适的气氛，让对方在美妙的赞扬中愉悦地接受批评。

（二）幽默调侃地批评

幽默调侃地批评可以避免紧张的气氛，并且有利于他人接受。

伏尔泰有一个仆人，非常懒惰。一天，伏尔泰让他把鞋子拿过来，鞋子被拿来了，上面却布满污泥。伏尔泰生气地问道："你早上怎么不把它擦干净呢？""用不着，先生，路上都是污泥，两个小时后，鞋子又和现在一样脏了。"伏尔泰没有讲话，微笑着走出门，仆人赶忙说："先生慢走，食厨的钥匙呢？我还要吃午饭呢。""我的朋友，还吃什么午饭呢，反正两个小时后又和现在一样饿。"伏尔泰巧妙地批评了仆人的懒惰。

使用幽默的话语，可以消除对方被批评时的紧张情绪，不但达到了教育对方的目的，而且营造了轻松的气氛。

（三）批评不应在公众场合进行

在公共场合或者是熟人面前批评别人，会使对方感到自尊心受到伤害，从而增加他的心理负担，影响批评的效果。比如，你在客人面前批评你的丈夫，不论你说得是否在理，他都会感到在客人面前大大地丢了面子，甚至认为你是在通过羞辱他而达到你的自我满足，那么他肯定不会接受你的批评。含蓄的批评应该是在私下里进行的，在批评的语气上也应该是含蓄的。比如，要对方改正错误，用请求的语气说："请你做一些修改好吗？"如果说："你马上给我改正过来！"对方肯定不愿意接受。

（四）批评要适可而止，切忌没完没了

一种批评如果反复进行，就会失去作用。有的人在批评他人时，总以为自己占了理，批评个没完没了，批评的话反反复复。这样的方式不仅让对方难以招架，还会使对方产生逆反心理，得到相反的效果。当对方已经听明白并有诚意地接受时，就不必再说下去了。

批评是一种艺术，批评有很多技巧，要记得保持平和的心态，沉稳大气，找出问题所在，不仅要让对方知道错在哪儿，还得让对方知道对在哪里，懂得如何去做。良药不一定苦口，只要掌握正确的批评之道，就可以顺利地让别人接受你的意见。

实训提升

对本节"案例导引"中的案例进行解析：

高尔基曾经说过："过分夸奖一个人，结果反而会把人给毁了。"有效的赞美绝不应该绝对化，因为每个人都有对自己客观的认识和评价，如果你的赞美漫无边界，就很容易给人曲意奉承的感觉，让人难以接受。因此，赞美别人也应在肯定对方成绩的同时，看到他的不足，控制好赞美的度。在赞美的同时，指出对方的缺点和不足，并提出一定的希望，不仅不会减小自己赞美的力度，反而会使赞美显得更加真诚、实在，更易于让人接受。

第十一章　常见语言表达艺术技巧

第一节　演　　讲

知识点击

演讲是一门语言艺术，是在特定的公众场合，以自己的语言为主要手段，运用有声语言，发表自己的见解，追求言辞的表现力和声音的感染力，主张一人对多人的语言交际活动。演讲的主要形式是"讲"，同时辅之以"演"，即运用面部表情、手势动作、身体姿态，乃至一切可以理解的体态语言使演讲艺术化，从而产生一种特殊的艺术魅力。

演讲的成功与否取决于演讲者与听众是否产生了共鸣。

演讲有即兴演讲、命题演讲、论辩演讲，命题演讲较为普遍。

一、演讲内容的选择

命题演讲从内容的选择上需要注意以下几点：

1. 正能量。内容着力表达对真善美执着的追求，对国家、社会、时代、人民真挚的情感，不宜选择悲观沉闷的内容，演讲后要使听众振奋，正气十足。

2. 关注现实。演讲的目的是解决现实生活中某方面的问题，所以内容最好关注现实的热点，才能引起听众更多的注意力。

3. 逻辑要严密。在阐明观点和问题的论据材料时，演讲内容不能是"大概""估计""据说"，要明确可靠，用数字、图表等有力的论据来说明问题，这样演讲者在演讲时才能让听众产生一种不可辩驳的感受。

4. 观点要创新。首先，有突破才能对听众有启发，从而吸引听众；其次，语言力求平易简短，不宜过长，句型灵活，口语色彩明显，这样才适合口耳相传。

5. 开头的书写。好的开始是成功的一半，演讲一开始就开宗明义，吸引听众的注意力，听众会快速地领悟演讲的要旨。可以借用名人名言作为开头，名人言论精练有力，有巨大的号召力，有说服力；也可以从问题入手，激发听众的参与思考，进一步吸引听众注意演讲者的解答与阐释。

6. 演讲的结尾。通常以小结的方式来收尾，用号召以及鼓励性的语言结尾，也可以渗入含蓄、幽默的话，为演讲画上句号，切忌虎头蛇尾，也不要说"我太紧张了，讲得不好"这样的话。最好的结尾是：在听众兴趣浓厚时，适时戛然而止。

二、演讲的技巧和方法

1. 姿势。让身体放松，不能紧张。方法是张开双脚与肩同宽，身体站直，可以将一只手放在裤兜里，或者用手握住麦克风，或者用手触摸桌边。

2. 视线。将自己的视线投向听众。不要太介意冷漠的目光，要让自己的自信在脸上呈现出来，没有自信，即使内容再精彩，听众也会怀疑你所讲的内容。要与听众进行眼神的交流，若没有视线的交流，就不能引起听众的注意与共鸣。

3. 服饰和发型。男士以深色西服为主，女士的服装要相对正式，发型也会有推波助澜的功效。

4. 声音腔调。语言做到发音准确清晰，语句流畅，语调自然、富于变化，区分轻重缓急，随感情起伏而变化，要有感染力，能引起共鸣为最佳。

5. 演讲的速度。语速稍慢，如果语速较快会出现底气不足，甚至会有声音走调的情况，影响演讲的表达效果。教同学们一个方法：胸腹联合呼吸法。方法是双目平视，全身放松，胸部稍向前倾，腹部自然收敛吸气。扩展两肋，向上向外提起，腰带渐紧，后腰撑开，小腹内收，气贯丹田，用鼻吸气。呼气，控制两肋，使腹部有一种压力，将气均匀地往外吐。

6. 感情真挚。感情的抒发讲求自然、真实、得体，切忌虚情假意、夸张做作，切忌整个演讲过程都慷慨激昂而不自然。

现代社会，演讲已经越来越多地融入了我们的生活中，领导者公开讲话，学者传授学识，谈判中双方沟通，主持人的陈述和提问，采访与被采访的即席问答，应聘求职，小项目的组织，对上级报告，向下布置任务都需要演讲的技能，如果缺乏这一技能会失去很多成功的机会。一个人融入社会，口才会越来越显示出其独特的优势。演讲可以提高口头表达能力，增强自信，提高反应能力。我们只有具备良好的演讲能力，才可能在自己的工作岗位上发挥更大的作用，展示更大的魅力和风采。

优秀的演讲家是经过多次演讲的实践才取得成功的，他们不是天生的演讲家，艰苦的付出、多方面的努力、更坚定的信念，是演讲者成为演讲家的必备条件。

范例赏析

丘吉尔简短精彩的演讲"永不放弃"

古今中外，有很多演讲家以演讲的真谛拨动了无数听众的心弦，留下了脍炙

第十一章 常见语言表达艺术技巧

人口的篇章,丘吉尔就是其中的一个。他在第二次世界大战后,应邀在剑桥大学一次毕业典礼上的演讲,简短、精彩,令人难以忘怀。

据说,当时整个会场有上万个学生和其他听众,正迫不及待地要听这位伟大首相那美妙而幽默的励志演讲,感受伟人的风采。

丘吉尔在他随从的陪同下准时走进了会场,慢慢地迈着自信的步伐登上讲台。他穿着厚重的外套,戴着黑色的礼帽。在听众的欢呼声中,他脱下外套交给随从,又慢慢地摘下帽子从容地放在讲台上。他看上去很苍老、疲惫,但很自信,笔直地站在听众面前。

听众渐渐安静下来,他们知道这可能是老首相的最后一次演讲了。无数张兴奋、期待的面孔正注视着这位曾经英勇地领导英国人民从纳粹黑暗走向光明的老人,这位未上过大学,却知识渊博、多才多艺的举世闻名的政治家、外交家和诺贝尔文学奖获得者。作为政治家、诗人、艺术家、作家、战地记者、丈夫、父亲,丘吉尔走过了充实而丰富的人生之路,他被英国人称为"快乐的首相"。不论在公开场合,还是与家人在一起,他的谈话总是充满幽默感。甚至在生命垂危之时,他也没有忘记幽默。他曾说过"你能看到多远的过去,就能看到多远的未来"这句名言。那么,今天丘吉尔将如何将毕生的成功经验浓缩在这一次演讲中?究竟会对即将走向社会参加工作的大学生们提出哪些宝贵的忠告呢?

听众热切地期盼着,台下掌声雷动。

丘吉尔默默地注视着所有的观众,过了一会儿,他打着"V"形手势向听众致意,会场顿时安静下来。又过了一会儿,他语重心长地说出:Never, never, never, never give up(永不放弃)。过了一会儿,掌声再次响起。

丘吉尔低头看了看台下的听众,良久,他挥动着手臂,又打着"V"形手势向听众致意。会场又安静了,他铿锵有力地说出:Never give up。这次他呼喊着,声音响彻整个会堂。人们惊讶着,等待着他接下来的演讲。

会场又安静下来了。但大多数听众意识到了其实不需要更多的话语,丘吉尔已经道出了他一生的感悟和成功的秘诀,已经道出了他对学生的忠告。听众知道在丘吉尔一生所遭遇的危难中,他永远没有放弃他所要做的事情,世界因为他的出现而改变了。丘吉尔说完慢慢地穿上外套,戴上帽子,大家意识到演讲已经结束。

他转过身准备走下讲台,这时整个会场鸦雀无声,人们注视着他。又停顿了一会儿,丘吉尔转过身来,依然默默地看着听众,此时他看上去红光满面,目光炯炯有神,接着他又开口了,这次声音更加洪亮:Never give up。

丘吉尔再一次停顿下来,他那刚毅的眼中饱含着泪水。丘吉尔又打着"V"形手势向听众致意,转身走下讲台,离开会场,会场又响起了热烈的、经久不息的掌声。

这是丘吉尔一生中最精彩的一次演讲,也是世界上最简短、最震撼的一次演

女性文学素养提升

讲,这次演讲的全过程大概持续了20分钟,但是在20分钟内,年迈的丘吉尔只讲了三句相同的话——"永不放弃",却成了演说史上的经典之作。

> 丘吉尔曾于1940年至1945年、1951年至1955年期间,两度担任英国首相,被认为是20世纪最重要的政治领袖之一,他在第二次世界大战期间带领英国人民取得反法西斯战争伟大胜利,是与斯大林、罗斯福并立的"三大巨头"之一。他是历史上掌握英语单词词汇量最多的人之一,被美国杂志《展示》列为近百年来世界最有说服力的八大演讲家之一。2002年BBC举行的一个名为"最伟大的100名英国人"的调查中,丘吉尔获选为有史以来最伟大的英国人。
>
> 丘吉尔的演讲"永不放弃"以演讲的真谛,拨动了听众的心弦。这场演讲之后的第二天,英国所有的报纸头版标题都是这样一句话:坚持到底,永不放弃!这句话成了当时英国的民族精神,也迅速成为世界反法西斯战线的精神旗帜,足以看出这场演讲的成功。
>
> 成功根本没有什么秘诀。如果真有的话,就是两个:第一个就是"永不放弃";第二个就是当你想放弃的时候,回过头来看看第一个秘诀,还是"永不放弃"。放弃,这是衡量失败的唯一标准。"永不放弃",蕴含了生活的真谛、成功的哲理、人生的智慧、深邃的思想。"永不放弃",就是永远不要放弃你应该做的事情,永远执着地朝着既定目标前进,直到成功。

实训提升

朗读演讲稿例文:

2021年6月29日上午,"七一勋章"颁授仪式在人民大会堂隆重举行,29人获"七一勋章"。其中,来自教育系统的云南省丽江华坪女子高级中学党支部书记、校长,华坪县儿童福利院院长张桂梅代表"七一勋章"获得者发言。

尊敬的习近平总书记,各位领导、同志们:

大家好!我叫张桂梅,是一名普通的人民教师。习近平总书记将代表党内最高荣誉的"七一勋章"授予我们29名同志,这份光荣属于奋战在各条战线上的每一名共产党员。请允许我代表今天受到表彰的同志们,感谢党中央对我们的充分肯定,感谢广大党员群众对我们的支持和信任!

46年前,我从东北到云南支边,成为一名教师。在无数次家访中,看着一个个山区女孩因贫困失学,我心痛到无法呼吸。我体会到,一个受教育的女性,能阻断贫困的代际传递,改变三代人的命运。于是,我决心创办免费女子高中,点亮贫困地区孩子们的梦想。在党的关怀和社会各界的支持下,华坪儿童之家、女子高中先后建立,近2000个女孩考入大学,172个孤儿有了温暖的家。这里我特别想说,办学初期,条件艰苦,之所以能够坚持下来,就在于党的精神感召,学校党员向着党旗保证"一定要把女子高中办好",百折不挠,顽强拼搏。我们始终牢记习近平总书记"教育是国之大计、党之大计"的谆谆教导,坚持为党育人、为国育才,以党建统领教学、以革命传统立校、以红色文化育人,引导学生们感党恩、听党话、跟党走,做党的好女儿。许多学生和我说,上大学后,第一件事就是申请入党,要成为一名光荣的共产党员,沿着革命先烈的足迹,哪里需要就到哪里去。我们在学生心中深埋一颗红色的种子,帮她们系好人生第一粒扣子,引着她们做共产主义事业的接班人。学生们远方有灯、脚下有路、眼前有光,在山沟里也能看到外面精彩的世界,看到美好的未来。

有人问我,为什么做这些?其中有我对这片土地的感恩和感情,更多的,则是一名共产党员的初心和使命。小说《红岩》和歌剧《江姐》是我心中的经典,我最爱唱的是《红梅赞》,受革命先烈影响,受党教育多年,我把党的声誉看得很重,把"共产党员"这个称号看得很重。我们所做的一切,不过是许多共产党员每天正在做的事情,而党和人民却给了我们如此崇高的荣誉。戴着这枚沉甸甸的勋章,我受到莫大的鼓舞。习近平总书记说:"征途漫漫,惟有奋斗。"只要还有一口气,我就要站在讲台上,倾尽全力,奉献所有,九死亦无悔!

党的百年华诞即将到来,衷心祝愿我们伟大的党青春永驻,伟大的祖国繁荣富强,伟大的人民幸福安康!

第二节 辩 论

知识点击

什么是辩论?辩论是指参与谈话的各方就同一问题,持不同的立场观点而进行的各抒己见的争论,是见解不同的人,彼此用一定的理由来说明自己对事物或问题的见解,揭露对方的矛盾,以便在最后得到共同的认识和意见。辩论是不同思想观点之间的语言交锋,其目的是培养人的思维能力。

辩论赛是语言类比赛中比较激烈,也能引起更多关注的比赛。如何在激烈的辩论赛中拔得头筹,并最终能舌战群儒,一举夺魁呢?

一、辩论的要求

1. 逻辑要严密。分析对方在观点上的逻辑关系,以便确定对方观点的要害之处,当然表述自己的观点也要讲究逻辑层次,条理清楚。确定对方要害之处后要使用归谬法,就是按照对方的逻辑把观点推向极端,使其荒谬性显现出来,从而否定对方观点,放大对方逻辑错误,会收到意想不到的效果。

2. 语言要风趣。在辩论中,唇枪舌剑会有火药味儿,若能在硝烟中适时地融入风趣幽默的语言，就会吸引人。那么怎么可以使语言幽默风趣呢？一要尽量使用生活中形象的例子，从明白、晓畅、平实的生活实例中证实自己的观点；二是要用具体、有据可查的数据，可以使对方无可辩驳。

3. 攻守要兼顾。在足球比赛中，常常要攻守兼顾，而辩论赛中也一样，能攻能守才能游刃有余。首先学会防守，对方对自己观点中的枝节质疑，则不用过多地费心思；而对方对自己的基本观点质疑，那就必须简明有力地辩护，只有自己的根基稳固，才能有效攻击对方。其次，学会进攻。进攻不可强攻，强词夺理不一定赢，但仔细寻求对方观点和论据的破绽之处，找到契合的进攻角度，才能把对方置于无言之境。

二、辩论的形式

1. 座位顺序。四位辩手，从一辩到四辩。一辩求稳，语言要有震撼力；二辩和三辩要有现场应变能力，语言的及时组织能力、观点的把握能力要强；四辩是为整体辩论赛画上一个句号的人，要求有思想、有高度、有热情，能在情感上带动评委和观众。一辩听对方破绽，二辩补己方失误，三辩察言观色，四辩要总结精彩，结尾要打动评委。

2. 脱稿。只有脱稿，语言才有感染力，顺势而上，随感而发。

3. 团队。个人要力求创新，而团队的全体要关注风格整体性。

4. 全程礼节。有礼貌，不大喊大叫，要向听众、评委以及对方鞠躬问好。

三、辩论的技巧

1. 尽量找出对方一辩陈词的漏洞，给予致命一击，使全队无法依照一辩陈词展开后续铺陈。

2. 尽力找出对方在陈词中偷换辩题、混淆概念的观点，引到有利于己方的观点上来。

3. 自由辩论阶段。

（1）自由辩论阶段最易被对方引导，切忌跟着对方的思路走，要守住己方的观点，以证明己方观点为主，不能忙于应付对方的问题而忽略自己的观点。

（2）提问。所提问题要精心准备，甚至要推敲对方可能回答的内容，然后根据己方回答再进一步提问，始终掌握主动权，让对方进入己方的圈套内。回答始终要围绕证明己方观点。当然也会有很难回答的问题，也要适时忽略，不能纠缠不清。

（3）找错。两种错，一定要找：一是常识性的错误，一定不能放过；二是逻辑性的错误，对方论证过程不严密，有逻辑错误，甚至选手之间的观点若有矛盾，就要据理力争，纠错到底。

4. 总结陈词，注意三点：一是根据临场的问题，针对回答；二是找到对方的漏洞,加以攻击;三是再次强调自己的观点。

5. 辩论过程不出现硬伤,避免绝对化,要善于利用好事实、名言、数据、例证。

切忌因表现不好而自我否定,摇头会极大地挫伤队友和自己的斗志,要始终沉稳微笑,保持自信。

辩论不是诡辩,举办辩论赛是为了开阔思维,锻炼辩论者的口头表达能力、查找资料的能力、统筹分析的能力,要从多角度考虑问题,学会发散思维。团队成员之间也可以共同协作,增强默契合作的能力。辩论的精彩取决于日常知识的积累,只有根植于日常学识的积累,才可能在辩论场上大放异彩。

范例赏析

1993年,复旦大学"为了光荣与梦想"出征"狮城"新加坡,在一场荡气回肠的"人性之辩"后战胜了强大的台湾大学队,开启了国内华语辩论的一个全新篇章,而"舌战狮城"也从此成为华语辩论界的无上荣誉。第一届国际大专辩论赛的最佳辩手——复旦大学四辩蒋昌建,用三篇酣畅淋漓的总结陈词,证明自己的确是辩论场上的王者。

蒋昌建总结陈词原文

谢谢各位,一个严肃的辩论场需要一个严肃的概念。对方多次问我们人性怎么样、人性怎么样,始终没有问我们人性本怎么样,我想请问对方,人性是什么和人性本是什么是同样的概念吗?你们如果连这个概念都没有根本建立基础的话,那你们的立论从何而来呢?我们多次问对方的善花里面如何结出恶果,对方说要浇水,要施肥呀。那我就不懂了,大家都承蒙这个阳光雨露的话,为何有那么多罪行横遍这个世界呢?难道这个水、那个肥还情有独钟吗?为何要跟恶的人作一个潇洒的"吻别"?

今天我们本着对真理的追求来同对方一起探讨这个千年探讨不完的话题。无论是性善论的孟子也好,还是性恶论的荀子也好,又有哪家哪派不要我们抑恶扬善呢?抑恶扬善是我方今天确立立场的一个根本出发点。下面我再一次总结我方的观点:

第一,只有认识人性本恶,才能正视历史和现实。回顾历史的时候,我的内心总感到痛苦而颤抖。从希波战争到十字军东征,从希特勒的奥斯威辛集中营到日寇在华北的细菌试验场,真可谓"色情与贪婪齐飞,野心共暴力一色"。以往的人类历史,可以说是交织着满足人类无限贪欲而展开的狼烟与铁血啊!可见,本恶的人性如果不加以控制的话,将会给这个世界带来什么呢?

第二,只有认识人性本恶,才能重视道德、法律教化的作用,才能重视人类文明引导的结果,培养健全而又向上的人格。在历史的坎坷当中,人类并没有自取灭亡。尤其是在彬彬有礼、亲切友善的新加坡朋友面前,我们更有理由相信,人类明天会更好，其中我们要感谢新加坡孜孜不倦地建立起他们优良的社会教化系统。人类文明是在人类智慧之光照耀下不断茁壮成长的。饮水思源，我们要感谢那些在人类教化路途中洒进他们含辛茹苦汗水的这些中西先哲们。正因为从他们的理论智慧当中，从他们的身体力行当中，人们才有可能从外在的强制走上理性的自约，自约人的本性的恶，从而培养一个健全而又向善的人格。可见，人性本恶，并不意味着人终身成为恶，只要通过社会的教化系统就可以弃恶扬善，化性起伪啊！

  第三，只有认识人性本恶，才能调动一切社会教化的手段来扬善避恶。光阴荏苒，逝者如斯，在物质和科学技术突飞猛进的同时，人类的精神家园可谓花果飘零。在这个时候，我们要警惕人性本恶这个基本的命题。可喜的是，在东方的大地上，我们说传统文化的发扬光大，已经从一阳来复开始走向了新的春天。我们也相信，传统文化的精华，必将使人类从无节制的欲望中合理地扼制并加以引导，从他律走向自律，从执法走向立法，人类才能"挽狂澜于既倒，扶大厦之将倾"。"黑夜给了我黑色的眼睛，我却要用它来寻找光明！"谢谢各位！

一舞剑器动四方——驳论的攻击性与切中要害

  无论是反方的结辩手还是正方的结辩手，都肩负着一个重任，那就是对于对方在整场比赛中犯下的错误进行攻击。因此，在新加坡模式（四位辩手依次陈词）下，结辩手往往成为决定胜负的关键。剑指东南，力挽狂澜，一剑破敌，也就成为结辩手能力的集中体现。而这篇总结陈词开篇做出的两次攻击可谓切中要害，一语中的，寥寥数语尽显最佳辩手本色。

  纵观整场辩论赛，台大出现的错误有很多，但真正的致命伤只有两处：一是概念上对于"本"字始终模糊，不断回避，不断摇摆，怯于直面，时而将"本"定义为人类发展的初始阶段，时而将"本"定义为个体的出生；二是逻辑上，正方立论中存在严重的逻辑问题，不能自圆其说——只说人性善，将各种各样的恶通通归于社会的客观影响，自然很难为大众所接受，因为很容易就得出一个两难推理，如果社会是客观的，相当于将社会等同于物质环境，物质环境的恶本来就无从说起，那么脱离了人的主观因素，社会如何能对人性产生影响，使本善的人作恶？如果社会不是客观的，则承认了社会是一个人与人的关系的集合，承认社会的恶就相当于承认人的恶，如果社会不是恶的，那么在这样一个非恶的集合的作用下，非恶的人性如何做出恶的行为就成为又一重矛盾。在自由辩论中，这两点成为反方的火力集中点，而逻辑错误更是被反方五次指出。在这种情况下，我们看到，蒋昌建的陈词用最简约的笔墨收到了最大的效果，诚可谓一剑封喉。

  另一方面，刚言慑服，针锋相对，直言诘问正方的立论基础，面对对手的正面攻击毫不退缩，用直截了当的回应揭露正方在这一系列对反方的攻击中所

第十一章 常见语言表达艺术技巧

犯下的概念错误,使正方的一切攻击不但落到空处,而且成为反方攻击的论据。"一个严肃的辩论场需要一个严肃的概念。"有理有节,义正词严。没有任何婉曲的语言,连续的反诘,将正方的概念错误再次暴露在阳光之下。另一方面,巧用幽默,一语双关,又一次委婉地揭露正方的逻辑错误。由于己方已经五次提出"善花是如何结出恶果的"这一问题,因此此时也就无须再紧追不舍,而是轻描淡写地将教化比作阳光雨露,套用当时流行的《吻别》歌名,一语双关,四两拨千斤,利用幽默的力量再次指出对方的逻辑错误,到此时,对方结辩必然左支右绌,难以为继。

如此一刚一柔,刚柔相济,有如剑舞,惊动全场,击敌之至痛,攻敌之必救,用最简单的笔墨收到了最佳的驳论效果。诚可谓"一舞剑器动四方"。

这篇陈词在文字气势与思想统一、与场上形势统一方面,堪称典范。

实训提升

1. 请名人给自己的产品冠名,这就是所谓的"名人效应"。对此,你是如何看待的?针对这一辩论题目,假如你是反方代表,将如何阐述你的观点?

正方:我认为名人魅力能造就品牌魅力。请名人做广告能提高产品被注意的程度;借助明星的知名度和美誉度能迅速提升产品的档次和知名度;名人在特定的范围或领域当中往往具有相当的权威性,由此易于获得消费者的信赖。

【参考答案】反方:我不赞成名人效应。由于名人有较高的知名度,往往会分散人们对广告商品的注意力,容易喧宾夺主;如果名人与广告产品无任何内在的或明显的联系,会形成牵强附会、不可信的感觉;名人的形象参差不齐,一旦其社会名声不好,就可能会波及产品。

2. 阅读下面的辩论材料,回答问题。

某中学举行辩论赛,正方的观点是"养成良好风气主要靠自律(自我约束)",反方的观点是"养成良好风气主要靠他律(他人约束)"。辩论时,双方唇枪舌剑,反方突然这样发问:"孙悟空不就被套了个紧箍咒吗?可见养成良好风气主要靠他律。"

作为正方,你将怎样得体有力地回击反方?

【参考答案】正方:(1)那么唐僧为什么不戴呢?(2)孙悟空是动物,不是人,作为动物,当然主要靠他律,这不是我们讨论的话题。(3)我们强调主要靠自律,并没有完全排除他律。

提升技巧:需准确判断对方的症结。驳论不求对方"粉身碎骨",但求对方"不能翻身";立论不求滴水不漏,但求没有硬伤。

第三节 诵 读

> 知识点击

一、诵读的内涵

诵读即朗诵、朗读。我们经常把这个两个词语混用，但"诵"和"读"是有区别的。

1. 二者选取的范围不同，朗诵有特定的对象，主要是文学作品；而朗读的范围非常广，只要是文字，我们都可以朗读。

2. 朗诵讲求艺术表达，需要朗诵者的音色优美，感情强烈，声音要经过艺术化的处理。但朗读本质上是一种念读，它需要注意语言的规范，语句完整和语义精确就好。

3. 朗诵一般指的是舞台朗读表演，讲究语言表达技巧，不仅要传情达意，还要通过面部表情、动作、手势来加强表达的效果，当然也可以用相应的化妆、音乐、灯光来强化感情的表达。与朗诵相比，朗读实际上并没有这么多的要求。

4. 从对象和地点看，朗诵的场合是确定的，对象也是群体性的；但是朗读的对象可以是一个人、几个人或更多的人，比较随意，地点也可以灵活选用。

概括起来就是朗诵和朗读均是把文字作品转化成有声语言的创作活动，但朗诵较之朗读更讲求表达效果，语言手段更丰富。诵读即将朗诵、朗读融合在一起，归其要义。

二、诵读的技巧

（一）语势

语势指语调中的抑扬对比、高低升降。语势的处理与表达内容有直接的关系，受音节本身的语调、语言的内在情感的浓淡、作品自身风格多重因素的影响，语势的变化是十分复杂的。它可以分为四个类型：平行、上行、下行和曲行语势。平行语势，比较平直，我们常说的陈述句一般都是用这样的语势；上行语势，是指由低到高逐渐上扬，通常我们会在疑问句中用到；下行语势是指语句由高到低逐渐下抑，但表示一种肯定，表示一种强调；曲行语势中抑扬变化非常多，是一种比较曲折的形式变化。

（二）停顿

1. 文法停顿。文法停顿就是按照行文的标点符号进行停顿，由文章的结构来决定停顿，表示文章的层次段落。这个比较简单，我们从小读文章一直都是这样做的。

2. 逻辑停顿就是为了表达语言内在联系而形成的声音的停歇，它并不受文法停顿的限制，往往是根据内容和语境来决定停顿的地方以及停顿的时间。

例如"星期六前去报到"，这个句子可以分为两种停顿。

（1）"星期六前/去报到"，表示在星期六之前，哪天去都可以。

（2）"星期六/前去报到"，表示星期六这一天去报到。

两种意思完全不同，我们要根据具体的语境和内容来决定停顿的位置。

（三）重音

重音是指在诵读的过程中，为了更好地体现语句的目的，着意强调的词或者词组。确定语句的重音要结合上下文，不能孤立地来看一句话。当然也不能把所有的内容都读重了，如果重音在文中到处都是，其实就没有重音了。

那么我们怎样在诵读的过程中来体现这是重音呢？

1. 加大音量，通过表达饱满、高涨这样的情绪来呈现一种非常有力的声音。

2. 拖长，就是把词语的音给拖长了，用于渲染内在的情绪。例如："你居然要我给你钱，给钱，你居然想得到。"延长"给"字这个音节，就表示了诵读者的一种非常强烈的否定态度。

3. 重音轻读，就是对重点的词语反而要弱化，音量减小，语气很柔弱；非重点词语反而响亮和明朗了。这种方式就是要烘托一种意境，表达一种细腻的感情。例如："热闹是他们的，我什么也没有。"

（四）节奏

诵读离不开节奏，节奏是在一定的思想感情起伏的支配下，呈现出抑扬顿挫、轻重缓急的语音形式的循环往复。节奏可以有轻快、有沉稳，也可以有舒缓、强急。不同的节奏要根据内容的不同来做决定。

（五）辅助性技巧

诵读还需要加一些辅助性技巧，比如表情、动作或者服装、背景音乐来配合，这样才会收到意想不到的效果。

1. 表情。丰富的表情能收到最佳的表达效果。我们可以利用眼神和听众交流感情。

2. 动作。良好的动作姿势可以给人一种落落大方的感受，使人看了很舒适。手势用得好，可以加深受众的印象，并引起受众的共鸣，起到画龙点睛的作用。

3. 服装。要整洁得体，端庄大方。服装风格要能够与诵读的作品的内容和艺术风格相符。

4. 音乐。诵读时要有配乐，这样就可以给人一种艺术享受，但是要注意音乐的节奏、音量与内容是否协调，不适合的背景音乐将会适得其反。

范例赏析

以诵读艾青《我爱这土地》为例。

一、诵读前的准备

第一步：清除字词障碍，切勿望文生义。

对于所要诵读的文章要了解每一词句的确切含义，不能只从字面上去牵强附会，做出不确切的解释，这样就会影响对文章意思的解读。

第二步：把握作品创作的背景。

首先要了解作者，进入作者在创作时的精神状态中去，通过反复阅读，体会诵读内容潜在的情感信息。

《我爱这土地》写于1938年，当时日本侵略军连续攻占了华北、华东、华南的广大地区，所到之处疯狂肆虐，妄图摧毁中国人民的抵抗意志。中国人民奋起抵抗，进行了不屈不挠的斗争。

1938年10月，武汉失守，作者和当时文艺界许多人士一同撤出武汉，汇集于桂林。诗人在国土沦丧、民族危亡的关头，满怀对祖国的爱和对侵略者的恨，写下了这首慷慨激昂的诗。

第三步：厘清作品情感基调。

对于朗读者来说，情感表达是非常重要的艺术活动，如果诵读者忽视了情感，那么其实就失去了艺术感染力。《我爱这土地》这首诗的感情基调是深沉、热情、悲怆。

作者通过描述自己生活在祖国的这片土地上，痛苦多于欢乐，心中郁结着过多的"悲愤""无止息地吹刮着的激怒的风"；然而，这毕竟是生他养他的祖国，即使为她痛苦到死，也不愿意离开这土地——紧扣"鸟儿"这个虚拟的形象（"连羽毛也腐烂在土地里面"），表现了自己决心生于土地、歌于土地、葬于土地、与土地生死相依、至死不渝的最伟大、最深沉的爱国主义感情。

二、诵读时注意轻重缓急、抑扬顿挫

首先，确定语速。深沉的爱国情感决定全诗的朗诵语速要稍慢，但"歌唱"以下三句是对饱受磨难的祖国与不屈反抗的人民的讴歌，以排比句的形式出现，朗诵时应慷慨激昂，语速稍快，一气呵成。"黎明"一句意思与前三句有明显区别，是对抗战胜利的向往，语速稍慢。而最后两句情感抒发达到高潮，语速宜稍快。

其次，划分节奏。诗句之间按照自然分行的方式稍加停顿，两节之间停顿时间最长，诗句内部则根据情感短暂停顿。具体如下：

假如/我是/一只鸟

我也应该/用嘶哑的喉咙/歌唱

这被暴风雨/所打击着的/土地

这永远汹涌着/我们的悲愤的/河流

这无止息地吹刮着的/激怒的/风

第十一章 常见语言表达艺术技巧

和那来自林间的/无比温柔的/黎明
然后/我死了
连羽毛/也腐烂在/土地里面

为什么/我的眼里/常含泪水？
因为/我对这土地/爱得/深沉

诗歌的两节之间停顿时间最长，第一节的三个部分之间也要体现出明显的停顿。同时，我们还要考虑停顿的方式，即落停和扬停。每个诗句结束时用落停，停顿时间长，气息刚好用完，声音顺势落停。而诗句中间停顿处用扬停，停顿时间短，声音虽停而气息未尽，而且停前声音稍微上扬或者拉开。比如第一句，"假如""我是"两处都是扬停，"一只鸟"就是落停。

最后，考虑轻重音的处理。以下加点字词是诗中需着重强调的重音：

假如我是一只<u>鸟</u>，
我也应该用<u>嘶哑</u>的喉咙歌唱，
这被暴风雨所打击着的<u>土地</u>，
这<u>永远</u>汹涌着我们的悲愤的<u>河流</u>，
这<u>无止息</u>地吹刮着的激怒的<u>风</u>，
和那来自林间的<u>无比</u><u>温柔</u>的<u>黎明</u>……
然后我<u>死</u>了，
连羽毛也腐烂在<u>土地里面</u>。

<u>为什么</u>我的眼里常含<u>泪水</u>？
因为我对这土地爱得<u>深沉</u>。

这些重音的使用可以造成语音的轻重变化，突出主题，更准确地传达诗歌的情感。不过重音不能理解为简单的重读。一般情况下重音就是加大音量，重音重读如"鸟""嘶哑""土地""河流""风""死""土地里面""为什么""泪水"这几个重音就是要用较强的气息，扩大音量来读，使这些词语响亮突出。但是像"永远""无止息""无比"则要适当延长声音。而"温柔""黎明""深沉"则要用重音轻读的方法造成低沉轻柔、回味无尽的效果。具体表现就是要抑制住声带发声，用较强的气息，使气大于声，把需要重读的字轻轻地、有力地读出来。

三、表情诚恳，体态自如

在朗诵时辅以恰当的态势语，有利于诵读者情感的抒发。诵读者应首先调动自己的内心情感，进而反映在自己的表情尤其是眼神上，以做到声情并茂。朗诵前可以想一想日军侵略中国的种种罪恶，调动对祖国、对土地的热爱。开始时目光可以平视全场，随着情感的逐步深化，眼神也会越发炽烈。在读到倒数第二句时，可以环视一下场中听众，以形成问与答的呼应，也使得朗诵更有感染力。

四、合理运用手势

在朗读开始时，双手可以自然下垂，随着情感的逐步强烈，可以单手自然挥动，配合诗句内容，或上或下，或开或合。没有定规，自如即可。

女性文学素养提升

只有真正理解诗人对土地的热爱，理解诗人生于斯、歌于斯、葬于斯、至死不渝的深情时，技巧才能内化成感人的艺术魅力。

实训提升

运用诵读技巧朗诵下面这首诗，注意停顿和重音。

致青春

我们身披洒满阳光的羽翼
置身于青春的驿站
以一腔澎湃的热血
用迎接太阳的双手
推开光明与希望之门
为了找寻青春岁月的光芒
我们无数次背负着理想
伴着子夜的钟声出发
洋溢澎湃的激情前行
追寻属于我们青春的辉煌
也许青春之路很漫长
前进的道路上会充满坎坷与荆棘
但我们能以理想为经
以行动为纬
朝着远方的目标不懈地跋涉
在时光的隧道里
用犀利的目光将天空钻出蔚蓝
让激动的心似利箭般射穿无尽的苍穹
射向高高远远的宇宙
坚守到生命最后的时刻
希望的钟声敲响着黎明时空
相信每个早晨的阳光会使天空更加灿烂
相信理想的烈焰正旺
相信青春的灯火正亮
定会照亮有志青年不懈的追求之路
让我们携起手来
披着阳光穿行岁月
加快青春的脚步
去点亮挂在心头的那束理想之光
用挚爱的情怀去高歌一首青春之歌

第五编 当代著名女性文学素养案例解析

第十二章 女性作家

女性作家是中国文坛上一抹引人注目的亮色。她们以文学的方式打开女性的幽闭之门，抒写女性内心的欲望和诉求。她们通过自己的文字和思想影响着读者，她们的文学作品对社会产生了广泛的影响。女性作家依靠女性细腻的笔触、敏锐的情感、独特的审美视角，为中国文学宝库的丰富贡献着美文华章。

第一节 铁 凝

铁凝，1957年生，当代著名作家，河北赵县人。现任中国共产党第十九届中央委员会委员、中国文联主席、中国作家协会主席。主要著作：《玫瑰门》《无雨之城》《大浴女》《麦秸垛》《哦，香雪》《孕妇和牛》以及散文、电影文学剧本等百余篇（部）。散文集《女人的白夜》获中国首届鲁迅文学奖，中篇小说《永远有多远》获第二届鲁迅文学奖，根据小说改编的电影《哦，香雪》获第41届柏林国际电影节青春片最高奖。电影《红衣少女》获1985年中国电影"金鸡奖""百花奖"最佳故事片奖。

在中国当代文坛中，有这样一位风云人物、美女作家，汪曾祺形容她："英格丽·褒曼的气质，天生的纯净和高雅。"这份高雅也征服了浪漫的法国，让她成了首位荣获法国艺术与文学骑士勋章的中国女作家；她也是中国文坛政治身份最高的作家。她就是铁凝。[①]

和许多出身乡土、奉自然为宗师、作品大多饱含乡土情感的作家不同，铁凝的文学素养很大一部分来源于原生家庭。铁凝的父亲是著名的油画画家铁扬，原名屈铁扬，毕业于中央戏剧学院；母亲是声乐教授，毕业于天津音乐学院。铁凝的父母都是那个年代卓越的知识分子，铁凝作为她们的长女，从小就被寄予厚望，在父亲和母亲的审美熏陶下成长。

父亲计划让铁凝子从父业，也成为一名画家。而小铁凝似乎也颇有绘画天

---

① 李砍柴. 铁凝：美就美了，她还能歌善舞绘画写作，难怪掌管作协15年

分，4岁时画出的小猫活灵活现，6岁时画的一群小孩玩滑梯，将童真童趣体现得淋漓尽致。母亲从事声乐工作，她却认为女儿嗓音清亮，能歌善舞，可以成为一个歌唱家。①

其实，除了父母发现的天分，铁凝还会用自己的方式，绘声绘色地描绘身边的所见所闻。于是父母在她的日记里看到，普普通通的大冬瓜在小铁凝笔下，却是憨态可掬的"胖冬瓜"。再后来，父亲发现小铁凝在看连环画时，对文字的兴趣远远高于图画，才开始意识到，女儿不用刻意引导和培养的兴趣，是文学。

1966年，铁凝上二年级，那场文化运动开始了。于是她活灵活现的小猫、童真童趣的滑梯、能歌善舞的天分以及胖冬瓜，都戛然而止。父母去了干校，铁凝被送到了亲戚家。天真烂漫的年纪，她却寄人篱下，看尽了人情冷暖。她开始变得敏感早熟。角落里几本残破的《白洋淀纪事》《长长的流水》等书籍，像是命运给予她的救命稻草，让她可以短暂逃离现实世界。只是在那动荡的岁月里，这些书籍不被允许存在，偷偷看书的铁凝被发现后，被迫将它们用一个大麻袋打包，带去废品站卖掉。没有了书本，但若隐若现的文学之梦却开始在铁凝心中萌芽。她把身边的人、事代入曾读过的书，把看到的、感受到的都写下来。

没过多久，父亲因生病而提前从干校回来，接回铁凝后继续送她上学。恢复学业的铁凝成了一名偏科的中学生，一堂课能够写出两篇内容不一样的作文，一篇给自己，一篇给同桌。然后作为交换，同桌帮她写物理、化学作业，解决她一塌糊涂的理科麻烦。不过学校并不重视文学课，铁凝的出类拔萃得不到认可，这让她既气馁又压抑。于是她把兴趣转移到了舞蹈上，这是被认可的实际本领，也是人们公认的能够谋一个好出路的渠道。初二时，铁凝考取了艺术学校舞蹈科。即将报到时，父亲从她平时练舞的不积极里敏锐地发现，舞蹈于她，并非最合适的终生职业。因为他还记得女儿的日记，了解女儿在困难环境下的求书若渴，更知道女儿偏科的原因，文学才是她与生俱来的兴趣！于是父亲就带着铁凝背诵唐诗宋词，领略古典散文的美妙，体会中华文化的韵致。成名以后的铁凝曾说，她至今都非常感谢父亲，不仅仅因为他对自己的了解和支持，更因为他在中国古典文学方面对自己的熏陶。

渐渐地，铁凝的文学才能开始初露端倪。16岁时，刚刚升入高一的铁凝洋洋洒洒地写了一篇7000字的作文念给父亲听，父亲听后十分欣喜，当即带她去拜访自己的老朋友——《小兵张嘎》的作者、著名作家徐光耀。徐光耀在看了铁凝的作品后对她赞赏不已，甚至直接告诉她："你写的已经是小说了，不用修改，直接寄出去吧！"这篇作文，就是后来被认为是铁凝的处女作小说的《会飞的镰刀》。可以说，铁凝在文学道路上的最早引路人就是徐光耀。

---

① 张光芒，王冬梅. 铁凝文学年谱.

第十二章 女性作家

高三毕业那年,铁凝面临三个选择:一是进入部队成为一名光荣的女兵,二是留在城里做一名工人,三是到农村就业。那是 1975 年,上山下乡运动已经接近尾声,政策有了变化。很多人都觉得铁凝很幸运,不用到农村去吃苦,而且二炮文工团还选中了铁凝,愿意招收她为文艺兵。铁凝在后来的一次采访中说,那时女孩子的服装款式非常匮乏,只有军装是有腰带的,时髦而又英气勃发,女孩子都梦寐以求,自己也不例外。只是如果自己想要成为中国的"女高尔基",就必须深入农村,因为很多知名作家都说过,只有了解农村的生活,才能写出漂亮的小说!

于是铁凝义无反顾地选择去农村就业。铁凝在一个墙基腐朽、屋顶直掉土、四面漏风的茅草房里开始了知青生活。她跟随村里人春耕秋收,脸在毒辣辣的日头下晒得蜕皮;因为睡土炕,身上皮肤过敏、长疙瘩;手心在繁重的农活磨砺下长满了血泡……即使如此艰辛,铁凝依然坚持每天写作。她从没有忘记她的"女高尔基"梦,更没有忘记自己到农村来的目的。夜深人静,劳累一天的人们都已酣然入睡,铁凝却在昏黄的煤油灯下,烟熏火燎中,把一天的所见所闻、所思所想都记录了下来。每每早晨起来,她的鼻孔都被熏得黑漆漆的。一个又一个夜晚,铁凝写出了 50 万字的日记、札记。后来,铁凝说:"感谢冀中平原那密密实实的青纱帐,它把我领进生活,磨炼了人生。"正是这些苦和累,成了她日后创作的不竭源泉。

唐诗有云:"不经一番寒彻骨,哪得梅花扑鼻香。"在农村笔耕不辍的铁凝陆续发表了自己的作品。她文学之路的高光时刻正在到来。1978 年,铁凝根据农村抗旱灌溉所完成的小说《夜路》得到了著名作家茹志鹃的推荐,发表在了《上海文艺》上。铁凝由此在全国文坛崭露头角。1982 年,她为人所熟知的短篇小说《哦,香雪》发表,次年便获得了全国优秀短篇小说奖。紧接着,她又发表了《没有纽扣的红衬衫》,这是以自己家庭生活为原型的小说,在社会上引起了强烈反响。随后这部小说不但获得全国优秀中篇小说奖,还被搬上了银幕,改编为《红衣少女》,一举荣获了中国电影"金鸡奖""百花奖"最佳故事片奖。进入 20 世纪 90 年代后,《哦,香雪》被改编为同名电影,荣获第 41 届柏林国际电影节青春片最高奖。至此,铁凝已经在文坛和剧作领域声名鹊起。她后续创作的《麦秸垛》《玫瑰门》《对面》《大浴女》《永远有多远》等多部作品同样获奖无数,并走出国门。铁凝成为中国文坛知名的"美女作家"。

除了一路高歌的文学发展,铁凝在文坛上的官职升迁也顺风顺水。1979 年铁凝就从农村调到了保定的文学创作组,后来加入中国作家协会后任《花山》的编辑。1984 年调入河北省文联并成为文联副主席,同年末,当选中国作家协会理事。此时的铁凝才 27 岁,创下了中国作协有史以来最年轻理事的记录。1996

年，她当选河北省文联主席的同时，成为中国作协的副主席。2006年，铁凝再创中国作协有史以来最年轻主席的纪录。首任主席茅盾任职时是53岁；第二任主席巴金，任职时80岁；而第三任主席铁凝，任职时年仅49岁，并连任至今。当初那个想成为中国"女高尔基"的女孩，如今成了中国文坛政治身份最高的作家。

除了掌声和鲜花，争议和质疑也随之而来。很多人质疑铁凝头衔如此之多，还能静下心来搞创作吗？事实上，这些事务性工作对她的创作没有任何负面的影响。铁凝的《大浴女》《永远有多远》等一批作品都是在任职期间写的，完全是利用零碎时间在写，白天为作协盖楼去奔走呼号，跟各种人打交道，晚上回到家一个人静静地写字，完全是两种生活。铁凝说，那些看似与个体写作无关的事务，那些看似为别人做的事虽然不能成为你直接的文学作品，但那种在社会上的浸泡会对人产生积极意义，它更能激起你广阔的爱心，让你的情怀更广博，它对人的益处不是立竿见影的，而是在潜移默化中涵养人的境界。

铁凝的文学素养很大一部分来源于原生家庭。铁凝的父母都是那个年代卓越的知识分子，铁凝从小就在父亲和母亲的审美熏陶下成长，对文学产生了浓厚的兴趣。在父母的影响下，铁凝从小就喜欢阅读。受"文革"的影响，她过了一段寄人篱下的日子，在那个动乱时期，是书籍给了她精神上的安慰。在通往学文学的道路上，孙犁、茹志鹃等文学前辈人对铁凝的加持，也大大激励了她的创作，使她更坚定地走文学创作这条道路。铁凝对文学是十分执着的，曾经的她能够为了心中的文学梦，在大好青春，毅然跑到农村去就业，去体验生活，她的很多作品都源于那段农村的生活经历。铁凝的立场也是很坚定的，无论是作为普通的知青，还是升任中国作协主席，也无论周围环境怎样，她都依然坚持创作，坚守作家的初心，从未放弃。就像她所说的那样："我的本质是一个作家，一旦真正失掉了写作，我个人觉得我也就没有什么（其他身份）了。"因为她知道，鲜花和掌声都扎根在文学作品里，它们不属于她，她只是文字的记录者，承载着一个时代的记忆。

第二节　迟子建

迟子建，山东海阳人，1964年生于黑龙江漠河。1984年毕业于大兴安岭师范学校，1987年入北京师范大学与鲁迅文学院联办的研究生班学习。毕业后到黑龙江省作协工作至今。中国作协全委会委员。1983年开始文学创作。著有长篇小说《树下》《晨钟响彻黄昏》《伪满洲国》《越过云层的晴朗》，小说集《北极村童话》《白雪的墓园》《向着白夜旅行》《逝川》《白银那》《朋友们来看雪吧》《清水洗尘》《雾月牛栏》《当代作家选集丛书·迟子建卷》《踏着月光的行板》，散文随笔集《伤怀之美》《听时光飞舞》《我的世界下雪了》《迟子建随笔自选集》等，另有《迟子建文集》《迟子建作品精华》，已发表文学作品500万字，出版单行本40余部。

迟子建是当今文坛一颗耀眼的明星。她是获得三次鲁迅文学奖、一次冰心散文奖、一次庄重文文学奖、一次澳大利亚悬念句子文学奖、一次茅盾文学奖等文学大奖的作家，在所有这些奖项中，包括了散文奖、中短篇小说奖、长篇小说奖等。她的部分作品在英、法、日、意等国出版，是当代中国具有广泛影响力的作家之一。

迟子建出生在人烟稀少的黑龙江省大兴安岭地区漠河市，她的父亲迟泽凤是镇上的小学校长，他爱好诗文，尤其喜欢曹植名篇《洛神赋》，而曹植字子建，因此他给女儿取名"迟子建"，是希望她将来能像曹植那样拥有旷世文采。迟子建的父亲会拉小提琴和手风琴，还写了一手好字，是一位豁达且浪漫的人，被视为村里文化水平最高的人。每逢过年过节，家家户户都拿着红纸找迟老师写对联。迟子建回忆说："我依然记得红纸上墨汁泻下来的感觉，父亲让我明白了小镇之外还有另外。"①

迟子建的母亲叫李晓荣，是漠河乡广播站广播员。母亲的性格坚忍而慈悲。在大兴安岭半年时间都是冰雪，雪特别大的时候，母亲在房间里看着外面的鸟儿发愁：雪把世界盖住，那鸟不都饿死了吗。她就隔着窗子给鸟儿撒米吃，鸟们惧怕人类的捕杀，开始不愿意落脚，后来一只两只陆陆续续过来，母亲高兴得不行。父母的诗意和善良为迟子建未来的性格养成和文学创作的风格形成埋下了温润的伏笔。她的家人和北极村轮回的四季一起，给了迟子建最初的生命教育。

迟子建小时候在外婆家度过。小时候的她最喜欢生机勃勃的菜园。由于无霜期太短，当一场猝不及防的秋霜扫荡过来，所有充满生机的植物都成为俘虏，一夜凋敝，这让年幼的迟子建十分痛心和震撼。迟子建说："我对人生最初的认识，完全是从自然界一些变化感悟来的，从早衰的植物身上，我看到了生命的脆弱，也从另一个侧面看到了生命的淡定和从容，许多衰亡的植物，翌年春风吹又生，又恢复了勃勃生机。"

迟子建上中学时的作文常被老师当成范文在班里朗读。学校里的一位上海女知青教师在《青春》杂志发表了一篇小说，令身边人艳羡不已，这促使了迟子建开始创作。

---

① 后知后觉无所谓. 东北作家迟子建

高考时，擅长写作的迟子建却将作文写跑题了，只得了 5 分。高考的失误让迟子建只能读专科，于是她来到了大兴安岭师范学校。在师范学校这个没有围墙的山城校园里，迟子建面对山林、草滩和天空，真正做起了作家梦。迟子建说："这反倒成就了我。那里很清静，给了我充足的时间幻想，充足的时间阅读。"迟子建畅游书海，广泛涉猎，喜欢鲁迅、川端康成、屠格涅夫……

1983 年，师范尚未毕业，迟子建便开始学写小说，兴致勃勃地徒步进城，去邮局将稿子寄出。迟子建很欣喜和感恩自己还没怎么感受到挫败，处女作就已在《北方文学》上发表。在师范临毕业前，迟子建开始断断续续地记载记忆深处的童年生活，20 岁那年，她把这些文字整理成中篇小说《北极村童话》，于 1986 年 1 月在《人民文学》上发表。

师范毕业后的迟子建回故乡当了半年山村教师。1988 年她去西安念西北大学作家班，1989 年北京师范大学和鲁迅文学院联合办研究生班，她又去读了研究生班。在那个班级里面有很多人，如莫言、余华、刘震云等。1990 年迟子建从研究生班毕业，加入中国作家协会，回到了黑龙江省作家协会工作。1996 年，迟子建的《雾月牛栏》摘取了鲁迅文学大奖，备受瞩目。

1997 年，迟子建与同学黄世君重逢。第二年，34 岁的迟子建与黄世君结婚，婚后夫妻二人因为工作分居两地，但是感情一直很好。婚姻带来的幸福和安定让她对写作充满了信心和力量。迟子建回忆说："我选择了婚后的幸福时光营造它，因为那是心情和体力最好的时期，可挑重担。"两年以后，迟子建的《伪满洲国》创作完毕。

然而生活在最美的时刻戛然而止。2002 年的一场意外车祸，夺去了丈夫黄世君的生命，迟子建陷入巨大悲痛中不能自拔。面对生活中的突变和打击，坚强的迟子建选择勇敢地活下去，她重新拿起笔来写作，用一部部小说和一篇篇散文排遣忧伤。2002 年，她用三个月写就一部长篇小说《越过云层的晴朗》。写中篇小说《世界上所有的夜晚》，她也只用了一个月。这部《世界上所有的夜晚》荣获第四届鲁迅文学奖。小说叙述了女主人公在丈夫车祸去世后独自远行，因山体滑坡，列车中途停靠在一个盛产煤炭的小镇乌塘，她得以接触社会，目睹了许许多多底层劳动人民的悲哀，以及他或她"面对悲哀的不同态度"。迟子建怜惜女主人公邂逅的每一个角色："和他们的痛苦比，我的痛苦是浅的。生活并不会因为你是作家，就会对你格外宠爱一些。作家把自己看小了，世界就变大了；把自己看大了，世界就变小了。对任何人来说都这样。""世界上并不只有我一个人在痛苦。"写作是迟子建抵御人生荒寒的武器，也给了她应对命运时必需的顽强。

迟子建成名后依然坚持不懈地创作，几乎每年，她都有新的作品问世。她几乎获得了中国所有的重要文学奖项，而"鲁迅文学奖"更是被她多次获得。回顾迟子建的文学道路，我们不难发现，文学的种子早已扎根在她的心里。迟子建的父亲是位小学校长，爱好诗文，久而久之，迟子建在父亲的耳濡目染中对文学产生了兴趣。迟子建的家乡在中国最北边，每年有多半的时间被积雪覆盖，那里的风景给了她无尽的灵感，为她的人生和创作注入了无穷的活力，也使她形成了坚强的性格。迟子建也是勤奋好学的，大学期间，迟子建大部分精力和时间都在阅读学习，畅游书海，广泛涉猎各类书籍。后来迟子建又进修研究生班，进行更专业的学习。迟子建也是坚强豁达的，她的丈夫因车祸英年早逝，她的人生遭遇了重创，但她没有在痛苦和追忆中沉沦，而是把深厚的感情注入笔端，完成了她长篇力作《额尔古纳河右岸》，以此告慰丈夫，寄托对他的深切怀念。写作已经变成了迟子建抵御人生严寒的武器，帮助她将思绪、压力、愤怒、焦虑转换成应对命运坎坷的顽强力量！

第十三章 感动中国年度人物

歌德说过:"永恒的女性,引导人类前进。"这个时代,女性不再被定义,而是打破传统标签,用自己的力量改写大众的刻板印象。我们虽领略过不少人间疾苦,但这些中国女性引领着我们向光亮的世界前进,为我们点燃希望。艰难困苦时,她们用坚忍不屈的精神告诉我们:一个人可以被毁灭,但不可以打败;她们以自己卓越的成就向所有人证明:女性照样能扛事儿!越是低谷的时刻,越是她们绽放自己生命力的时刻。她们早已跨越了性别的障碍,与世界建立了更加紧密的联系。

第一节　叶嘉莹

叶嘉莹,1924年7月出生,号迦陵,中国古典文学研究专家,中华诗词学会名誉会长,博士生导师,加拿大皇家学会院士。1945年毕业于辅仁大学国文系。曾任台湾大学教授,美国哈佛大学、密歇根州立大学及哥伦比亚大学客座教授,加拿大不列颠哥伦比亚大学终身教授,并受聘于中国多所大学任客座教授及中国社会科学院文学所名誉研究员。2012年6月被聘为中央文史研究馆馆员。2015年10月,阿尔伯塔大学授予叶嘉莹荣誉博士学位,她成为该校文学荣誉博士。2016年3月,华人盛典组委会公布叶嘉莹获得2015—2016年度"影响世界华人大奖"终身成就奖。2018年4月,入选改革开放40周年最具影响力的外国专家名单。荣获2018年度最美教师称号。2018年12月,入选"感动中国2018年度人物"候选人。2019年9月,获南开大学教育教学终身成就奖。2021年2月,获得"感动中国2020年度人物"荣誉。

叶嘉莹本姓叶赫那拉,祖上为旗人,辛亥革命以后,改姓"叶"。在叶嘉莹年幼时,父母认为小孩子应该趁着记忆力好多背古书,而不是到小学学习那些浅显至极的顺口溜。因此,到了该上学的年龄,父母并未安排叶嘉莹就读小学,而是请了一名家庭教师,教其诗文。不过,对叶嘉莹影响最大是其伯父。伯父是一名中医,对古典文化研究颇深,熟知诸多诗词典故,善于旁征博引,并且喜欢吟

第十三章　感动中国年度人物

诵。受伯父影响，叶嘉莹自然而然地喜欢上了吟诵及文言文写作。她"迦陵"的别号也跟伯父颇有渊源。一次，伯父跟她谈起清朝的两位词人，一个别号"迦陵"，一个别号"频伽"，合起来便是"迦陵频伽"，正是佛经里的一种鸟。如此趣味横生的解读给叶嘉莹留下了非常深刻的印象，以至于上大学时，顾随先生要求其取一别号发表习作，叶嘉莹不假思索就取了"迦陵"。

大约在叶嘉莹十岁的时候，一次，伯父命其以"十四寒"的韵写一首七言绝句《咏月》。这是叶嘉莹首次作诗，她至今仍能清楚地记得最后一句是"未知能有几人看"。正是这次创作激发了叶嘉莹作诗的热情。作为家中唯一的女儿，父母对叶嘉莹要求甚严，像溜冰、踢毽子、荡秋千等活动，她从未尝试过。她的世界里，只有诗词。每逢家里来了客人，长辈们便令其背诗助兴。当客人听见一个小姑娘不解其意地诵读"坐愁红颜老"时，常常忍不住哈哈大笑。

叶嘉莹就这样慢慢长大，后来插班考入笃志小学，毕业后又考入北平市立第二女中，并得到了母亲的奖励——一套开明版的《词学小丛书》。正是通过这套丛书，叶嘉莹走进了诗词名家王国维、纳兰性德等人的广阔世界，并逐步开始学习填词。

当然，叶嘉莹不会想到，不久之后，母亲竟会突然患病，辗转到天津手术，又因身体虚弱，术后逝于归京的火车上。未能见母亲最后一面，叶嘉莹唯有通过八首《哭母诗》诉说衷肠："诗句吟成千点泪，重泉何处达亲知。"后来，叶嘉莹多次表示，苦难是催伤，也是锻炼，写作诗词可以使感情得以抒发，使悲痛得以缓解。

1941年，高中毕业的叶嘉莹面临人生中的第一个重要选择——是报考北京大学的医学系还是辅仁大学的国文系。学医自然更加实用，而诗词却是叶嘉莹的至爱。最后，叶嘉莹还是选择了辅仁大学国文系。辅仁大学是一所教会大学，不受日军和敌伪的控制，聚集了诸多有风骨的教师。在这里，叶嘉莹有幸投身顾随门下，打通了诗词研究的"任督二脉"。

顾随是一名奇师，他不仅学术功力深厚，而且授课风格轻松活泼，总能跳出书本，给人以心灵的启发。顾随的课不仅令叶嘉莹等本系学生大开眼界，也总能把外系学生吸引过来。此后，只要是顾随的课，叶嘉莹全部选修，就连顾随在其他学校的课，叶嘉莹也会追随旁听，甚至在毕业并成为一名中学教师以后，仍前往大学旁听。

1945年叶嘉莹大学毕业。毕业以后，叶嘉莹先是被分配到佑贞女中教书。因她讲课精彩，常被其他学校邀请兼课，最多时竟同时带着三个中学五个班的国文课，每周授课30小时。

1948年，叶嘉莹随家人去了台湾，经人推荐，到彰化女中教国文。1954年，台湾大学招收了一批华侨学生，需为他们招聘一名普通话标准的教师教国文，叶嘉莹被推荐教上了大学生。同样因为讲课精彩，她又相继兼上辅仁大学、淡水大学的课程，整天忙得不亦乐乎。

当时西方世界对中国大陆进行了长时间的封锁，西方学者要研究中国古典文学唯有台湾可去。擅长解读诗词的叶嘉莹逐渐成为名播海外的学者，对西方汉学的发展产生了巨大影响。如法国的侯思孟在听了叶嘉莹讲授阮籍之后，便潜心研究，写出了相关专著。此外，德国的马汉茂、耶稣大学的贝尔也都跟随叶嘉莹学习过。

在台大，叶嘉莹一干就是15年，稳步上升，无风无浪。直到1965年的一次谢师会上，一个机遇让叶嘉莹的教学生涯从台湾延伸到海外。那次宴会上，校长钱思亮提出让叶嘉莹复习一下英语。原来，台湾大学与美国密西根州立大学有一项交换计划，叶嘉莹被指定为交换老师。其实叶嘉莹并不想去，在台湾她还有老父亲需要照顾，但她丈夫极力赞成。恰在此时，哈佛大学也对叶嘉莹发出了邀请，叶嘉莹对哈佛大学倒是颇有兴趣，便利用假期到哈佛大学进行教书及做短期的学术研究。

1968年，叶嘉莹终于获得哈佛大学的聘书，却因护照等原因阴差阳错地进入加拿大不列颠哥伦比亚大学。与以往的教学经验不同，在加拿大必须以英文授课，这极大地限制了叶嘉莹"跑野马"的教学风格。她只好以四十多岁的"高龄"，每晚抱着词典备课。还好叶嘉莹天赋奇高，经其努力，原本只有十几人选修的课，逐渐吸引了六七十个学生，成为名副其实的大课。

虽说事业有成，但长时间漂泊海外，叶嘉莹对祖国的思念越来越深，每每读到"夔府孤城落日斜，每依北斗望京华"便忍不住潸然泪下。毕竟，诗歌的根在中华，诗歌的魂也在中华。她开始着了魔一般关注祖国的一切。在学生的推荐下，她阅读了斯诺的《红星照耀中国》、浩然的《艳阳天》等作品。此外，她也曾兴致勃勃地观看中国原子弹试验成功的纪录片，欣赏了大型音乐舞蹈《东方红》。为了观看尼克松访华的报道，她还特地买了个较大的电视机。

但彼时的叶嘉莹并不知道自己能否回到故土，尤其是在"文革"期间。这样的疑问让她悲从中来。直到1970年，中国与加拿大正式建交，叶嘉莹才看到了希望。激动之余，叶嘉莹忙试着按老地址给弟弟写了封信。幸运的是，门牌虽有变动，但房子还在，弟弟也依旧住在那里。

1974年，叶嘉莹终于回到了阔别26年的祖国，激动万分的她写下了长达2700余字的诗篇《祖国长歌行》，将其漂泊异乡后对祖国的眷恋表达得淋漓尽致——"银翼穿云认旧京，遥看灯火动乡情"。在大陆，叶嘉莹游览了广州、杭州、西安、延安、大寨、南泥湾等地，并尽情领略了"甲天下"的桂林山水。在桂林，叶嘉莹拍了许多幻灯片，回到温哥华经常给朋友、学生播放，介绍祖国的大好河山。

1977年，叶嘉莹带着小女儿再次回到了祖国大陆。这一次，给她带来巨大感触的不再是风景，而是人和诗歌。在火车上，年轻人捧着《唐诗三百首》如饥似渴地阅读；在参观名胜古迹时，亦常见导游大声地朗诵相关的诗句。看到国人对诗歌如此热爱，她高兴得不得了，心想，中国终究是诗歌的国度。她说："多年来我在海外用异国的语言来讲授中国的古典诗歌，总不免会有一种失根的感觉。我虽然身在国外，却总盼望着有一天能再回到自己的国家，用自己的语言去讲授自己所喜爱的诗歌。"

回到加拿大，叶嘉莹就着手申请回国教书。

1979年，叶嘉莹终于获准回国教书，这时候，她已经55岁。叶嘉莹果然没有辜负大家的期望，在南开，她讲授的汉魏南北朝诗受到了学生的热烈欢迎。当时，大多数教授还热衷于通过阶级分析法解读诗歌，而叶嘉莹因为研究了不少西方文艺理论，并与西方学者进行过大量的交流，形成了独特的基于扎实理论的自由讲述方式，自然在课堂上大放异彩。

此后，只要是叶嘉莹上课，门口、讲台边、窗户外，到处都挤满了听众。为了控制听课人数，中文系想出了凭证听课的办法。可是，学生们仍旧绞尽脑汁，想方设法进去听讲。通常，200张听课证却能"名正言顺"地进来300多名学生。后来，中文系又给叶嘉莹增加了唐宋词一课。因白天课满，这节课便安排在晚上。不想学生们还是蜂拥而至，甚至不肯下课，直到熄灯号响起才恋恋不舍地离开。

在南开，除了教书，叶嘉莹还干成了另一件大事——成立了中国古典文化研究所。研究所成立之初，没有经费，条件很简陋，甚至连办公室都是从别的系里借来的。但母国光校长的一句话，让叶嘉莹有了兴建大楼的想法："如果你能从海外募来一笔捐款，我们可以给你一块地，盖一座楼。"不承想，这事儿还真让叶嘉莹给办成了。叶嘉莹桃李满天下，其中蔡章阁是一个热心于中国文化的企业家，马上捐了一笔钱，盖起了大楼。不久，"中国古典文化研究所"便正式启动研究生招生计划。之所以取名"中国古典文化研究所"，是因为大家希望研究所不仅要进行古典文学的研究，也要从事儒家思想的研究。此外，叶嘉莹还捐出退休金的一半（10万美元）在南开设立"驼庵奖学金"和"永言学术基金"，并表示，如果百年之后尚有积蓄，也将悉数捐献出来。

诗歌般高贵的叶嘉莹，其实人生曲折颇多。如今忆及往事，叶嘉莹以平静的语气表达："人生经历了大的苦难，就会使小我投身于大的境界。"而从事诗词研究、传播与教育，既是心之所系，也是命之所定。

"'弱德之美'，这个是我自己创造的一个名词。"叶嘉莹所提倡的"弱德之美"是她对朱彝尊、苏轼、辛弃疾等人的词作最深刻的理解，她认为他们的词都是形"弱"而蕴"德"，"弱德不是弱者，弱者只趴在那里挨打。弱德就是你承受，你坚持，你还要有你自己的一种操守，你要完成你自己，这种品格才是弱德"。词为人心之反映，"弱德之美"不仅仅是叶嘉莹的学术研究成果，更是她的人生操守与境界。

女性文学素养提升

不管身心正在遭受怎么样的折磨，在讲台上、在日常生活中，叶嘉莹仍以优雅、平和的姿态示人。正如顾随先生所言："以悲观之心情过乐观之生活，以无生之觉悟过有生之事业。""弱德"之"弱"，不是软弱，而是逆境中的坚持。而支撑她的，便是诗词的力量。

> 叶嘉莹一生致力于古典诗词的研究，她一生奔波辗转只做了一件事，却将这件事做到了极致，这件事就是不遗余力地传播中国古典诗词，获得了使古典诗词于当代"再生"的赞誉。其实叶嘉莹的一生经历了很多苦难和不幸，她生于乱世，年少时经历丧母之痛，24岁时随丈夫远离故土，定居台湾，却不想丈夫遭遇政治迫害，只能寄人篱下，小心翼翼生活，50岁时又经历丧女锥心之痛。但是她一直保持着乐观、平静的态度，这与她热爱古典诗词的确有很大的关系。叶嘉莹说："诗歌的价值在于滋养精神和文化。中国古代伟大诗人往往用生命谱写诗篇，用生活实践诗篇，他们把自己内心感动写了出来，千百年后的我们依然能够体会到同样的感动，这就是中国古典诗词的生命力。古典诗词凝聚中华文化的理念、志趣、气度、神韵，是中华民族的血脉、中华儿女的精神家园。"从这个精神家园中，她获得了力量。因而颠沛飘零甚至动荡离乱中，她依然能够坦然面对人生。
>
> 如今，90多岁高龄的叶先生仍未停下爱诗的脚步，还捐出3500多万元支持中华优秀传统文化研究。她用一生培养了大批中国传统文化和古典文学人才，也正如她所说："我要把自己一生交给诗词。"

第二节 张桂梅

张桂梅，1957年6月生，黑龙江省牡丹江市人，原籍辽宁省岫岩满族自治县。1975年12月参加工作，1998年4月加入中国共产党，丽江华坪女子高级中学书记、校长，华坪县儿童福利院院长（义务兼任），丽江华坪桂梅助学会会长。先后荣获"全国先进工作者""全国十佳师德标兵""中国十大女杰""全国精神文明十佳人物""全国五一劳动奖章""全国十佳知识女性""中国十大教育年度人""全国百名优秀母亲""全国最美乡村教师""全国优秀教师""全国三八红旗手""全国教书育人楷模""全国优秀共产党员""时代楷模""感动中国2020年度人物""全国脱贫攻坚楷模""七一勋章"等荣誉称号。

在庆祝中国共产党成立100周年大会上，"七一勋章"获得者张桂梅校长登上天安门城楼观礼。这么多年，她还是穿着那件破旧但干净的黑衬衣，戴着黑框眼镜，朴素至极。唯一不同的是，她的头发已经变得稀疏，走路需要人搀扶，手指和手腕上也都贴满了膏药。64岁的张桂梅又一次刷屏了，只是这一次，大家

第十三章　感动中国年度人物

都在感叹：张桂梅，怎么老成这样了？在颁奖仪式上，她真诚地发言，更是看哭了无数人，"'征途漫漫，惟有奋斗。'只要还有一口气，我就要站在讲台上，倾尽全力、奉献所有，九死亦无悔！"

张桂梅出生于黑龙江省牡丹江市的一个满族农民家庭。在张桂梅还很小的时候，她的母亲就病逝了。她的父亲当时是生产队的队长，在当地很有威信。当时一些知识分子被分配到张桂梅家所在的生产队，张桂梅的父亲怀着对知识分子的尊重将这些知识分子安排住在自己家。平时除了日常的工作安排，这些知识分子会抽空教张桂梅写字，还把《红岩》《青春之歌》《红旗谱》等一系列书籍给张桂梅看。但由于张桂梅当时年纪尚小，深奥的书看不懂，只能勉强看懂《红岩》。其中，张桂梅最喜欢《红岩》中的江姐，特别是对江姐被"插竹签"这一段故事情节印象特别深刻，她很好奇在那种情况江姐怎么会不投降。张桂梅甚至尝试用竹签扎了自己的手，但轻轻一扎就疼得叫起来。这个尝试让《红岩》中江姐这个角色坚贞不屈的精神在张桂梅心里深深地扎下了根。

张桂梅在17岁的时候就跟随姐姐来到云南支教，在支教的过程中，她认识了自己的如意郎君。1990年，他们开始了幸福的婚姻生活。可是好日子没过多久，丈夫就被查出来胃癌晚期，花光了所有的积蓄也没能留下丈夫的生命。丈夫去世后，张桂梅选择离开这个伤心地，调入更偏远的丽江市华坪县任教。

开始，她不太适应这里的环境，但是慢慢地，在教学和家访工作中，她深刻感受到了教育对于改变贫困山区的重要性。于是，她一心扑在工作上，每天工作十多个小时，与孩子们的朝夕相处也慢慢化解了她内心的悲痛。在教书育人的辛勤工作中，她把失去亲人的悲痛化作对孩子们的爱，学生的成绩也不断提高。

然而，命运多舛，正在忙于初三毕业班教学工作的她，身体出现种种不适的状况，在同事多次劝她后，她才去医院做了检查，结果查出了子宫肌瘤，而且已经很严重，医生要求她立即住院治疗。为了不影响毕业班的教学进度，张桂梅反复思考后决定继续回学校上课。直到学生中考结束，她才去医院做手术，医生从她的体内取出了4斤重的肿瘤，被诊断为癌症。面对病魔，在她心灰意冷、孤苦无助的时候，学校师生和社会各界伸出援助之手，纷纷为她捐款，在当地党委政府的关怀下，张桂梅的病得到了及时救治。她说，在她最需要帮助的时候，是这里的父老乡亲们为她捐款治病，是组织的关心温暖了她，这份恩情，她是一辈子也还不完的。就是怀着这样一颗感恩的心，张桂梅勇敢地与病魔抗争，与时间赛跑，忘我地工作，勇敢担当起这份责任和使命，即便是在治疗期间她也不愿耽误一节课，没有放弃一名学生。

在无数次的家访中，张桂梅看到了太多乡村里的女孩由于贫困，早早嫁人，这辈子再也无法上学，往后的日子，都只能在家里伺候丈夫，这让张桂梅心痛不已。于是，她决定凭借一己之力，改变整个乡村里女孩子的现状。张桂梅心中萌发了创办免费女子高中的想法。她知道女孩子走出大山、改变命运的唯一出路就是学习，就是考大学。张桂梅一直坚信一句话："一个女孩子受到良好的教育，就可以改变三代人的命运。"

为了创办高中，张桂梅四处奔波筹措资金，曾经被人误解，被当作乞丐要钱，被人吐口水，被放出来的狗咬伤，遇到了重重困难。但是她没有放弃，在她内心里总有一种坚定的信念支撑着她：为了贫困山区的孩子们早日改变命运，这些困难算不了什么。张桂梅就这样无私无畏地坚定前行着。2008年，在当地党委政府和社会各界的关心支持下，丽江华坪女子高中终于成功创办，为100个濒临辍学的贫困山区女学生提供了全免费的学习环境。华坪女子高中开办十余年来，张桂梅走过了艰难求索的历程。为了让孩子们有学上，张桂梅自己节衣缩食，她甚至不吃肉，把每天的生活费控制在3元内，把所有的奖金和工资还有别人捐助给她治病的钱都捐给了学校和孩子们。在这几年里，张桂梅共走进1300多名学生的家里，走过总计11万公里的家访路，有近2000名女孩从这所学校走出大山，考入大学。这些数字都浸透着张桂梅心中"教育改变女孩命运""一个女孩可以影响三代人"的执着信念。全身心奉献于教育事业的张桂梅，用瘦弱的身体，扛起了大山女孩的人生希望。或许我们穷极一生都很难去改变另一个人的命运，但"奇迹校长"张桂梅做到了。

很多人好奇，究竟是一种什么样的力量支撑着张桂梅走到今天？张桂梅是一位性格坚强、独立自主、积极进取的女性。她对自己的命运、价值、地位有清醒的思考并努力把握。面对坎坷的命运，她没有哀怨，而是微笑地面对一切，把自己的精力和时间寄托在帮助别人、拯救孩子的教育上，她具有把负面因素转化为正面因素的生命能量。读书塑造了张桂梅坚强的性格，给了她看待人生更广阔的视野。张桂梅曾说过："江姐是我一生的榜样。小说《红岩》和歌剧《江姐》是我心中的经典，我最爱唱的是《红梅赞》。"江姐的坚强、无畏、忠诚深深激励、影响着她，支撑她走到了今天。如今这个崇拜英雄的人，也成了英雄。尽管饱受病痛的折磨，但她依然践行着她的使命，努力奋战着让更多的女孩走出大山，改变命运，回报社会。张桂梅用自己的经历告诉女孩们"女性自强才能自立"，也以这样的精神传递着"每一位妇女都有人生出彩和梦想成真的机会"的价值理念。[①] 张桂梅这三个字，值得我们每个国人牢牢记住并尊重。

---

① 中国妇女网评论员韩亚聪. 张桂梅为什么感动中国

参考文献

[1] 黄长华. 再论冰心的女性主义思想 [J]. 闽江学院学报，2020 (6)：30-36.

[2] 童宛村. 在"破坏"与"建设"之间：论 1919－1949 年冰心作品中的女性及其女性观 [J]. 河南师范大学学报（哲学社会科学版），2020 (3)：123-129.

[3] 钱桂平. 觉醒与彷徨：论庐隐作品中的女性意识 [J]. 名作欣赏，2015 (24)：76-77.

[4] 章琼. 论冯沅君与庐隐的女性悲剧意识 [J]. 铜仁学院学报，2011 (6)：20-22.

[5] 李燕. 论庐隐小说的女性意识 [J]. 职大学报，2020 (1)：47-51.

[6] 孟悦，戴锦华. 浮出历史地表：现代妇女文学研究 [M]. 北京：中国人民大学出版社，2004.

[7] 乔以钢，林丹娅. 女性文学教程 [M]. 石家庄：河北教育出版社，2007.

[8] 黄文. 实用语文 [M]. 北京：中国时代经济出版社，2013.

[9] 徐中玉. 应用文写作 [M]. 5 版. 北京：高等教育出版社，2016.

[10] 张岩松，等. 人际沟通与语言艺术 [M]. 北京：清华大学出版社，2010.

[11] 李元授，李鹏. 辩论学：第二版 [M]. 武汉：华中理工大学出版社，2004.

[12] 周莹莹. 论严歌苓作品中的女性书写：读《一个女人的史诗》[J]. 名作欣赏（评论版）（中旬），2020 (6)：157-158.

[13] 连雪晨. 大时代中的小女人：浅析严歌苓《一个女人的史诗》中田苏菲的形象 [J]. 名作欣赏（中旬），2015 (10)：79-81.

[14] 贾丽萍.《长恨歌》：传统女性性别身份的消解与重构 [J]. 济南大学学报（社会科学版），2021，31 (4)：74-80，158.

[15] 卢闪闪.《长恨歌》中的女性形象分析 [J]. 品味经典，2020 (10)：4-5，26.

[16] 郑桂华. 素面朝天：毕淑敏 [J]. 新语文学习（高中版），2005 (1)：63-64.

[17] 刘为超. 毕淑敏：素面朝天的女作家 [J]. 语文世界（中学生之窗），2004 (Z1)：22-25.

[18] 黄晓晴. 论《莎菲女士的日记》中女性意识的觉醒 [J]. 现代交际，2020

（4）：107-108.

[19] 张琳琳. 建构"女性主体"的艰难尝试：重读《莎菲女士的日记》[J]. 长江丛刊，2019（25）：15-17.

[20] 龙玲. 论萧红《生死场》的女性悲剧意识 [J]. 重庆第二师范学院学报，2020（3）：52-56.

[21] 陈知训. 从《生死场》对女性的书写解读女性悲剧 [J]. 青年文学家，2019（30）：22-23.

[22] 许子东. 重读铁凝的《玫瑰门》[J]. 文艺争鸣，2021（4）：128-131.

[23] 景欣悦. 走下阁楼的"疯女人"：重读《玫瑰门》[J]. 中国图书评论，2019（12）：25-34.

[24] 刘哲伊. 精神分析视域下《金锁记》中的女性悲剧 [J]. 名作欣赏：评论版（中旬），2021（5）：81-83，95.

[25] 李珊. 浅论张洁《爱，是不能忘记的》中的女性意识 [J]. 北方文学，2019（36）：9-10.

[26] 蒋霄. 浅论张洁《爱，是不能忘记的》中的女性意识表达 [J]. 文教资料，2016（4）：13-14.

[27] 平原. 从《城南旧事》看女性成长的心路历程 [J]. 电影文学，2012（16）：97-98.

[28] 余倩. 浅析《城南旧事》中女性生存困境 [J]. 科教文汇（下旬刊），2016（15）：144-145.

[29] 李庆. 从《结婚十年》看苏青的女性意识 [J]. 青年文学家，2015（20）：41.

[30] 胡锦薇. 犹疑的声音与迟滞的脚步：苏青对女性困境的书写与反思 [J]. 新纪实，2021（7）：13-18.

[31] 曹丽萍. 发挥大学语文的育人功能 提高高职学生的人文素养：湖北省教育科学"十二五"规划课题大学语文教学与高职生人文素质培养的研究 [J]. 襄阳职业技术学院学报，2015，14（3）：137-139.

[32] 刘璐. 高职语文教学应重视学生人文素养的培养 [J]. 文学教育，2020（9）：38-39.

[33] 金玲，吴玲. 中国传统文化视域下高职学生人文素养教育研究：以合肥职业技术学院为例 [J]. 职业，2020（14）：32-33.

[34] 乔以钢. 论女性文学的学科建设 [J]. 南开学报（哲学社会科学版），2003（2）：104-111.

[35] 邵守义，谢盛圻，高振远. 演讲学教程 [M]. 北京：高等教育出版

社，1993.

[36] 李树青，等. 演讲学教程［M］. 北京：新华出版社，1995.

[37] 张京媛. 当代女性主义文学批评［M］. 北京：北京大学出版社，1992.

[38] 姚雨辰. 论培养大学生文学素养的重要性及途径［J］. 汉字文化，2020（19）：32-33，38.

[39] 刘思谦. 女性文学这个概念［J］. 南开学报（哲学社会科学版），2005（2）：1-6.

后 记

女性教育课程是我院的亮点和特色，我们在2020年就已经开发的"女大学生人文素养提升"的在线课程以网络化学习环境为基础，以MOOC提供的管理平台为依托，构建网上学习资源，在MOOC平台已开设了两期课程。这门课程以传统的讲授为主，辅之以音频、视频、图片、动画，激发学生学习的兴趣。学习结束后，管理平台可以导出学生学习状况，学生能根据平台数据及时调整学习方法、进度。管理平台设置学生与教师之间的"私聊"，可以实现师生间实时互动，保证学生的学习效果，教学成果显著。

学院2020年12月研究立项推出女性特色教育系列丛书的编写计划，为女性教育示范校和特色办学积累教学科研材料，为一直致力于女性教育课程的教师打造一个长期教学资源整理、归纳、提升的平台，也为女性特色教育团队提供科研平台。

本次编写不仅吸收了已经开发的"女大学生人文素养提升"课程的教学经验，扩充了内容，精练了文字，更注重突出基础性与实践性，力求在提高女性的综合人文素质方面具有其他课程教材无法取代的功能，力求以文学书写的方式给女性提供表达自我、促进两性平等的话语环境。

教材编写过程中，学院的领导及女性研究所樊桂林所长、基础教学部李素珍主任、东北师范大学出版社编辑付出了很多心血，做了很多细致的指导工作。在此谨致谢忱。

我们相信这本教材的编写将助力女性的积极成长，在她们人生的心灵之旅中输入优质思想，为他们提供生活及精神的指导。她们必将在今后的生活与工作中大有作为！

编　者
2021年8月